VI
宇野朴人
illustration ミユキルリア
七つの魔剣が支配する

ユーリィ=レイク
Yurie=Lake
「ぼくは二年のユーリィ=レイク！
今日キンバリーに来た
普通人学校からの転校生だ！」

「――なんて胡散臭い奴だ」
ミシェーラ＝マクファーレン
Michela＝McFarlane
オリバー＝ホーン
Oliver＝Horn
ナナオ＝ヒビヤ
Nanao＝Hibiya

「高らかに謳おう――
我々こそがキンバリー
生徒会であるのだと！」
レオンシオ＝エチェバルリア
Leoncio=Echevarria

「――次期学生統括ヴェラ＝ミリガン。
素敵な響きだと思わないかい？」
ヴェラ＝ミリガン
Vera=Milligan
「…………
……応援、します」
カティ＝アールト
Katie=Aalto
「我々も、
誰を推すか
決めなければ」
アルヴィン＝ゴッドフレイ
Alvin=Godfrey

「……馴染みのキャッチャーがいたのよ、昔」
ダイアナ＝アシュベリー
Diana=Ashberry

「――俺がまだ生きていることは、
あいつに伝えてくれるな」
クリフトン＝モーガン
Clifton=Morgan

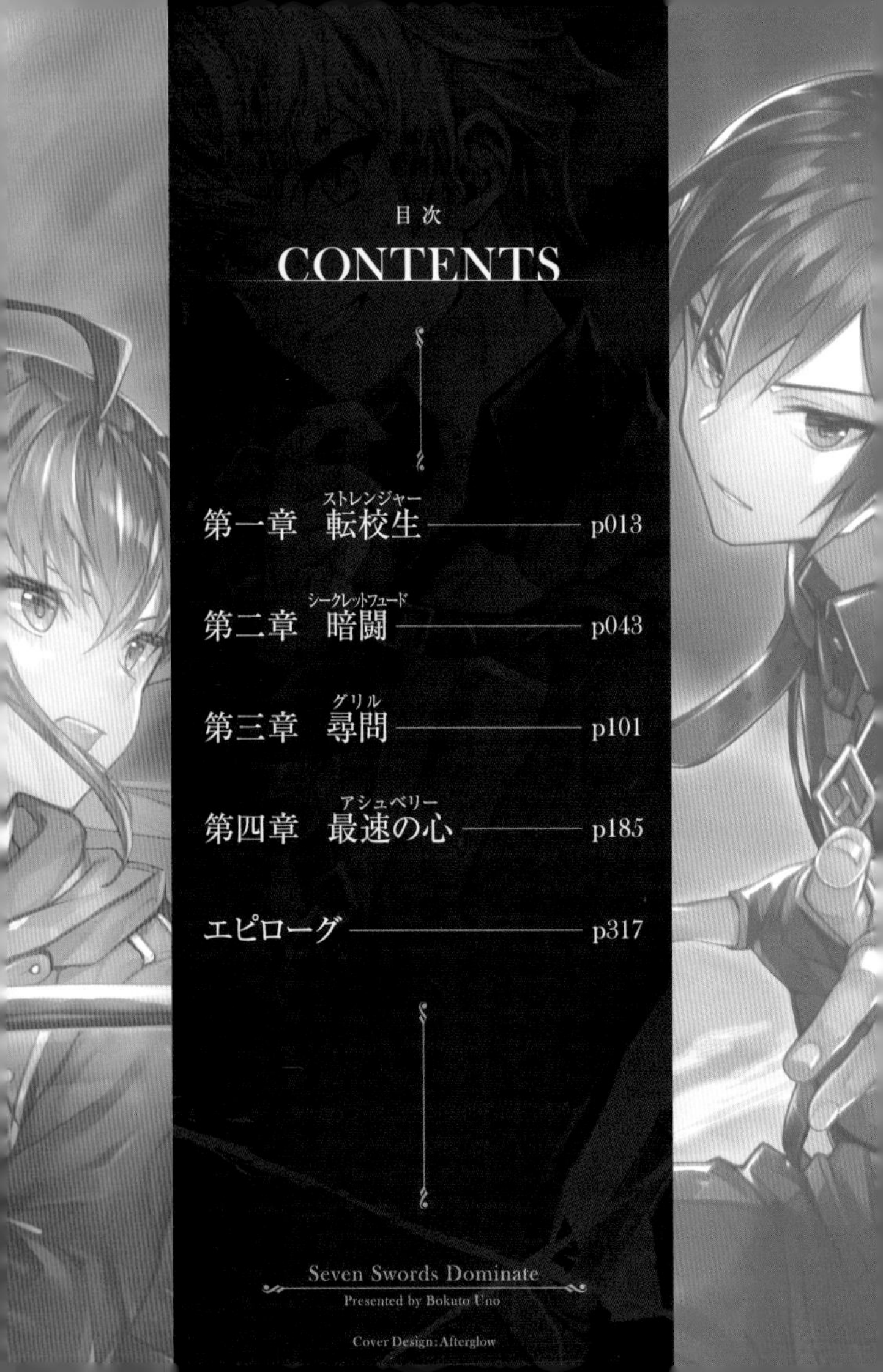

目次

CONTENTS

Seven Swords Dominate

Presented by Bokuto Uno

Cover Design: Afterglow

七つの魔剣が支配する

VI

Seven Swords Dominate

宇野朴人
Bokuto Uno

illustration
ミユキルリア

Character

登場人物

二年生

オリバー＝ホーン

本編の主人公。器用貧乏な少年。
七人の教師に母を殺され、復讐を誓っている。

ナナオ＝ヒビヤ

東方《エイジア》からやって来たサムライ少女。
オリバーを剣の道における宿命の相手と見定めた。

カティ＝アールト

連盟の一国、湖水国《ファーンランド》出身の少女。
亜人種の人権問題に関心を寄せている。

ガイ＝グリーンウッド

魔法農家出身の少年。率直で人懐っこい。魔法植物の扱いを得意とする。

ピート＝レストン

非魔法家庭出身の勤勉な少年。
性が反転する特異体質。

ミシェーラ＝マクファーレン

名家マクファーレンの長女。
文武に秀で、仲間への面倒見がいい。

トゥリオ＝ロッシ

飄々とした少年。
セオリーを無視した難剣の使い手。
オリバーとの決闘に敗れた。

ユーリィ＝レイク

転校生を名乗る少年。
常識に欠けるが好奇心が強く、誰にでもフレンドリーに接する。

- リチャード＝アンドリューズ
- ステイシー＝コーンウォリス
- フェイ＝ウィロック
- ジョセフ＝オルブライト

五年生

人権派の魔女。
カティを巡ってオリバーらと一戦交え、それ以来彼らに興味を持つ。

ヴェラ＝ミリガン

箒競技の校内トップ選手のひとり。箒乗りとして頭角を現すナナオに目を付けている。

ダイアナ＝アシュベリー

六年生

学生統括。
他の生徒から「煉獄」と称される魔法使い。
桁違いの火力を誇る。

アルヴィン＝ゴッドフレイ

柔らかい雰囲気の女性。
オリバーの従姉。
「臣下」として彼の暗躍をサポートする。

シャノン＝シャーウッド

豪放磊落なアシュベリーの元キャッチャー。
研究の過程で異界の炎に体を蝕まれている。

クリフトン＝モーガン

寡黙な青年。
オリバーの従兄。
「臣下」として彼の暗躍をサポートする。

グウィン＝シャーウッド

前生徒会陣営のボス。
かつて学生統括の座を巡りゴッドフレイと争った際、顔の右半分を焼かれ、今も治さずにいる。

レオンシオ＝エチェバルリア

一年生

オリバーの腹心の部下で、隠密として復讐に協力する。感情を出さずマイペースな性格。

テレサ＝カルステ

教師

キンバリー学校長。魔法界の頂点に君臨する孤高の魔女。

エスメラルダ

大怪我前提の理不尽な課題ばかり出す、魔道工学の教師。

エンリコ＝フォルギエーリ　死亡

シェラの父親で、ナナオをキンバリーへと迎え入れた。

セオドール＝マクファーレン

魔法生物学の教師。傍若無人な人柄から生徒に恐れられる。

バネッサ＝オールディス

- デメトリオ＝アリステイディス
- フランシス＝ギルクリスト
- ルーサー＝ガーランド
- ダスティン＝ヘッジズ
- ダリウス＝グレンヴィル　死亡

第一章

ストレンジャー
転校生

教室へ入っていくときの生徒の横顔を見れば、そこで何の授業が行われるかはおおよそ見当がつく。緊張と期待が一対一なら魔法剣、二対一なら呪文学といった具合に。

それを踏まえてこの場の生徒たちの顔を見ると——感情は恐怖と覚悟のブレンドで、比率はおよそ一対四。

「——みんな、準備はよろしいですわね?」

周りの面々を見回してシェラが言い、五人分の無言のうなずきがそこに返る。もはや誰の体にも馴染《なじ》んだ緊張感。エンリコ＝フォルギエーリが教える魔道工学の授業直前の光景だった。

「……今日は手足がもげなきゃいいけどな、誰も」

「課題次第だな」

机の上で読書を続けながらピートが言う。淡々としたその声に驚いて、カティがじっと彼の顔を見つめた。

「……落ち着いてるね、ピート。前はあんなに怖そうだったのに」

「何が来てもやることは変わらないからな。……よく観察して、分析して、全力で対処する。それだけだ」

　そう答えて、ピートはそれまで読んでいた本をぱたんと閉じる。同時に廊下からけたたましい笑い声が響き始め、生徒たちは一斉に臨戦態勢に入った。間を置かず教室のドアが勢いよく開き、そこから小柄な老爺《ろうや》が姿を現す。

「キャハハハハハ！　皆さんおはようございます！　さっそく本日の課題――と、言いたいところですが」

　教壇の前に立ったエンリコが一度言葉を切る。すぐにでも命懸けの戦いが始まると思っていた生徒たちが訝《いぶか》しげな顔になり、そんな彼らへ向かって老爺《ろうや》は言い放つ。

「その前に、今日は大事なお知らせがあります。

――実は！　ワタシ！　死んでしまいました！」

　告げた瞬間、カコン、と音がしてエンリコの顎が下にずれた。腹話術で使う人形そっくりにカコカコと上下する口のパーツ。その異様な光景を前に、生徒たちが何も言えず硬直する。

「……え？」

　震え声がピートの口から漏れる。エンリコの形をした何かがそのまま喋《しゃべ》り続ける。

「いま皆さんの目の前にいるのは、生前のワタシが作ったダミーゴーレムです！　ワタシから連絡がないまま一定期間が過ぎると自動的に起動するよう設定してありました！　死体を確認したわけではありませんが、状況から判断して死んでいる可能性が大です！　皆さんもそのつもりでいてくださいね！　キャハハハハハ！」

説明を続けながらも、その両目からはバネの付いた眼球が眼鏡と一緒にびょーんと飛び出す。話される内容とおふざけのギャップに生徒たちの混乱はいや増すが、同時に奇妙な納得を覚えてもいた。——あの老爺《ろうや》であれば、自らの死を湿っぽく語ったりはしないだろうと。

「しかしご安心を、授業自体はダミーゴーレムが行います。創造性《クリエイティビティ》こそありませんが、生前のワタシの知識はほぼ全てこの機体に収めてありますのでね！　今の皆さんの段階での教師役には不足ありません！　これまでと変わらずビシバシいきますよぉ！」

「——あ、あの！」

ピートが慌てて席を立つ。飛び出した眼球を両手でカポンと顔面にはめ込んでから、ダミー・エンリコが笑顔で彼に向き直った。

「Mr《ミスター》．レストン。何か質問が？」

「——し、死んだって、なぜ」

全員の疑問を代弁してピートが問う。それを受けたダミー・エンリコが大きく両腕を広げる。

「目下捜査中ですが——確かに、誰が、ワタシを、殺せたのか。それは実に興味深い問題ですねェ」

機械仕掛《じか》けの老爺《ろうや》が楽しげに言う。立ち尽くすピートの背後で、縦巻き髪《ロールヘア》の少女が隣の少年に囁《ささや》きかけた。

「……オリバー。これは」

話しかけられた少年が厳しい面持ちで腕を組み、そのまま首を横に振る。情報が少なすぎて、今は何も迂闊《うかつ》なことは言えない――声にするまでもなく横顔がそう語っている。そう。眉間に寄ったシワ、わずかに傾いた首の角度。それら全てにおいて、誰が見ても熟考中のオリバー＝ホーンそのものの仕草で。

同日同刻。迷宮一層『静かの迷い路』、シャーウッド兄妹《きょうだい》の隠し工房。

「――ァァァアアアアアアアアアアアアアアアアアアアアアアッ！」

完全な遮音処理が施された空間に、少年の絶叫が途切れることなく響き渡る。

鉄火場である。手術台に拘束されたオリバーが、狂乱状態のままあらん限りの力で暴れ続けているのだ。放置すれば自らの力で肉体が崩壊する。それを避けるために治癒の心得がある同志たちを動員して、彼の従兄《あに》と従姉《あね》は不眠不休で処置を続けていた。

「赤斑草《せきはんそう》の麻酔を三倍量で投薬！　手足の腱に七割掛けの麻痺呪文！　急げ！　このままでは体が弾《はじ》けるぞ！」

「……っ……！」

いっそ眠らせてしまえるのなら話は早い。だが、魂魄融合《ソウルマージ》の拒絶反応は眠って凌《しの》げるような温《ぬる》いものでは断じてない。むしろ逆であり、断続的に訪れる発作に覚醒した意識をもって抗《あらが》わなければならない。その意味においても、オリバーはまさに戦っている最中だ。

彼を助けたい人間に許される行いはふたつ。その戦いの中で壊れてしまわないように少年の体を守ることと、魔法薬と呪文で少しなりとも苦痛を和らげてやること。それらを完璧にこなした上で、後はもはやオリバーを信じて待つしかない。すでに三昼夜に亘《わた》って続く彼の死闘を見守り続ける他にない。

「交代しろ、グウィン」

相手の疲労を見かねて同志のひとりが声を上げた。不眠不休はもとより、すでに半日以上食事も水も取っていない。このままでは倒れると実感し、グウィンが手術台から一歩引く。

「……顔を洗ってくる。シャノン、他の者と交代して、お前も休め」

オリバーを挟んだ反対側で治療に当たるシャノンにもそう声をかけるが、彼女は頑《かたく》なに首を横に振るばかり。何を言ったところで聞き入れないのは分かったので、彼女はそのままにし、グウィンはひとまず処置室を出て隣の部屋の流し台へ向かった。居付きの精霊に凍結寸前の冷水を作らせ、気つけのそれをばしゃりと顔に浴びせる。

「……壮絶だねェ」

同じことを何度か繰り返していると、隣から聞き覚えのある女生徒の声がかかった。同志であり、グウィンの同学年でもある六年のジャネット＝ダウリングだ。隣の処置室から響いてくる絶叫に耳を傾けたまま、彼女は言葉を続けた。

「戦いから丸三日経《た》ってもまだ状態が安定しないか。おっかないもんだ、魂魄融合《ソウルマージ》ってのは」

「…………」

「ま、あんたの顔も相当だけどね。今すぐ自分を縊《くび》り殺したくて堪《たま》らないってツラだ」

そう言ってグウィンの顔に手を伸ばす。相手の顎先を摑《つか》んで自分を向かせたまま――少しの沈黙の後、ジャネットはふっと苦笑する。

「――肩の力、抜きなよ。こう言っちゃなんだけどさ。あんたがいくら苦しんだところで、可《か》愛《わい》い従弟《おとうと》の苦しみが減るわけじゃないだろう」

打って変わって優しい声で告げる。グウィンは無言のまま相手の手をどかし、冷水での洗顔をさらに続けた。ジャネットが会話の向きを変える。

「偽装のほうは大丈夫？　戦いの後処理もそうだけど、君主《ロード》のことも。もう丸三日授業に出られてないわけでしょ？」

「そちらには影武者が行っている。数日なら心配はない。……長引くようであれば、また別の手を打たねばならないが」

唇が青ざめるまで冷水を浴びたところで、グウィンはようやく手を止めた。備え付けの手拭で顔を拭きつつ、同志の質問に答えていく。

「戦いの後処理については、むしろこれからが山場だ。我々に繫《つな》がる直接の証拠は全て消したが、エンリコ本人の失踪だけは誤魔化しようがない。カバーストーリーを用意する必要がある」

「魔に呑《の》まれたってことにするわけ？」

「それがもっとも自然ではある。事実、機械仕掛けの神《デウス・エクス・マキナ》はそうなってもおかしくないリスクを孕《はら》んでいた。……だが、キンバリーの教師たちの目を欺くのに、それだけではまだ不足だろう」

鏡に映る自分を睨《にら》みながらグウィンが言う。憔悴《しょうすい》の色は濃いが、その目はすでに次の戦いを見据えている。

「ダリウスの時もそうだが――ここで教師が殺された場合、真っ先に疑いが向くのは同じ教師に対してだ。単純に考えればその可能性がいちばん高いからな。……その傾向を利用して、嫌疑を我々から他に逸《そ》らす」

「で、あわよくば向こうの仲間割れを狙うってわけ」

言葉の先を推し量って口にするジャネット。グウィンが重くうなずく。

「奴《やつ》らを潰し合わせたい。――今回と同じような戦いを繰り返しては、ノルがもたない」

固く握りしめたこぶしの骨が軋《きし》む。ジャネットがすっと目を細めた。あるいは――もたないのは、従弟《おとうと》の体以上に彼の心なのかもしれない。

「謀略戦だね。――腕が鳴るよ、まったく」

不敵に笑って言ってのけるジャネット。そこに言葉を加えようとした瞬間、グウィンがふと背後にかすかな気配を感じ取る。振り向けば——ひどく身の置き所のない様子で、隠形の少女が落ち着きなくそこに立っていた。

「何をしている、テレサ。……今はここに来るなと言ってあったはずだぞ」

厳しく問いかけるグウィン。その視線を前に、テレサはしばらく言い淀《よど》む。

「……君主《ロード》の容態を、一目……」

「見たいか。血を吐き叫び、のたうち回っているノルの姿を」

切って捨てるようにグウィンが言う。ぐっと息を呑《の》む少女に、彼は容赦なく言葉を続ける。

「ここでお前に出来ることは何もない。別命あるまで校舎に戻って授業を受けろ。それが今のお前の任務だ」

「…………」

「返事は」

「……承知しました」

眉間にシワを寄せてテレサが答えた。ありったけの不満が表情と声にこもっていた。そのまま身をひるがえして部屋の外へ消えていった彼女の背中を、ジャネットが興味深げに見送る。

「……不満たらたらって感じだったね。ああいうタイプだっけ？　あの子」

「ノルに会わせてから様子が変わった。……慕っているのだろう、あれなりに」

グウィンがいくらか声の調子を緩める。ジャネットは軽く唸《うな》って首をかしげた。

「微笑《ほほえ》ましいけど——ちょっとまずい話だね、それ。君主《ロード》のほうも情が移ってるんじゃない？　いざって時にちゃんと捨て石にできる？」

「そんな判断をノルに求めるつもりはない」

鉄に刻むようにグウィンは即答した。女が苦笑気味に肩をすくめる。

「汚れ役は従兄《にい》ちゃんが引き受けるってわけね。——健気《けなげ》なことだよ、まったく」

強めの励ましとして相手の背中をバンと叩《たた》き、それを最後に、彼女は出口の扉へと歩き出す。グウィンが見送る背中の反対側で、ジャネットは凶悪なまでの不敵さで微笑《ほほえ》む。

「結構、結構。あんたらばっかり泥には浸《つ》からせないから安心しな。ここから先はアタシたちの仕事。——キンバリー第三新聞部の出番だ」


腹が満ちれば、次は情報に飢える。普通人と魔法使いの別を問わない、それは人間の本能と言える。

「——さーて。どんな記事にしましょうかねぇ、編集長」

狭い空間にみっしりと机が並び、その上と床に資料となる書類や写真が雑然と散らばる中、記者の生徒がペン先をべろりと舐《な》める。——キンバリーには生徒が発行する複数の新聞があり、必然その数だけ新聞部が存在する。迷宮内に本部を持つここもそのひとつ。

「んん～……こんなもんですかね？　だいぶ過激ですけど、ウチの紙風には合ってるかと」

「おほほほッ。色んなところに怒られなきゃいいですけどねぇ！」

記事の一面を飾る見出しに記者たちが興奮の声を上げる。「エンリコ先生失踪！　キンバリーに内紛の兆《きざ》し」――と、いかにもゴシップ紙らしい無責任な煽《あお》り文がそこには躍っていた。事の詳細も分からないうちから事故ではなく事件と、しかも組織内部での諍《いさか》いと決めてかかる、まさにお手本のような偏向記事である。

「……ぬるい」

だが、ジャネットはそのお手本を一言のもとに切って捨てた。白杖《はくじょう》を振って紙面から文字を取り去り、その空白へ自らのペンで文字を書き込んでいく。周りの記者たちが目を丸くする。

「……え？」「おおっ？」

「アタシなら、こうだ」

迷いない筆致で見出しを書き上げるジャネット。記者たちの視線がそこに集中し、

「同僚殺しは誰だ！　キンバリー教師たちの知られざる確執」

一線を越えて突き抜けた内容に、さしもの彼らもごくりと唾を呑《の》んだ。

「正気っすか、編集長……」「おほほッ、攻めますねェ……！」

これが新聞として発行され、教師たちの目に入る。その未来を想像するだけで彼らの背筋を冷たい汗が流れた。だが一方で、誰も止めようとはしない。記事の正確性はともかく、権力に阿ることがないというただ一点において、キンバリー第三新聞部は校内きっての暴れん坊である。

「ウチを何だと思ってんの。百二十年の歴史を持つ由緒《ゆいしょ》正しい三流ゴシップ紙でしょ。——こんな話題、煽《あお》ってナンボでしょうが」

彼女らの書いた記事はその日に刷られ、人の集まる時間帯を狙い、校舎の各所でこれでもかとバラ撒《ま》かれた。

「——号外号外！　エンリコ先生の失踪に関する最新のニュースをお届けだァ！」

情報に飢えた生徒たちが我先にと号外を手にする。ろくに根拠もない憶測で八割がた埋められた記事をきっかけに、彼らの間で侃々諤々《かんかんがくがく》の議論が始まる。「エンリコ先生の失踪」として語られていたニュースが、その流れに乗って校内を漂う間に、少しずつ「教師による同僚殺し」の話へとすり替わっていく——。

深夜二時。長い抵抗と、その末の昏睡《こんすい》を経て、オリバーはゆっくりとまぶたを開いた。

「…………──」

目覚めて数秒、彼は戸惑った。全身が激痛に苛《さいな》まれていない、その状態にかえって違和感を覚える。視線を周りに巡らせれば、すでに自分の体は手術台の上にはなく、清潔なシーツが張られたベッドの上に寝かされているのだと分かる。そして──すぐ傍《かたわ》らの椅子には、彼の手を握りしめたまま舟を漕《こ》ぐ従姉《あね》の姿。

「……従姉《ねえ》さん」

上半身を起こし、ぼんやりと相手を呼ぶ。その瞬間にぱちりと目を開けて、シャノンはベッドの上の従弟《おとうと》を凝視した。

「……ノル、起きた……！」

泣き腫らした目になお涙を溜《た》めて、彼女は目の前の少年へ飛び掛かるように抱き着いた。耳元で泣きじゃくる従姉《あね》の様子に、これまでの自分がどれほど酷《ひど》い有様《ありさま》だったかが想像されて、オリバーはぐっと言葉に詰まる。

「……何日経《た》った？　あれから……」

「四日と十二時間。何の問題もない範囲だ。そのまま寝ていろ」

入室してきたグウィンが即答し、そのまま従弟《おとうと》が横たわるベッドへと歩み寄る。彼の顔にも憔悴《しょうすい》の色は濃かったが、今はそれ以上の安堵《あんど》が滲《にじ》んでいた。それはもちろん、オリバーが無事に目覚めたことに対しての。

「体にどこか、不調や違和感のある部位はないか」

シャノンに抱きしめられたまま、そう尋ねられた少年が自分の全身を意識する。手足に力が入らないのは麻酔の影響が残っているからで、それを除けば、目に見えて不調を訴える場所はない。だが——指の一本に至るまで、奇妙に感覚がよそよそしい。

「痛みは、ない。けど……違和感だらけだ。体が丸ごと、別のものに変わったみたいな」

少し言葉を選んで、オリバーは自分の感覚をそう表現した。グウィンがこくりとうなずく。

「無理もない。今回の魂魄融合《ソウルマージ》の前後で、お前の体は明らかに変わっている。見える範囲では身長が二センチばかり伸びた。筋骨、臓器、魔力流……それら全てに大小無数の変化があるだろう」

「…………」

「経過は継続的に診ていく。魂魄融合《ソウルマージ》による肉体の変異には未知数なところが多い。だが、ひとつ確実に言えるのは——」

「——寿命が大きく削れたこと、か」

ぽつりと呟《つぶや》く少年。それを聞いたシャノンが、無意識のまま従弟《おとうと》を抱きしめる力をいっそう強くする。オリバーは苦笑した。従姉《あね》の気持ちは痛いほどに伝わるが、そのままではさすがに身動きがままならない。

「少し体を動かしてみる。……従姉《ねえ》さん、そろそろ」

「やだ」

「従姉《ねえ》さん……」

「やだ！」

拒絶を繰り返す都度、シャノンの抱擁はますます固くなっていく。麻酔の効果が残るオリバーの体では突き放すことなど不可能で、何より従姉《あね》に対してそんなことをする気には少しもなれなかった。万策尽きた従弟《おとうと》へ、グウィンがふっと笑みを向ける。

「丁度いい、そのまま一緒に寝てしまえ。シャノンも結局あれから一睡もしていない」

「ね――寝ろって、同じベッドで？」

「別々でも構わんぞ。お前に今のシャノンを引きはがせるなら、だが」

すべてを見透かした上での言葉だった。シャノンの体が抱きしめた従弟《おとうと》もろともベッドにこてんと転ぶ。並んで横たわるふたりの体に優しく毛布を掛けてやり、グウィンはあっさりと身をひるがえす。

「もっと我々に甘えろ。……でなければ、こちらがやり切れん」

そう言って彼が去っていくと、後にはベッドの上で密着状態のオリバーとシャノンだけが残された。毛布の中で体の向きを調整して、シャノンは真正面からオリバーの頭を胸に抱きしめる。ふわりと甘い香りを鼻に感じて、オリバーの心臓がどくんと跳ねる。

「ふふ。久しぶり、だね。一緒に寝るの」

「…………」

「その顔も、昔とおんなじ」

真っ赤になった顔を、身動きのままならない状態で、オリバーは懸命に相手から背ける。それを優しく見守っていたシャノンが、ん——とそこで腰の辺りに違和感を覚えた。彼女はそっと毛布を捲《まく》りあげて中を覗《のぞ》き、

「……あ。ここも、おんなじ」

「……ッ……！」

失態に気付いたオリバーが泣きそうな顔になる。普段ならこの程度の生理現象は完全に制御下に置いてのける彼だが、今は死闘から間もない時期であることに加えて麻酔の影響も強かった。慌てて腰を引くが、シャノンはその背中に手を回して逃がさない。硬くなったオリバーのそれが腰に当たるのも構わず。

「逃げちゃ、だめ。……寝るの。いっしょに、寝るの」

わずかに湧いた劣情も、従姉《あね》に抱かれる温《ぬく》もりと安堵《あんど》の中にすぐさま紛れて消える。他に選びうる道もなく、ただシャノンの愛情に身を委ねるまま——気が付けば、オリバーは二度目の眠りに落ちていった。

結局、彼が再び目覚めたのはそれから五時間後だった。泥のように眠るシャノンを残して寝室を後にし、顔を洗って身支度を整える。それから体調の確認がてら運動と呪文を順番に試した。……どれも惨憺《さんたん》たる精度で、何より他人の体を操っているような違和感がひどい。が、同じようなことは幼少期の訓練でもあった。動き続けていればじきに馴染《なじ》むだろう。

さしあたって不調はない。となれば、いつ校舎に戻るか――それを考えていた頃合いで、工房の扉が合言葉と共に開いた。そこに現れたのは、服装から顔つきに至るまで本人と瓜二つのもうひとりのオリバー。彼が不在の間に校舎で活動していた影武者だ。四年生で名をテオ＝イエシュケと言い、それ以外の年齢や性別は限りなく不詳である。

「復活おめでとさん。しっかりこなしといたぜ、身代わり」

「……ああ。おかげで助かった」

呪文を唱え、目の前でぐねぐねと別の姿に変身して話しかけてくるテオに、オリバーは率直な感謝を告げた。変化が終わると打って変わってラフな印象の女生徒になったが、それも本当の姿というわけではないのだろう。この同志の変身前の姿はオリバーですら知らない。

「快気祝いついでに、影武者初回をやった印象の報告だ。ちっと長くなるぞ」

グウィンの許可も待たずにテーブルへ陣取り、椅子にあぐらをかいて腰かけた姿勢から、テオはオリバーにも着席を促した。彼がそれに応じると、相手はすぐさま報告を始める。

「――率直に言って、アンタに成り済ます難易度はかなり高いな。日頃から周囲の人間と深い関係を築いてるから、ボロが出ないように振る舞うのも一苦労だ。……ああ、別に責めてるわけじゃないぜ？　むしろ感心してんだよ。よくここまで他人と誠実に付き合えるもんだって」

ため息交じりにそう漏らし、オリバーの影武者はなおも語り続ける。

「周りのお友達もなかなか手強《てごわ》い。どいつもこいつも人は好《よ》いのに、そのくせ目が節穴なヤツはひとりもいねぇ。特にあのサムライ娘、あいつにじっと見られた時は背筋がヒヤッとするな。ま、オレが化けてる限り見抜かせやしねぇけどよ」

その感覚はオリバーにもよく分かる。何事につけ、ナナオの眼力は侮《あなど》れない。

「だが、こいつは覚えとけ。――変身術の鉄則として、どんな達人も自分以外の誰かに『完璧に化ける』ことは出来ねぇんだ。オレほどゴイスーな天才でもそいつは同じでな、どうしても化けきれない部分は話術やら何やらで適宜誤魔化して取り繕ってる。基本、入れ替わりが長期になればなるほど露見のリスクも高まると思ってくれや。もちろん状況にもよるがな」

念入りな忠告に少年もうなずいて返す。テオが笑って腕を組んだ。

「ま、とはいえ、数日程度の入れ替わりなら心配はねぇ。必要な時に気軽に言いつけてくれや。あ、そんで今回の口裏合わせだけどな――」

オリバーが校舎に戻る前に、影武者を務めている間のテオが周囲の人物と交わした会話を把握しておく必要がある。十五分ほどかけてそれを済ませたところで、情報の引き継ぎは問題なく終わった。ひとしきり礼を言って部屋を去ろうとするオリバーの背中に、そこで思い出したように声がかかる。

「おおっと、そうだ、ひとつ注意しとかねぇとな。よっぽどの事情がない限り、テスト期間の入れ替わりはナシだぜ？　そーいうのは自分で頑張らねぇとな、後輩」

「心得たよ、先輩」

くすりと笑ってそう答え、オリバーは従兄妹の工房を後にする。……死闘の記憶も真新しい時期だけに、ああして肩の力を抜かせてくれる言葉はありがたかった。アフターケアまで万全の影武者に感謝しつつ、少年は校舎を目指して力強く迷宮を歩き始めた。


「お、来たかオリバー」「今日は羊の肋《あばら》肉が美味にござるぞ！」

夕食時に合わせていつもの面々と合流した。彼らにとっては普段通りの光景だが、オリバーにとっては死線を超えて数日振りに会う友人たちである。こみ上げるものを押し隠して席に着き、シェラに勧められた紅茶を口に運びながら、彼はちらりと周囲へ視線をやった。

「……空気がざわついているな」

「エンリコ先生が失踪した一件のせいでしょう。新聞部が出した号外で一気に広まって、今はどこもその話で持ちきりですわ」

そう言って、シェラはテーブルに置かれた問題の号外を見下ろす。オリバーもそれを見て眉根を寄せた。……「同僚殺しは誰だ！」という見出しはいかにも扇情的で、一目で第三新聞部の手になる記事だと分かる。あそこの編集長は同志のひとりなので、これも情報戦の一環なのだろう。教師間の内紛だと思うように校内の空気を誘導しているのだ。

事件について口々に噂《うわさ》し合う周りの生徒たちの様子に、縦巻き髪《ロールヘア》の少女がため息をつく。

「去年のダリウス先生に続いて、教師の失踪は二年連続のふたり目。こうした勘繰りも生じてくるのでしょうね」

「冗談きついぜ。生徒同士の小競《こぜ》り合《あ》いだけでもじゅうぶん物騒なのに、この上先生方まで殺し合いをおっ始めたってか」

「……ほんとうにあるの？　そんなこと」

カティが訝《いぶか》しげに口を挟む。シェラが淡々と説明を添えた。

「思想の対立によって、はたまた己が魔道の追求のために——魔法使い同士が殺し合うこと自体は珍しくも何ともありません。けれど、キンバリーの教師同士となれば話が別ですわ。あたくしたち生徒を魚に喩《たと》えれば、先生方の存在はいわば生簀《いけす》です。それがあるからこそ生徒たちは校内で好き勝手に泳ぎ回れるのであって、枠組みそのものが壊れてしまえばここには何の秩序も残りません。……父が教師側だから、というわけではありませんが。その記事のような教師間の内紛であって欲しくはありませんわね」

厳しい表情で言うシェラ。その様子を横目に、これまでじっと考え込んでいたピートがぽつりと口を開く。

「……犯人が教師でないとすれば、話はどうなる？」

「迷宮の深層での事故か、あるいは魔道の探求の過程で魔に呑《の》まれたか。もっとも有り得るのはこの二つでしょう。二年連続、というのは確かに腑《ふ》に落ちませんが」

「生徒にやられた、ってこたぁないのかね。ここにゃおっかない先輩がわんさといるだろ」

ガイが思い切った仮説を口にする。シェラはますます難しい面持ちになって両手を組んだ。

「失踪したお二方は異端狩り《グノーシスハント》の前線帰りです。仮に上級生のトップ層が束になって挑んだとしても勝負になるかどうか。……仮に、今のあたくしが百人で挑んでも父には敵《かな》いません。つまりはそういうことです」

オリバーは静かにうなずいた。その表現にどんな誇張もないことを、今の彼は身をもって知っている。テーブルに沈黙が下り、それを見て取った縦巻き髪《ロールヘア》の少女が話題をまとめる。

「いずれにせよ、これはもはや異常事態です。校長も本腰を入れて対策に乗り出すでしょう。……解決まで、そう長くはないかもしれませんわね。キンバリーの魔女が本気になったのなら」

同刻。校舎三階の会議室にて、キンバリーの職員会議が執り行われていた。

「――ひとりずつ見解を述べろ」

楕円《だえん》形の大テーブルの最上座。この学校における玉座にも等しい位置に腰かけた銀髪の魔女がそう命じる。それに対して、彼女の斜め右に陣取る暴君が最初に応じた。

「見解もクソもねぇよ。――こん中の誰かがやった。そうだろ？」

歯に衣着せず言ってのける魔法生物学の教師、バネッサ＝オールディス。ダリウスの時から一貫して、彼女は同じ教師による犯行である説を崩していない。が、それを聞いて、テーブルを挟んだ右側に座る別の教師が諫《いさ》めの声を上げた。

「滅多なことを言うなよＭｓ《ミズ》．オールディス。そんなマネしてそいつに何の得がある」

物怖《ものお》じせず反論したのは箒《ほうき》術の担当教師、ダスティン＝ヘッジズ。異論を上げた彼にバネッサがじろりと視線を向けるが、エスメラルダの斜め左に座る教師がそこに言葉を挟んだ。

「ダスティン君の意見はもっともだ。僕たち魔法使いにとってキンバリーは一種の理想郷《ここ》だからね。それを進んで壊したがる人間がこの中にいるとは思わないなぁ」

焦茶の洒脱《しゃだつ》なスーツに身を包んだ非常勤教師、セオドール＝マクファーレンの発言だった。ダスティン同様、彼もまた犯人を教師とする考えには与《くみ》しないとする姿勢。そこに古風なローブに身を包んだ少壮の教師が声を上げる。

「だが、ダリウスとエンリコは現に消えた。二年連続でふたりの教師が『偶然』魔に呑《の》まれたと考えるのは無理がある。それは全員が同意見だろう」

天文学の担当教師、デメトリオ＝アリステイディスの指摘。彼の言葉にうなずきつつ、老年の魔女が言葉を加える。

「校内に敵対者が存在する。その者、あるいは者たちは、あのふたりを打倒しうる戦力を持つ。何を話すにせよ、それを前提に話を進めるべきですね」

千年を生きる魔女にして呪文学の担当教師、フランシス＝ギルクリストが話をひとつ具体的にした。が——数秒の沈黙の後、そこにおどおどとした女の声が上がる。

「き、杞憂《きゆう》ってことも、あ、あるんじゃないでしょうか。ダリウス先生もエンリコ先生も、ひょっとしたら明日にもひょっこり戻ってきたりして……」

テーブルの最下座から搾り出すように意見を述べたのは、校舎の図書室で司書を務めるややふくよかな体格の女性職員、イスコ＝リーカネンだった。教師ではないため発言力は他に劣る。その内容に何人かが失笑し、彼女のすぐ隣に座る教師が言葉を添える。

「そうだね、イスコ。君の気持ちはよく分かる。ふたりが無事ならそれがいちばんだ。けど今は、そうじゃなかった場合の対処を話し合わないと」

錬金術の担当をダリウスから引き継いだ男性教師、テッド＝ウィリアムズがやんわりとフォローする。それで司書がしゅんとうつむき、また別の場所から低い声が上がる。

「……誰が犯人だろうと、いい。問題は……俺の花壇が、荒らされるのかどうか、だ」

陰気な視線でじろりと一同を睨《にら》んだのは、魔法生物学の派生科目である魔法植物学を担当する男性教師・ダヴィド＝ホルツヴァート。黒い茂みのような前髪の下から同僚の教師たちを見るその目は、すでに自分の庭へ曲者《くせもの》を近付けまいとする園芸家のそれである。

「つべこべ言わずに死体を持ってこい。魔法医《あたし》の領分はそこからだろぉが」

金髪をばっさりと刈り上げた女が腕を組んで要求する。キンバリー校医・ヒセラ＝ゾンネフエルト。生徒たちの千切れた手足や臓腑《はらわた》を数えきれないほど繋《つな》いできた医務室の主《あるじ》である。滅多なことでは医務室から出ないことで知られており、本人曰《いわ》く、「医務室《ここ》まで来られねぇならそれがそいつの寿命」だとのこと。

言葉を交わすほど剣呑《けんのん》になっていく場の雰囲気を見かねて、テーブルの中央寄りに座る教師が立ち上がり、毅然《きぜん》と声を張る。

「話を急ぐべきではない。ダリウスの時と違い、エンリコ先生の失踪には痕跡がある。その点から確認しよう」

白いローブに身を包んだ魔法剣の担当教師、ルーサー＝ガーランドの一声だった。その視線がテーブルの上を走り、かつてエンリコ＝フォルギエーリが座っていた席に腰かける、老爺《ろうや》と瓜二《うりふた》つのダミーゴーレムを見据える。

「ダミー・エンリコ先生、現場の状況を」

「キャハハハハ！　お任せを！」

快諾したダミー・エンリコが大きくのけ反り、パカンと左右に開いたその胸から四脚の小型ゴーレムが現れる。それがテーブルの上をトコトコと歩いていき、中央に達したところで動きを止めた。上部に積んだ四角錐《かくすい》の水晶から光が放たれ、それが空中にここではないどこかの景色を立体的に映していく。

そうして教師たちの前に現れたのは、起伏に富んだ岩場の地形と、そこに倒れ込んだ規格外のゴーレムの巨体。デメトリオがぼそりと口を開く。

「……五層。十一番回廊の直後か」

「派手にぶっ倒れてんじゃねぇか、爺《じじい》ご自慢の機械仕掛けの神《デウス・エクス・マキナ》がよ。ザマぁねぇな」

印象的な光景を眺めてゲラゲラと笑うバネッサ。その一方で、錬金術担当のテッドが食い入るように映像を見つめる。

「大きな破損は頭部のみですね。原因は、熱による溶解……でしょうか」

「右掌にも溶解の痕跡があります！　なので、これは本体の呪光による自滅の可能性が高いですねェ！」

ダミー・エンリコの操作で映像が拡大され、右掌と頭部の様子が大きく映し出される。それらを視線で舐《な》め回すように確認しつつ、箒術《ほうき》担当のダスティンがフンと鼻を鳴らす。

「素直に見れば、ゴーレムの駆動実験中の暴走による事故ってわけか」

「あり得ませんね。あの坊やに限って、そんなくだらないミスは」

断定的に言ってのける呪文学担当のギルクリスト。全員が映像を注視する中、そこでガーランドがふと声を上げた。

「……胴体を拡大してもらえるか」

要求を受けたエンリコ・ダミーが映像を操作し、倒れた機械神の胴体を拡大する。多くの傷が刻まれた剛鉄《アダマント》の装甲が映し出され、セオドールがふむと唸《うな》った。

「爪痕が残っているね。場所から考えて、大地竜《リントヴルム》と翼竜《ワイバーン》のものかな」

「何か気になるのかよ？　ガーランドの坊や」

バネッサが問いを投げる。竜種の爪はあらゆる物質の中でも上位の強度を誇るため、剛鉄《アダマント》の装甲が損なわれていることに不思議はない。ガーランドもそれは当然承知しているが、彼の両目はそのまましばらく映像を凝視した。

「……いや。こうして見る限り、不自然なところはなさそうだ」

観察を打ち切って沈黙するガーランド。そこでダミー・エンリコが補足する。

「Ms《ミズ》．ムウェジカミィリの力を借りて現場は保全してありますが、この大きさの上に場所が場所ですので、機体の回収と分析には今少し時間が掛かりますねェ。新たな手掛かりが見つかればすぐに連絡差し上げますから、そこはご安心を」

「頼むよ。現時点では唯一と言っていい物証だからね」

うなずくセオドール。映像の表示を止めた小型ゴーレムがエスメラルダのほうに歩いていき、証拠物件として自らをそのまま彼女に差し出す。キンバリーの魔女の金属じみた横顔を窺《うかが》いつつ、縦巻き髪《ロールヘア》の教師が話の向きを変えた。

「けれど、どうやらすぐに見て取れる手掛かりはなさそうだ。――少し手間をかけてはどうだい？　校長」

軽い調子の提案を受けて、そこでエスメラルダが厳然と声を発した。

「校内監査を執り行う」

教師たちの顔に緊張が走る。天文学担当のデメトリオが真っ先に問いを返した。

「――何次だ？」

「一次や二次は難しい。最高で第三次かな、この段階なら」

セオドールが条件を絞る。それに無言で肯定を示し、キンバリーの魔女はなおも告げる。

「事件当時の時刻・状況を推測した上で、そこから逆算される参考人物をリストアップしろ。教師も生徒もその他の職員も全て含めて。特に重要と思われる相手には私自身が監査を行う」

それは即《すなわ》ち、本格的な捜査開始の宣言に他ならなかった。同時に教師たちは確信する――これから自分たちが動く間に、その動向も漏れなく監視されるのだと。今もって最有力の容疑者が教師である以上、この捜査は炙《あぶ》り出しも兼ねていると考えるのが正しい。

場の緊張が一気に高まる中、またもやセオドールが平然と声を上げげる。

「賛成だけどね。この広大な学校を調べるのに、僕たちだけじゃ手が足りないよ。何より、教師には目が届かないところもある。そうは思わないかい？」

「本題を言え」

エスメラルダが端的に促す。それを受けて、縦巻き髪《ロールヘア》の教師がいたずらっぽく舌を出した。

「実はね、もう潜り込ませてあるんだ。生徒のほうに」

「──美味《うま》あっ⁉　なんじゃこら、ご馳走《ちそう》だらけじゃないか！」

夕食時で賑《にぎ》わう「友誼《ゆうぎ》の間」に、その喧騒《けんそう》を割って、ひときわ大きな声が響き渡った。

「ずるいなぁ君たちは、毎日こんなご馳走《ちそう》ばかり食べてるのか！　そりゃあキンバリーの卒業生が強くなるはずだよ！　食は命、命は力！　基本中の基本だ！　他の学校も見習うべきだね！」

食事の手を止めて、オリバーたちもその声の方角に目を向けた。──とんでもなく派手な独り言を口にしながら、ひとりの男子生徒が皿を両手にあちこちのテーブルを行き来している。新しい料理を見つけるたびに節操なく盛りつけるので、ふたつの皿はとっくに小山のような有《あり》様《さま》になっていた。

奇妙なのは、相手の制服は二年生のものなのに、オリバーたちの誰ひとりとしてその生徒に見覚えがないこと。これだけ派手な言動をする相手なら、むしろ忘れるほうが難しいはずだ。

「おおっと空いてるテーブルがないぞ！　混み合う時間に来てしまったようだ！　困ったなぁ、困ったなぁ！　出直そうにも両手はごはんで一杯だし、何よりお腹《なか》がぺこぺこだしなぁ！」

わざとらしく叫んで辺りを見回す男子生徒。目が合いそうになった生徒たちが一斉に顔を逸《そ》らし、彼の存在はぽつんとテーブルの間に残された。オリバーたちが顔を見合わせ、アイコンタクトでそれぞれの意見を伝え合った末に、「気味悪いからほっとこう」に対して「かわいそうだから入れてあげよう」が僅差で勝利した。

無言の審議の結果を受けて、振り向いたシェラが問題の人物に話しかける。

「……そこの方。こちらのテーブル、席がひとつ空いていますわよ」

「えっ、本当かい⁉　ははは、参ったなぁ！　独り言が聞こえてしまったか！」

嬉々《きき》としてやって来る男子生徒。山盛りの皿をテーブルにどすんと置いて六人に向き直り、芝居じみた仕草で胸に手を当てて、彼は声も高らかに告げる。

「ぼくは二年のユーリィ＝レイク！　今日キンバリーに来た普通人学校からの転校生だ！　親切な初めての友人たち！　きみたちの名前も教えてくれるかい！」

名乗りを受けた瞬間、六人の印象は綺麗《きれい》に一致した。――なんて胡散臭《うさんくさ》い奴《やつ》だ、と。

第二章

〜

シークレットフュード
暗闘

とある箒《ほうき》競技のトッププレイヤーが残した言葉がある。曰《いわ》く——速く飛べば飛ぶほど、周りからは人がいなくなる。その孤独こそが何よりの恐怖だと。記録更新のプレッシャーよりも、あらゆる事故のリスクよりも。

「……フゥッ……！」

箒《ほうき》乗りなら誰もが知るその言葉を、実感として味わえる者は決して多くない。いま練習場の上空を駆ける魔女は数少ないそのひとり。風鳴りの中にあらゆる音が掻《か》き消え、狭まった視界の中を全ての景色が瞬《また》く間《ま》に流れ過ぎていく。その領域は、もはや比喩ですらない別世界だ。

「……おいアシュベリー！　少し休憩——」

地上から放たれたチームメイトの声も、両者の世界を隔てる壁によって弾《はじ》かれる。忠告を最後まで言い切る暇もなく遠ざかった背中を眺めて、ブルースワロウの選手たちは肩をすくめた。

「……あの通りだ。言うこと聞かないっつーか、そもそも耳に入ってねぇ」

「よくあそこまで集中が続くよね。でもさ、もう五時間ぶっ続けなんだよ。キャッチャー連中も疲れてるし、いくらなんでも休ませないと」

そう説明して背後を振り向く選手たち。別チーム《ワイルドギース》のユニフォームに身を包んだ二年生の女生徒に、彼らの視線が集中する。

「——ってなわけで。本っっっ当《とう》に悪いんだけど、頼める？　Ｍｓ《ミズ》・ヒビヤ」

その言葉を受けて静かにうなずき、東方《エイジア》の少女はおもむろに箒《ほうき》へ跨《また》がった。

「承ってござる。が——まずは、あの隣を飛べるかどうか」

上空を行くアシュベリーをひたと見据え、深い呼吸を数度重ねる。そうして集中を研ぎ澄ませた上で、ナナオは両足で地を蹴って飛び立った。抜群の初速でコースに侵入し、そのままぐんぐんと速度を増していく。技術面で一年の頃よりも遥《はる》かに洗練されたその姿に、地上の選手たちが腕を組んで唸《うな》る。

「——むぅ……！」

だが、その速さをもってしても、ブルースワロウのエースに追いつくことは難しい。コースを二周や三周したくらいでは近い速度域に達することも叶《かな》わない。ナナオの口元に笑みが浮かんだ。——影も踏ませないとはまさにこのこと。あらゆる技術に圧倒的な開きがある。

「——フゥッ……！」

だからこそ、そんな背中を追えることが彼女の喜びだった。猛《たけ》る魔力に黒髪が白く染まり、その全力を注《つ》ぎ込《こ》まれた愛箒《あいそう》・天津風《あまつかぜ》がさらなる速度をもって空を行く。五周、六周、七周、八周——周回を重ねるごとに確実に縮まっていくタイムに地上の選手たちが息を呑《の》み、直下の地面に待機するキャッチャーたちの顔にも緊張が走った。ここまで来ると、もはや下級生に出させていい速度ではないのだ。

が——同時に、それはナナオが先を行く魔女の世界に一歩踏み込んだことを意味していた。彼女の存在を認識したアシュベリーの箒《ほうき》が束《つか》の間《ま》速度を落とし、軌道を調整して、同じコース上で東方《エイジア》の少女と並んで飛ぶ。地上の選手たちが喝采を上げた。ナナオが追走を始めてから実に十二周目の出来事だ。

「——何の用、Ms《ミズ》.ヒビヤ」

真横から響く魔女の声。ギリギリのところで速度を維持しながら、ナナオがそれに応じる。

「貴殿と暫《しば》し語らいたく。一旦降りられぬか、アシュベリー殿」

「また今度ね。今、あなたと遊んでる暇はないの」

素っ気なくそう告げると、アシュベリーは再び速度を上げてあっさりとナナオを突き放した。地上から落胆の声が上がるが、東方《エイジア》の少女は少しも諦めない。力及ぶ限りの速度でコース上を飛び続け——やがて一周先行した相手が再び接近したところで、するりとその隣に滑り込む。

「——そう仰《おつしや》るな。遊びは大事にござるぞ」

「……しつこいわね」

今度は相手にせず、またしてもあっという間に抜き去っていくアシュベリー。本人からすれば突き放したつもりの対応だったが、裏腹に、当のナナオはこの上なくシンプルに考えていた。即《すなわ》ち——一回の並走で一声かけられる。ならばそれを積み重ねよう。相手の気が変わるまで、何回でも、何十回でも。

　果たして、彼女はその発想を実行した。何周しようと少しも速度を緩めることなくコースを飛び続け、相手と隣り合ったタイミングで必ず声をかける。コーナーの度に襲い来る重力と慣性に骨を軋《きし》ませ、頬の肉を噛《か》んで失神寸前の意識を呼び覚ます。わずか数秒のチャンスのために延々と飛び続ける。

「拙者の国では！　急がば回れという諺《ことわざ》が！」

「…………」

　無視して飛び去りながら、しかしアシュベリーは唇を噛《か》む。言葉の内容よりも相手の愚直な姿勢そのものが見ていられない。こんな会話ですらないやり取りのために、あの少女はどれだけ力を注ぐつもりなのか？　なぜそんなにも全力でいられるのか？

　そんなことを考えている間にさらに一周が過ぎ去り、ナナオの箒《ほうき》が何度目とも知れず女の真横に並ぶ。限界などとっくに超えて、もはや箒《ほうき》にしがみ付くようにしながら少女は口を開く。

「……肩の力を抜くことも……！　時には……！」

「…………ああ、もうッ！」

　その瞬間をもって、ついに魔女は根負けした。先行してコースから外れるアシュベリー。ナナオもその後を追い、ふたりの箒《ほうき》が空中で大きく弧を描きながら地上へ降りていく。

「付き合ってやるわよ！　ただし十分だけ！　いいでしょそれで！」

「……光栄にござる……」

弱々しい声でナナオが言う。そうして数秒後、地上の選手たちに大歓声でもって着地を迎えられたその瞬間――彼女の体は、ばったりと地面に倒れ込んだ。


要するに脳貧血である。高速域の空中機動《マニューバ》で体内の血が偏りすぎたことによるこの症状は、箒《ほうき》乗りの間ではさほど珍しくない。慣れた選手たちに体を運ばれ、彼女はそのまま風通しのいい木陰に寝かせられた。

「ほら、飲み物」

「忝《かたじけな》い……」

仰向けのナナオの口に、アシュベリーが手にした瓶からゆっくりと飲み物を注ぐ。こくこくと喉を鳴らして飲み込み、それで少女はやっと一息ついた。女が呆《あき》れたように鼻を鳴らす。

「まったく……。十年早いのよ、タイムアタック中の私に並走しようなんて」

「確かに、あれは今の拙者では追い付けぬ……。凄《すさ》まじい速度にござった」

ついさっきまで追っていた背中を思い出して、ナナオが率直な感想を口にする。アシュベリーもその隣へ腰を下ろす。

「当然ね。箒合戦《ブルームウォー》と箒競争《ブルームレース》じゃ、求められるトップスピードの領域が根本的に違う。箒《ほうき》の最高速度はもともと、たとえ魔法使いであっても人間の肉体で耐えられるものじゃないの。そのために一から作った体じゃないとね」

「一から、にござるか」

ナナオの視線が横へ移動し、頭から爪先まで、そこにいる相手の体をじっと見つめる。あらゆる無駄が削《そ》ぎ落された肉体は、極限まで研ぎ上げられた刃物にも似る。日々の弛《たゆ》まぬ訓練のみならず、生活の全てをそのために捧《ささ》げた者だけが持ち得る身体《からだ》だ。

が——少し黙った後。直前の自分の発言に対して、アシュベリーはそっと首を横に振る。

「ううん、それすらも正確じゃないわね。実際には生まれる前から、よ。……肉体から霊体に至るまで、私の体はそのためにデザインされている。世代を跨《また》いだ品種改良に次ぐ品種改良でね」

「一から」ではまだ足りないのだと魔女は言う。もとより魔法使いとは、一代では辿《たど》り着《つ》けぬ成果を目指すために子を成し、家を営むものであるから。彼女が生まれる遥《はる》か以前の時空、その魔道が始まった瞬間に彼女のスタート地点はある。

「魔法使いの家の子供は、多くがその生涯に目的を持って生まれてくるわ。私の家《アシュベリー》の場合は『箒術《ほうき》における最速』。それを達成できなければ人生丸ごと失敗作よ」

「……失敗作」

東方《エイジア》の少女が鸚鵡《おうむがえ》返しにぽつりと呟《つぶや》く。その隣で、ひたすら速く飛ぶために生まれてきた女は大きく溜《た》め息《いき》を吐いた。ひどく珍しい自嘲の色をそこに滲《にじ》ませて。

「だっていうのにね。——箒合戦《あそび》にかまけすぎたわ、私としたことが」

その瞳が見つめる先の空で、彼女のチームメイトたちが飽きることなくどつき棒《クラブ》を手に戦いを繰り広げている。呆《あき》れるほどに野蛮でありながら、その光景はいつも楽しげだ。落とす側も落とされる側もあっけらかんとして屈託がない。

箒合戦《ブルームウオー》というゲームは本質的にそういうものだ。魔法使いたちに課される様々な抑圧や責務——それらからの束《つか》の間《ま》の解放がそこにはある。だからこそルールの整備も最低限に留《とど》めて、選手たちは思うまま自由に空を舞うのだ。さながら子供同士の棒きれ遊びの延長で。どれほど競技のレベルが上がろうとも、その根本は変わらない。彼ら自身が決して変えたがらない。

と、隣のナナオから向けられる視線に気が付き、アシュベリーがハッとして彼女に向き直る。

「あ……勘違いしないでよ。別に箒合戦《ブルームウオー》を下に見てるわけじゃないわ。単に私の中での優先順位の話で……」

「うむ、承知してござる。……伸び悩んでおられることには、何か理由が？」

相手をじっと見据えて問いかけるナナオ。その視線を受けたアシュベリーが唇を尖《とが》らせる。

「……私にそういうことを迷わず訊《き》けちゃう辺りが、あなたの強みよね」

尋ねてきたのが他の相手なら、彼女は一顧だにせず跳ねのけるだろう。だが、この後輩に限って、その言葉に揶揄《やゆ》や含みを疑う意味はない。同じ空で何度も飛べば、それは否応《いやおう》なく分かってしまう。

跳ねのけないなら、あとはもはや受け止める他にない。諦めの吐息をひとつ挟んで、アシュベリーは後輩の問いに答えた。

「……馴染《なじ》みのキャッチャーがいたのよ、昔」


抜きん出た才能を最上の美酒に例えるなら。それを容《い》れるだけの「格」を持つ器も、また希少なものである。

「……フン」

キンバリーに入学して間もない時期のアシュベリーはまさにそれだった。有り体に言えば、チーム内で分かりやすく孤立していた。

入学直後に全ての箒《ほうき》競技チームから熱烈な誘いを受け、それらの中から個の実力を最も重んじることで知られるブルースワロウを選んで所属した。彼女の性格からすれば至って妥当な選択だったはず。だが——その上で、見事にはみ出した。

彼女以外に誰もいない練習場。目の前に広がる寒々しい夜明けの空が、端的にその証《あかし》だった。

「おいおい、待て。まだ誰も来ていないぞ。キャッチャーなしで飛ぶつもりか？」

構わず箒《ほうき》に跨《またが》ったアシュベリーだが、ふいに背後から声がかかった。誰かいるとは思わず、彼女は意外に思ってちらりと視線を向ける。やけに大柄で分厚い体の男がそこに立っていた。体格が良すぎて、手にした箒《ほうき》がやけに小さく見えるほどだ。

「誰よ、アンタ」

「さて、誰だろうな。お前と同じチームの二年のひとりだとは思うが」

とぼけた風に言ってのける男。それを聞いたアシュベリーが眉根を寄せ、ああ、と思い出す。

「……そういやいたわね、ひときわ馬鹿でかい奴《やつ》が。あんまり場違いだから逆に忘れてたわ。どう見ても箒《ほうき》競技向きじゃないでしょ、その体」

「お前に比べれば誰もがそうだな。が、安心しろ、俺は最初からキャッチャー志望だ。だから今もここにいる」

泰然と笑って男は言う。それを聞いたアシュベリーが鼻で笑った。

「で、また三日で泣きを入れるわけ？　……もうあんたで八人目。うんざりしてるのよ、もう。役立たずに下でウロチョロされるくらいなら、キャッチャーなんていないほうがまし」

「ずいぶん嫌気が差しているようだな。が、それも心配無用だ。お前を追い回してちょこまか動き回ったりはせん。これまでの飛行は見させてもらったからな。落ちる時だけ下にいれば済むことだ」

憚《はばか》りなく言ってのける男。お前の飛び方などとっくに知り尽くしていると言わんばかりの態度に、アシュベリーがカチンときて相手を睨《にら》む。

「大きな口を利《き》くじゃない。……いいわ、そこまで言うなら試してあげる。これから五時間も練習に付き合えば、どうせ嫌でも全部分かることだしね」

「生憎《あいにく》と、今日は二時間しか付き合わんぞ。俺には俺でやることがある」

「はぁ？　何よ、やることって」

「迷宮美食部のバーベキューパーティーだ。あれはいいぞ、毎回違う肉が食える」

嬉々《きき》として答える男。それを聞いた瞬間、もはやカチンときたというレベルではなく、アシュベリーの額に鮮やかな青筋が浮いた。

「私のサポートよりもゲテモノのほうが優先ってわけ。……いい度胸ね、あんた」

「カカカッ！　まぁそう怒るな、二時間はみっちり付き合う。その間はどんな落ち方をしても確実に受け止めてやろう。好きなだけ下手くそを晒《さら》すがいいぞ」

なおも煽《あお》るように男は言う。その不愉快な顔から視線を前に戻したアシュベリーが、地面を蹴って一気に空高く舞い上がる。――一度でも不手際《ふてぎわ》を晒《さら》せばそこまで。顔に一撃蹴りを入れて、名前も聞かずに練習場から追い出してやる。そう決めた。

その結果。きっちり二時間の練習の後、彼女は相手の名前を知ることになったのだった。

箒《ほうき》競技に詳しくない者の間では、「キャッチャーに高度な技術やプレイヤーとの相性なんてあるのか」と疑いの目で見る向きもある。彼らのイメージの中では、キャッチャーとは試合場や練習場の全域にまんべんなく配置されて、たまたま自分の上に落ちてきた選手を呪文で受け止めるだけの存在だからだ。

　無論、それは明確に実態と異なる。もし仮に、広いフィールドの全域を「たまたま上に落ちてきた相手を受け止める」だけの能力しかないキャッチャーで埋めたなら、その人数は軽く百人を超えてしまう。が、実際は十三人。ひとり当たりの受け持ち範囲の広さは言わずもがなだ。

「――シィッ！」「ヒュウッ！」

　横合いから襲ってきたアシュベリーのどつき棒《クラブ》の一撃を、紙一重のところで敵チームの選手が降下して躱《かわ》す。相手を仕留め損なった女が舌打ちし、その眼前で獲物が声を上げる。

「ひょお危ねぇ！　だがな、そう簡単にゃ落とされてやれねぇぜ！」

「――フゥ――」

　相手の言葉とは裏腹に、彼女は今落とすと決めた。降下した敵選手をひたと見据えたまま、そこへ向かってアシュベリーがピッチを下げる。地表スレスレで上昇を始める相手に、その上昇のタイミングを狙って斜め上から斬りかかった。

「……は？　ちょ、おい!?」

　一瞬遅れてその動きに気付いた敵選手がぎょっと目を剝《む》く。地表のすぐ上にいる自分に、上から勢いを付けて斬りかかる。その行為が意味するところは余りにも自明であり、

「アァァアアッ!」

果たして彼女がどつき棒《クラブ》で敵の体を叩《たた》き落《お》とした瞬間。その目の前には、どうあっても避けようのない障害物――すなわち地面が、圧倒的な面積でもって行く手を阻《はば》んでいた。

「フゥウウウッ!」

箒《ほうき》の先端が草地に触れる。その一瞬手前でアシュベリーは強引にピッチを上げ、風圧で芝生を撒《ま》き散《ち》らしながら地表スレスレを飛行する。強引極まる軌道に内臓がひっくり返るような負荷が全身を襲い、制御を失いかけた箒《ほうき》がガタガタと揺れる。その全てを押さえ込んで再上昇を試みる。

「――――ッ!」

が、限界はそのタイミングで来た。上昇のためにピッチを上げたことでわずかに箒《ほうき》の尻が沈み、すぐ下の地面に接触してしまったのだ。紙一重で保たれていたバランスが致命的に瓦解《がかい》、とっさに前へ重心を戻そうとするも、その勢いのまま縦にスピンしてしまう。もはや受け身もへったくれもない体勢で、彼女は地面へ吸い込まれ――、

「**勢い減じよ**《エルレダダウス》。――ほれ」

その転落の方向に待ち構えていたモーガンが、呪文と太い両腕でもって、当然のようにアシュベリーの体を受け止めた。

「本当に予想を裏切らん。深追いの見本のような絵だったな、今のは」

「……うるさい馬鹿」

がっちりと抱き留められた体勢のまま毒づき、彼女は相手の胸をこぶしで叩《たた》く。その程度では小揺るぎもせず、彼女のキャッチャーは歯を見せてにっと笑うのだった。

「――認めたくない。認めたくはないけど」

過ぎ去った時間から視点を現在《いま》に戻し、苦い面持ちで魔女が言う。自分の弱さを見つめるという行いは、傷口に指を突っ込むのによく似ている。

「あいつが消えてから、全速力を出すのが怖くなった。速さがある領域を超えるとね、心のどこかでブレーキが掛かるのが分かるのよ。そこから先に行きたくないって思っちゃうの。……ああもう、堪《たま》ったもんじゃないわ」

苛立《いらだ》ちも露《あら》わにがしがしと髪をかき混ぜるアシュベリー。その姿をじっと見つめて、ナナオは静かに言葉をかける。

「……今一度、その方に来てもらうことは？」

「迷宮に潜って、もう二年以上音沙汰なしよ。研究してる内容も内容だったし、とっくに魔に呑《の》まれてても驚かないわ。おおかた来年辺り、合同葬儀にしれっと棺桶《かんおけ》が並ぶんじゃない？」

ナナオは押し黙った。最初の一年で彼女も実感した通り、キンバリーとはそういう場所だ。

「仮に生きてたとして——毛頭ないけどね。またあいつを頼る気なんて」

鼻を鳴らしてそう言い、魔女はそれきり口を噤《つぐ》む。ふたりの間に沈黙が流れ——やがて、それを振り切るようにアシュベリーが声を上げる。

「……話しすぎたわ。ちょっと、聞いてばかりいないで、少しは自分のことも話しなさい。あなたは将来どうするの」

「拙者の将来」

「そうよ。箒《ほうき》で生きていく気なら早めに目標を見据えないと。プロの箒《ほうき》競技プレイヤーを目指すもよし、魔法空戦でエースを志すもよし。あなたならどちらでも輝けるわ。落とすのが人か魔獣かの違いだけよ」

話が相手のことに移った途端、彼女はまくしたてるように口数を増やした。プロ入りを目指すならどこのチームがいいか、選手の層が厚いのは、指導者が優れているのは、逆に気に食わないのは——。

次々と並べられる専門知識。自分の将来の選択肢であるらしい様々な展望を、しかしナナオは他人事《ひとごと》のように聞き続ける。耳に入る全ての内容に現実味が感じられない。数日先ならまだしも——ずっと先の未来《さき》を考えることとなると、彼女はまだまだ苦手だ。

「興味が出てきたらダスティン先生に訊《き》いてみなさい。あの人なら喜んで相談に乗るだろうから。ずっと指導したくてうずうずしてるからね、あなたのこと」

相手のそんな心境も薄々察しつつ、アシュベリーはにっと笑って言い添える。ナナオは素直にうなずいた。忠告の内容よりも——彼女には単に、目の前の先輩からの思い遣《おもや》りが嬉《うれ》しかったから。

同じ日の授業後。友誼《ゆうぎ》の間に集まっていつもの六人で夕食を取っていると、ふいに長身の少年がフォークを動かす手を止めた。

「——ちょっと訊《き》きたいんだけどよ、ナナオ」

テーブルを挟んで斜め向かい側の少女に声をかけるガイ。どこか神妙な面持ちの友人に、ナナオはきょとんと目を向ける。

「む？　何でござるか、ガイ」

「ああ、ちょっとな。……アシュベリー先輩って、今どうしてる？　ほら、おまえがシニアリーグのデビュー戦でやり合ったブルースワロウのエースの。最近試合に出てねぇなと思ってよ」

彼女にとっては記憶に新しい人物の話題だった。昼間の出来事を思い返しつつ、ナナオは答える。

「今日にも言葉を交わしたばかりにござる。今は箒《ほうき》合戦からは距離を置き、速駆けの修練を積まれている様子でござったが」

「あー、タイムアタックのほうに集中してんのか。調子はどうよ？」

重ねて問いかけるガイ。が、その視線の先で、ナナオは腕を組んで俯《うつむ》いてしまった。縦巻き《ロール》髪《ヘア》の少女が意外に思って声を挟む。

「珍しいですわね。ナナオが言葉に悩むなんて」

「むぅ。言葉に悩む、というよりも……どこまで話して良いものか」

少女に口を噤《つぐ》ませたのは、ひとえに分別と礼儀だった。ブルースワロウのエースが自分の弱みを他人に晒《さら》すことは決して多くない——それが分かるだけに、昼間の話をここで口にすることは憚《はばか》られる。何事につけて寛容なようで、そうした線引きはきっちりと行うのがナナオという人間である。

となればガイにも強いて聞き出すことは出来ない。ふたりの間で会話の行き詰まりを感じて、眼鏡の少年が静かに助け船を出す。

「……野次馬根性で訊《き》いてるわけじゃない。こっちから話すぞ、ガイ、カティ」

そう言って、ピートが友人ふたりに目配せする。各々《おのおの》のうなずきが返ったところで、眼鏡の少年はそのまま事情の説明を始めた。

二層での探索中に魔獣に襲われたこと、それでガイが巨大樹《イルミンスール》から落ちて窮地に陥ったこと、その状況をモーガンと名乗る上級生に助けられたこと。話を先まで聞くにつれて、それまで黙っていたオリバーの顔に驚きが浮かぶ。

「――二層でそんなことがあったのか」

「ああ、情けねぇけどな。――で、その人はブルースワロウのエースが今どうしてるか知りたがってんだ。命の恩人の頼みだし、そうそう無碍《むげ》には出来なくてよ。今後もちょくちょく二層には来るらしいんで、次に会った時にアシュベリー先輩の現状を報告できりゃな、と思ったんだが」

「是非にも！」

ガイが話を結んだ瞬間、ナナオがテーブルに身を乗り出して声を上げた。五人の驚きの視線が集中する中、東方《エイジア》の少女は真顔で語る。

「……かつてのキャッチャーの話を聞き申した。おそらくは、ガイたちが出会ったその方にござろう。

ご存命とは何よりでござる。能《あた》うことならば、すぐにも会わせて差し上げたい」

強い声で希望を口にするナナオ。それを聞いたガイが困ったように腕を組み、モーガンが口にした言葉を思い出す。

――実は、あまり大丈夫でもなくてな。俺はもうじき死ぬ。

――炎に蝕《むしば》まれてしまった。カカッ――御せるつもりでいたのだがな。

「同感だけどよ。さっき話した理由で、モーガン先輩のほうは迷宮から出られねぇんだよな……。どうしたもんかね、これ」

そう言いつつ、問題解決の知恵を求めてオリバーとシェラに目を向ける。ふたりが顔を見合わせ、それから順番に考えを述べた。

「俺たちだけで頭を悩ませても仕方がない。まずは本人たちに状況を伝えるところからだろう」

「ですわね。アシュベリー先輩の側にはナナオが行くとして、モーガン先輩のほうには……ガイ、カティ、ピート、次に会った時に言伝《ことづて》を頼めますか？」

「ああ、そりゃな」「ガイを助けてもらった恩があるもんね」「元からそのつもりだ」

力強い承諾を返す三人。一方、その様子にまた別の懸念《けねん》を覚えたオリバーが口を開く。

「その返事は頼もしいが……二層の探索は大丈夫なのか、三人とも」

問われた途端、それまで意気軒昂だった三人の動きがぴたりと止まった。俯《うつむ》いたカティとピートの口から、打って変わって小さな声が零《こぼ》れる。

「……まだ巨大樹《イルミンスール》、越えられてないです……」

「……八合目まではいけた。あと少しだ」

「下りもあること忘れんなよピート。……まぁ多分、二月以内にゃいけると思うんだが」

「分かる分かる！　厄介だよねぇ、あのでっかい樹《き》！」

馴染《なじ》みのない声が三人の言葉の最後に割り込む。六人が驚いてその方向へ視線を向けると、そこには先日知り合ったばかりの転校生——ユーリィ＝レイクと名乗ったあの少年が、屈託のない笑みを浮かべて立っていた。

じっとその顔を見つめるオリバー。あえて警戒が伝わるようにしながら、彼は口を開く。

「……会話に交ざる時は、せめて一声かけてくれないか。Mr《ミスター》．レイク」

「ユーリィでいいよ！　いやぁごめんごめん、迷宮の話が出てたから入りたくてさ。実は僕も二層で痛い目を見たばかりなんだ。ほら、これ」

そう言って固いギプスで覆われた左腕を見せつけてくる。魔法使いの怪我《けが》の痕としてはやけに物々しい様子に、オリバーが眉根を寄せた。

「……骨折程度じゃそうはならないな。千切れたのか？」

「うん、やられた！　鳥竜の嘴《くちばし》でぶちっとね。丸三日はギプスを外すなってさ。すっごい不便！」

「もう迷宮へ入ったのですか？　まだキンバリーに来《こ》て間もないでしょうに」

「先輩方にも無謀だって言われたけど、あんな楽しそうな場所を放っておけるわけないじゃないか！　腕が治ったらすぐに再チャレンジさ！」

やる気も露《あら》わに言ってのけるユーリィ。が、そこでふと声のトーンを落とし、ちらちらとオリバーたちに意味深な視線を向けてくる。

「でも、確かに、ひとりだとすこーし心細いかなって。一緒に行ってくれる仲間がいると心強いんだけどなぁ……。いやほんとに」

「断固断る」「何事も順序を踏みなさい、Mr.《ミスター》レイク」

オリバーとシェラがきっぱりと断りを入れた。それを聞いたユーリィが大仰な仕草でがっくりと肩を落とす。

「むぅ手厳しい！　……仕方ない、じゃあ迷宮で会おう！　またね！」

あっさりと引き下がり、ギプスに包まれた左腕をぶんぶんと振って去っていくユーリィ。治りかけの腕が千切れるぞと思いながらも、オリバーはまた別の知り合いに意見を求める。

「ロッシ。彼についてどう思う」

「……いや、なんで別のテーブルのボクに訊《き》くねん」

隣のテーブルで、靴国訛《ユタリなま》りの少年がパスタを巻き取っていたフォークの動きを止める。オリバーは迷うことなく答える。

「初対面での胡散臭《うさんくさ》さがいい勝負だった」

「キミ、最近ボクに対して遠慮なさすぎと違《ちゃ》う⁉」

文句を言いつつも椅子ごとオリバーたちに向き直るロッシ。友誼《ゆうぎ》の間から去っていくユーリィの背中を横目に捉えつつ、彼はふんと鼻を鳴らす。

「期待に沿えんと悪いけど、蛇の道は蛇とはいかんで。アレはボクから見ても気味悪いわ」

「……と、言いますと？」

問い直したシェラに向かって、ロッシが片目のまぶたを指でぐっと上下に開く。

「眼がアかん。アイツがこっちを見る眼《め》、蟻《あり》の巣覗《のぞ》き込《こ》んどる時の子供の眼《め》ェや」

そう言って本人が去っていった方向を眺めながら、少年は露骨に眉根を寄せる。

「例え話やけど——アイツ、ボクがいきなり顔面ぶん殴ってもニコニコしとると思うで。気味悪いゆうのはそーいうことや」

それでじゅうぶんとばかりに食事へ戻っていくロッシ。オリバーが難しい面持ちで顎に手を当てた。

「……参考になった。邪魔をしたな、ロッシ」

「どーいたしまして。それより忘れんといてな、あさっての午後七時」

「ああ。いつもの場所でな」

軽く答えてロッシから視線を切ると、オリバーは同じテーブルの面々へと向き直る。彼の耳元に口を寄せて、ガイが控えめに声を上げた。

「……けっこう上手《うま》くやってんだな、あいつとも」

「まぁ……週に一度のペースで決闘していれば、嫌でも多少はな」

「……むぅ。羨ましいでござる」

ナナオが唇を尖《とが》らせて呟《つぶや》く。オリバーと軽々に剣を交えられない彼女からすれば、今のロッシの立場はこの上なく羨ましいのだ。

そんな彼女の気持ちを宥《なだ》めるように、隣のシェラがぽんぽんと彼女の背中を叩《たた》き――そこに、またしてもテーブルの外から、今度は馴染《なじ》みのある声が割り込んでくる。

「――お、いたいた。こんにちは、六人とも。テーブルに加わってもいいかい？」

「え、ミリガン先輩？」

片目を前髪で隠した魔女、ヴェラ＝ミリガンが彼らのテーブルに歩いてくるところだった。驚くカティの横で、シェラがすぐさま彼女のための席を用意する。

「どうぞお掛けになって。――珍しいですわね、友誼《ゆうぎ》の間にいらっしゃるのは」

「ありがとう。少しばかり校内で顔を売っておく必要が出来たものでね」

「顔を売る……ですか？」

意味ありげな表現に首を傾《かし》げるカティ。他の五人からも興味の視線が集中したところで、シェラに勧められたお茶で唇を湿らせ、ミリガンはこくりとうなずいた。

「順番に話そう。――教師二名の行方不明も大きな騒ぎになっているけど、私たち生徒にはもっと直接的な問題があることを忘れてはいけない。何だか分かるかい？」

と、逆に問い返すミリガン。カティ、ガイ、ピート、ナナオの四人はきょとんとした顔でいるが、残るふたりが相手の言わんとするところを察して表情を厳しくする。それを見て取った魔女がにやりと笑った。

「オリバー君とシェラ君はピンときたようだね。そう、それは――」

「――ゴッドフレイの後継問題《ポスト》について、結論を出さねばなるまい」

同時刻。扉の上に掛かる生徒会本部《スクールフォース・ヘッドクオーターズ》の看板も厳《いか》めしい部屋の中で、現キンバリー生徒会の面々が会合を開いていた。

四角く組まれた机の周りはほぼ隙間なくメンバーたちが埋めている。ベテランの上級生から新人の下級生、前線組から後方支援組まで勢揃《せいぞろ》いのその光景は、この日の集まりの重要性を如《によ》実《じつ》に現《あらわ》していた。そんな中、上座の左手に座る現役最古参のコアメンバーのひとり、六年生の女生徒レセディ＝イングウェが言葉を続ける。

「我々六年は来年度で卒業。引き継ぎの時期を考えると、学生統括の任期も残り一年を切った。気の早い者は次の統括選挙に向けて動き始める時期だ」

「……ああ。我々も、誰を推すか決めなければ」

ふたりの側近の間に座る学生統括、〈煉獄《れんごく》〉ことアルヴィン＝ゴッドフレイが厳しい表情で両手を組んだ。その心境を誰もが共有したように部屋の空気が重くなり――が、そこで場違いに明るい声が上がる。ゴッドフレイのすぐ右手から。

「なに難しい顔してんですか先輩！　そんなの僕で決まりでしょう！」

「黙れ毒殺魔！　それが出来ないから全員こんな顔をしているのだ！」

レセディが机をぶっ叩《たた》いて叫んだ。隣に座る金髪の五年生——ティム＝リントンのきょとんとした顔を横目に捉えて、ゴッドフレイはひどく言いにくそうに声を搾り出す。

「……ティム。俺の後を継いでくれようとする気持ちは率直に嬉《うれ》しい。嬉《うれ》しいんだが……」

「言葉を選ぶなゴッドフレイ！　はっきり言ってやれ、こいつには人望がなさすぎると！」

歯に衣着せずレセディが指摘する。そこに下座の同僚たちから同意の声が続いた。

「誰にだって向き不向きがある。そういうことだよ、ティム」

「友誼《ゆうぎ》の間で毒ぶん撒《ま》いた事件、今でもみんな憶《おぼ》えてるからなぁ……。せめてあれがなけりゃ、今からゴリ押しも不可能じゃなかったんだけど」

揃《そろ》って苦い面持ちでうなずき合う生徒会メンバーたち。沈んだ場を仕切り直すように、古株の上級生のひとりが両手を打ち鳴らす。

「まぁ、それはそれ。今さらティムを責めても始まらない。素直に四～五年生から適任者を探そうよ。あ、ちなみに私はパスね」

「俺もパスで……」「正直、引き継げる自信がねぇ」

テーブルを囲むメンバーのおよそ半数、もっぱら活動の後方支援を担当していた生徒たちが口々に同じ意思を示す。予測ずくの反応ではあるが、それを聞いたレセディが頭を抱えた。

「……勘違いするな、お前たち。何も〈煉獄《れんごく》〉の後を継げと言っているわけじゃない。学生統括として生徒会を取りまとめてくれれば……」

「いやー、そうは言ってもねぇ」「絶対に比べられるでしょ。前の統括と」

「今のキンバリーが平和とは口が裂けても言えないし」

「相応の武力は要るよ。最低でも上級生内で上位三分の一には入ってないとさ」

冷静な分析がメンバーたちの口から返る。否定したいのは山々だが、レセディにもゴッドフレイにもそれは難しい。彼らの決断は物怖《ものお》じではなく、自分の力不足を率直に見つめた結果なのだ。

が、全員が同じではない。ややあって――残る半数のメンバーの中から、ぽつぽつと手が挙がり始めた。

「……自分が向いてるとはまったく思わないけど。他にいないなら――やりますよ、わたし」

「俺もです。せっかく統括が作ってくれた流れ、ここで切りたくないんで」

「……ぼくも！」

力強く名乗りを上げる生徒たち。その姿を前に、ゴッドフレイが微笑《ほほえ》みを浮かべた。

「ありがとう。……その声は、本当に心強い」

「むぅ……。分かってはいたが、やはり前線組が中心になるか」

レセディが思案顔で顎に手を当てる。いま手を挙げている面々は、そのほとんどが従来の生徒会活動における前線組――つまりは現場で切った張ったを繰り返してきた猛者《もさ》たちだ。武力と思い切りにおいては頼れる半面、能力がそちらに偏りがちで、政治的な面には適性のない者が多い。ゴッドフレイも決して器用なほうではないにせよ、彼にはそれを補って余りある求心力と人望があった。

「ティムよりは遥《はる》かにマシだが、誰を選んでも必勝とはいかんな、これは。――一度話の向きを変えるぞ。生徒会以外からの立候補者の予測はどうなっている？」

　行き詰まりを見て取ったレセディが別の問題へ言及する。それを聞いたメンバーのひとりが、彼女の前で書類を取り出してみせた。複数の生徒の名前が載った名簿だ。

「やはりと言うべきか、前生徒会の派閥から立候補を表明している者が数人。面子《めんつ》を見ても完全に取りにきてますね、これは」

「そうなるだろう。彼らにすれば三年越しの復権が懸かっている」

　ゴッドフレイが重くうなずく。それで緊張を増した空気を見かねて、名簿を手にした生徒がその中に明るい材料を探す。

「あ、でも、立場的に私たち寄りの立候補者も結構いそうですよ。割と有力なところでは――」

「――次期学生統括ヴェラ＝ミリガン。素敵な響きだと思わないかい？」

不敵な笑みを浮かべて蛇眼の魔女が告げる。それを聞いて瞬間、オリバーたち六人は揃《そろ》って目を丸くした。

「……え、つまり」「する気なんですか、立候補」

「うん。面白いと思ってね、人権派としてキンバリー初の学生統括を狙ってみるのも」

そう言って紅茶に口を付けるミリガン。オリバーとシェラが黙考し、彼女の意図を推し量る。

「……ゴッドフレイ統括の後継《ポスト》が定まっていないのなら、今回の選挙はかなりの混戦が予想されますわね」

「そこに先輩の立場を踏まえれば――現生徒会とは、実質的に組んで戦う形ですか」

「さすがに鋭いね、ふたりとも。そういうことだよ。こういう情勢なら、選挙の流れ次第で私にも勝ち目が出てくるだろう？」

なるほど、とオリバーもうなずいた。……決定的な候補がいない選挙では、しばしば予想外の人物の当選が起こり得る。それはここキンバリーでも例外ではない。ミリガンもまた、その機に乗じようとするひとりなのだろう。

「まぁ――何が何でも勝ちたいかというと、それも少し違う。どちらかと言えば『現生徒会に負けて欲しくない』というのが大きい。私は今のキンバリーをそこそこ気に入っているものだから、ゴッドフレイ統括が就任する前の状況には戻したくないんだよ」

「……前の状況、ですか」

「うん。君たちも知っているだろうけど、キンバリーでは選挙で選ばれた学生統括に生徒会を組織する権限が与えられる。どんな役職に誰を任命するかは完全に学生統括の采配だから、たった一回の選挙で生徒会がまったく別物にも成り得るんだ。他でもないゴッドフレイ統括もそうやって今の生徒会を築いたわけだけれどね。

現生徒会の中核メンバーと、私はその当時から付き合いがある。彼らがまだ何の後ろ盾もない自警団に過ぎなかった頃からの縁だ。こういう状況で味方をしたくなるのも分かるだろう？」

共感を促すようにミリガンは言う。が――まったくの嘘《うそ》ではないにせよ、それが立候補の主眼だと信じるほどオリバーたちも甘くはない。彼女には彼女なりの目的があって学生統括の立場を狙っていると考えるべきだろう。問題は、その事実に対して彼らがどう応じるか。

一方で、六人のうち、ここで誰よりも悩まされたのは巻き毛の少女だった。長く重い沈黙を経て、水を張った桶《おけ》に顔を浸すような葛藤の末、彼女はか細い声で返答を搾り出す。

「……………………応援、します」

「ありがとう、カティ君。君ならそう言ってくれると思っていたよ」

ミリガンの両手が伸び、愛おしげに少女の髪をかき混ぜる。その動きの傍《かたわ》ら、魔女は他の五人へと視線を移す。

「私に票が集まれば、その分は必要に応じて現生徒会側の立候補者に流すことも出来る。ただし選挙戦の流れによっては、私のほうが彼らから票を流される側になるかもしれない。組んで戦うというのはそういうことさ」

確かにそうなのだろう、とオリバーも思う。……ここまで聞いたところ、今のミリガンは有力候補というわけではないようだ。必然、彼女も自分の勝ちにそこまで執着してはいないのだろう。現生徒会の陣営に恩を売っておくだけでも、後々に得るものはあるのだから。

「選挙の流れ次第では勝ち目が生じるかもしれない」という程度の立場で、他から抜きん出た有力候補というわけではないようだ。

と、無言で彼女の意図を推し量るオリバーをよそに、ガイがさっと手を挙げる。

「ひとつ質問いいすかね」

「もちろんさ。何でも訊いてくれ、ガイ君」

「うす。選挙が来年ってことは、誰が当選するとしても来年っすよね。先輩はそん時もう六年生になってるはずだから、もし学生統括になっても次の年度が終われば卒業ってことになる。その場合、それでもう次の選挙になるんすか？」

「ああ、なるほど、システム面の話だね。結論から言えばそうはならないよ。まず学生統括の任期は三年と定められていて、その間に本人が卒業する場合、後任を後輩から自由に指名して残りの任期を引き継いでもらうことになるんだ。だから四〜六年生であれば誰でも立候補できるのさ。さすがに七年生はダメだけどね」

「あ、そういう仕組みなんすか。つまり、先輩は任期の途中で卒業しても好きな相手に後を任せられると」

「その通り――と言いたいところだけれど、完全に私の自由というわけにはいかないだろうね。首尾よく学生統括になった場合でも、それからゴッドフレイ派閥の力を借りることは目に見えているから。けれど強く推す分には出来るよ。カティ君、君はどうだい？　私が卒業する時には君も五年生だけれど」

「ストップ！　頭がパンクします！　今これ以上悩ませないでください！」

両耳を手で塞いで情報を拒否するカティ。その様子を微笑ましく眺めてから、ミリガンは同じテーブルの全員に向き直る。

「これでも人望はあるほうだと思っている。当選するかはさておき、ただの泡沫候補《にぎやかし》で終わるつもりはない。やるからには私も本気だ。

そこで君たちの力を借りたい。君たちは下級生の中でも存在感があるほうだし、同学年や後輩に対しては少なからず影響力も持っているだろう。特別なことをしなくても、『ヴェラ＝ミリガンに投票する』という姿勢を表明してくれるだけでもいい。それだけで流れは生まれるものだからね」

状況の説明が済んだところで、本格的に選挙活動への協力を求める。顔を見合わせる六人に向けて、ミリガンは穏やかに続ける。

「もちろん無理強いはしない。君たちはゴッドフレイ統括にも世話になっているだろうし、現生徒会からの立候補者に推したい人物がいればそちらに投票すればいい。けれど、今説明したように、私に投票することは彼らを応援する上でも有効だ。そこは憶《おぼ》えていてくれると嬉《うれ》しいね」

そこまで話したところで、蛇眼の魔女はすっと席を立つ。

「話はこれでおしまいだ。さて——私はもう少し、この場で下級生たちに顔を売っておこうかな」

そう言って、ミリガンはあっさりとテーブルから去っていく。残された六人はしばらくその背中を見つめていたが——ややあって、眼鏡の少年が最初に口を開いた。

「……ボクはあの人に投票する。どうせ他に応援したい相手もいないし……サルヴァドーリの一件で助けられたことを考えると、さすがに断れない」

「その理屈だと、あの時に留守番してたおれも断れねぇな……」

「断る理由もなし。拙者はミリガン殿を応援致そう」

ピートに続いてガイ、ナナオもミリガンへの応援を表明する。彼らの反応を眺めて、シェラが思案げに俯《うつむ》いた。

「……カティを攫《さら》った一件のことを忘れたわけではありませんが、彼女にはあれから繰り返しお世話になっています。何よりカティ自身が応援すると言っていますものね。……とはいえ、あたくしは一応、他の立候補者の状況を見てから決めようと思いますが」

そう言ってちらりとオリバーへ視線を向ける。ほどなく少年も口を開いた。

「……俺も保留しておく。確認したいこともある」

慎重を期してオリバーが言う。事が学校全体の変化に関わることとなると、彼はそれを軽々しく決められる立場にはない。シェラも軽くうなずき、冷めかけた自分の紅茶を手に取った。

「……ともあれ。選挙の混戦が予想されるとなると、他の立候補者たちの顔ぶれが気になりますわね――」


ミリガンが語ったように、キンバリーにおいては選挙で選ばれた学生統括に生徒会の編成が一任される。どんな役職を置き、そこに誰を任命するか――それらは全て、学生統括の持つ人脈から采配される。

当然ながら、頼れる仲間のひとりもなしに学生統括を志す生徒はまずいない。彼らの大半は多数の支持者――当選の暁には生徒会の前身となる集団を元から率いている。ゴッドフレイの場合は過去に組織した校内自警団がそれに当たり、ティム＝リントンやレセディ＝イングウェ、今は亡《な》きカルロス＝ウィットロウといったコアメンバーもその当時からの付き合いだ。

一方で、これには逆のパターンも考えられる。そもそも人の繋《つな》がりが集団を生むのだから、生徒会という組織の枠組みが消えても、それに伴ってメンバー間の交流まで失われるとは限らない。即《すなわ》ち——ひとつの生徒会が解散した後、そのメンバーがなおも強い影響力を持つ集団として残り続けるケースもままあるということだ。時に、そこからの再起を狙うことも。

迷宮第一層『静かの迷い路』。上級生から下級生まで、学校非公認の拠点が数多くひしめく階層。その隠し部屋のひとつに、熟練の所作で振られるシェイカーの心地よい音色が響いていた。

「——仕上がりました。開戦の景気付け……いえ、勝利の前祝いでしょうか？」

細身の男がそう言って手を止め、目の前に並んだ三つのグラスに完成したカクテルを注ぎ入れていく。そうして中身が満たされたグラスの脚をつまむと、彼はダーツの矢でも抛《ほう》るようにそれを三方向へ投擲《とうてき》した。酒はくるくると回りながら、しかし一滴も零《こぼ》れることなく飛んでいき、するりと各人の手に納まる。

「完勝以外の結果など考えもしないよ。何年準備に使ったかを考えれば」

壁に背をもたれて立つ女生徒がそう口にした。色白で知られる大英魔法国人《イエルグランド》と比べてもなお白い肌の色、そして何よりも長く尖《とが》った耳が、その出自がエルフにあることを明かしている。

シェイカーを置いた男子生徒が苦笑を口元に浮かべた。

「三年やそこら、エルフにとっては風のひと吹きでしょうに」

「私は短気なのだ。だから森《くに》を出てきた。何度も言わせてくれるな、〈酔師《バーマン》〉」

にやりと笑って言い、エルフの女生徒は口を付けたグラスを一気に傾けた。舌を撫《な》でた後に喉を滑り落ちていく酒精を無言で味わい、酔いしれ、感服する。校内の酒飲みの間で「一万ベルクの一杯」と称される腕前は伊達《だて》ではない。

「――全て蹴散らして御覧に入れます。ゴッドフレイの擁立候補も、それ以外の有象無象も」

こちらは手にした酒に口を付けることなくテーブルに置いて、生真面目な雰囲気の男子生徒が部屋の最奥《さいおう》に座るひとりの上級生の前に跪《ひざまず》く。拝跪《はいき》を受けたその男が、長い金髪を揺らして静かにうなずいた。すらりとした長身と彫りの深い美貌を誇りながら、それは古い火傷《やけど》によって半分が赤黒く爛《ただ》れている。元が完璧とすら言える造形であるだけに、その容貌には一種異様な凄みがある。

「ああ、そうだ。〈煉獄《れんごく》〉に我らの学《まな》び舎《や》を預けておくのは今年が最後。お前の当選をもって宣言しよう。かつての校風の復活を。高らかに謳《うた》おう――我々こそがキンバリー生徒会であるのだと！」

美貌を壮絶に歪《ゆが》めて男が告げる。――その名をレオンシオ＝エチェバルリア。前回の選挙において、アルヴィン＝ゴッドフレイと学生統括の座を争った男である。

──見たいか。血を吐き叫び、のたうち回っているノルの姿を。

ずきりと胸が痛む。グヴィンの言葉が頭に響く度、途方もない無力感が少女を苛む。

──お前に出来ることは何もない。

言われるまでもなく思い知っている。否──今はもはや、何をしていても思い出す。狂老との死闘の中、命を懸けて守るべき主君が、その命を燃やして戦い続ける姿を。

あの光景に、全てが現れていた。今は亡《な》き母親への飽くなき憧憬も、似ても似つかない自分自身への底知れぬ否定と絶望も。その激情の混沌《こんとん》に、心底から慄《おのの》いた。愛慕とは、苦痛とは、矛盾とは、葛藤とは、ここまで一個の人間の中に凝縮し得るものなのかと。

我を忘れて、ただ食い入るように見つめていた。機械神が出現し、彼の魂魄融合《ソウルマージ》が始まってからは、もはや一介の隠密《おんみつ》である自分に出来ることは何もなかった。それを自覚した瞬間から、自分は救いようのない木偶《でく》人形だった。

あの痛みに寄り添いたい。

あの苦しみを癒《いや》したい。

あの人の心に、もっと、ずっと、近付きたい。

なのに、そんな手段はひとつとして知らない。隠れ潜み、覗《のぞ》き見て、時に不意打つ。隠密《おんみつ》としての自分が身に修めた技術はたったそれだけだ。それ以外は不要と教わり切り捨ててきた。だから。今かけるべき労《ねぎら》いの言葉ひとつ、この頭には満足に浮かびはしない。

「……ちゃん？　あの、テレサちゃん？」

下級生たちで賑《にぎ》わう談話室の一角に、友人を案じる少女の声が響く。

虚空《こくう》を見つめたまま微動だにしないテレサを、同学年のリタ＝アップルトンが不安げな顔で見つめていた。それでもまったく反応を見せない相手に焦《じ》れて、彼女の向かい側に座るディーンがテーブルを叩《たた》く。

「……おい！　リタが呼んでんぞ！」

強い口調で呼びかけられて、それでようやくテレサの瞳が焦点を結んだ。路傍の石ころでも見るように無機質な視線をまずディーンに、それから隣のリタへと移していく。

「……気付きませんでした。何か用でも？」

「よ、用ってわけじゃないけど、今日は一段と無口だなって思って。……何かあった？」

おそるおそる問いかけるリタ。それを受けて、テレサはふいと彼女から視線を切った。

「特に何も。……あったとしても、あなたたちには話しませんが」

突き放すように言いつつ、半ば無意識に目の前のカップを手に取り、口に運ぶ。が――呑《の》み込《こ》もうとした瞬間に喉が痙攣《けいれん》し、彼女は盛大に紅茶を噴き出した。

「テ、テレサちゃん――っ⁉」

「やっと掛かりやがったな！」

リタが慌てる一方で、ディーンがこぶしを握り締めて快哉《かいさい》を叫ぶ。げほげほとむせ込んでいたテレサが、やがて俯《うつむ》いていた顔を上げ、真っ赤に腫れた唇から声を発した。

「……何ですか、これは」

「紅茶だよ。ちっとばかり隠し味の入ったな」

液体が入った小瓶を顔の横で揺らしながらディーン答える。中身は怒りカブ《アンガーラディッシュ》の絞り汁だ。仕掛けが成功した喜びもそこそこに、少年はじっとテレサを見つめる。

「こんな小細工、いつものお前ならあっという間に見抜くだろうによ。今日はずいぶん無防備に飲んでくれたじゃねぇか。らしくもねぇ。――よっぽど気がかりなことでもあんのか？」

「意味が、よく、分からない。――死にたいんですか、あなた」

黒い瞳が殺意を宿して少年を見返す。それを目にした瞬間、友人のピーター＝コーニッシュが慌ててディーンの脇腹を小突いた。

「ディ、ディーン！　謝ったほうが……！」

「アホか。やっと買わせたんだよ」

平然とそう言って、少年はつかつかとテレサに詰め寄る。昨日今日に生じたものではない怒りと不満がそこに滲《にじ》んでいるのを見て、リタとピーターは仲裁の言葉に詰まる。

「なぁ、分かれよ。——最初の授業でコケにされてから、おれぁずっとお前にケンカ売ってんだ」

「…………」

「見下げられんのはいいぜ。死ぬほどムカつくけど、今はお前のほうが格上だからな。でもよ——視界に入ってねぇのが我慢ならねぇ。おれも、ピーターも、最初からお前にずっと気ぃ遣ってくれてるリタのことも」

噛《か》みしめた奥歯がぎり、と鳴らし——かと思えば、ディーンはその場で身をひるがえした。背中を向けたままテレサへ向かって語る。

「ぐちゃぐちゃ喋《しゃべ》くるのは得意じゃねぇんだ。お前もそのクチだろ？　——表、出ろよ」

「…………」

そう告げて歩き出すディーン。数秒の後、テレサは席から立ち上がってその背中に続き、リタとピーターも慌ててふたりの後を追った。


談話室を出た四人が校庭に辿《たど》り着《つ》く頃には、先を行くふたりのただならない剣幕に多くの生徒が気付いていた。これから何が始まるかは一目瞭然で、その見物客が続々と集まってくる。

「お、一年同士の喧嘩《けんか》か？」「決闘形式？　なら審判やるよー」

上級生に至っては見物どころか、半ば義務のように審判を買って出る者もいる。自分が下級生だった頃を思い出しての行動であり、要するに代々受け継がれてきたこの学校での習わしだ。芝生に立ってテレサと対峙《たいじ》するディーンが、その光景を見回してぼそりと呟《つぶや》く。

「……マジで誰も止めに来ねぇや。さすがキンバリーだな」

感心が半分、呆《あき》れが半分。が、そんな所感もすぐに忘れ去り、少年は杖剣《じょうけん》を抜いて相手に切っ先を向けた。ふと思い出したようにテレサも杖剣《じょうけん》を構え、まずは互いに不殺の呪文を唱え合う。この段取りを忘れた場合は、さすがに上級生たちから制止の声が上がる。

「ふ、ふたりとも……！」

見かねて止めに入ろうとするリタ。が、隣に立つピーターがその肩に手を置く。

「……見守ろう。ああなったら止まらないよ、ディーンは」

「でも……！」

「こうなってたとは思うんだ。テレサちゃんとは、遅かれ早かれ」

意外なほど淡々とした声でピーターは語る。それを言われると、リタも彼らのこれまでの軋《あつ》轢《れき》の積み重ねを思い出さないわけにはいかない。いずれどこかで爆発することになる——そう思っていたのは彼女も一緒だ。が、だとしても、

「……たぶん、勝てないよ。ディーンくんじゃ」

ぽつりとリタが言う。ふたりがぶつかった場合の結果まで、彼女には予想出来てしまっていた。それを聞いたピーターが厳しい面持ちで応える。

「かもしれない。それでも——僕は、ディーンを信じる」

揺るぎない声で友への信頼を告げる。そんな彼と並んで状況を見守るリタの前で、不殺の呪文をかけ終えたディーンがおもむろに左手を振りかぶり、それで自分の鼻《はな》っ面《つら》を殴りつけた。

「え⁉」「大丈夫。あれでいい」

驚くリタとは裏腹な冷静さでピーターが言う。その視線の先で、ディーンの鼻から滴《したた》った血が、真下の芝生を赤く染めていく。

「鼻血を出すと落ち着くんだ。ディーンは」

その言葉を裏付けるように、少年の取った構えには一種の重量感があった。やや我流の崩れが目立つラノフ流の上段から、ディーンは静かな声で対敵に開戦を告げる。

「待たせたな。——行くぜ」

「……お好きに」

対して、テレサの側には構えというほどの構えもない。身構えるほどの価値を相手に認めていない。だからこそ——その侮《あなど》りを覆《くつがえ》すべく、ディーンの杖《じょう》剣《けん》が走った。

「フゥッ……！」

しゃりん、と軽い音を立ててテレサの杖《じょう》剣《けん》がその一撃を受け流す。開幕の間合いは一足一《いっそくいち》杖《じょう》。事前にルールで縛りを設けていない以上、形式は呪文も含めた総合戦と見なされるが、両者とも間合いを開こうとはしない。これは単に気持ちの問題。どちらも下がりたくないのだ。

「……ハァッ……！」

その一方で、ディーンの剣筋には奇妙な落ち着きがあった。気持ちに任せた不用意な踏み込みは行わず、それでいて引け腰にもならず、上段から圧力をかけつつ相手の隙を窺《うかが》っている。テレサは危なげなくその攻勢をいなすが、こちらもまだ反撃には移らない。意外にも静かな展開を見せる一年生ふたりの戦いに、周りの生徒たちがそれぞれ感想を述べる。

「へぇ、どっちも動けるじゃん」「男の子のほうは無駄が多いけど」

「判断の早さと思い切りがいい」「女子のほうが地力はずっと上だろうが、少しぎこちないな」

攻防が十合を数えれば、どちらの力量もそれなりに見えてくる。戦いを見つめるリタの顔に驚きが浮かんでいた。

「――あんなに戦えたの、ディーンくん」

正直な感想だった。彼女は正直、テレサがあっという間にディーンを切り伏せて終わるとばかり思っていたから。テレサが妙に消極的なのも原因ではあるだろうが、それ以上にディーンの動きの良さに目を見張る。気持ちが先行して失敗しがちな、いつものあの彼とは別人のようだ。

「……リタちゃん、ワーレンピークの惨劇って知ってる？　もう五年前の事件だけど」

戦いを見守る中、隣のピーターから思わぬ問いが投げられる。リタは一瞬きょとんとしたが、聞き覚えのある響きからすぐに記憶が蘇《よみがえ》る。

「――知ってる。新聞で見た。野生のグリフォンが人里から子供を攫《さら》って、仕留められるまでに何人も犠牲になったって」

「そう。攫《さら》われた子供は全部で十九人。そのうち十七人がグリフォンに殺されて食われた」

少年は重くうなずき、ひとつの獣害事件の凄惨な顚末《てんまつ》を語る。なぜ今そんな話をするのか分からず困惑するリタの隣で、彼は厳かに告げる。

「生存者はたったふたり。それが僕と、ディーンだ」

リタの呼吸が止まる。その一方で、杖剣《じょうけん》を交えること二十数合――互いに決定打のないままディーンとテレサの戦いは続き、ふたりは開始時と同じ一足一杖《いっそくいちじょう》の間合いで向き合っていた。

「――マジでガッタガタに調子崩してんだな。分かるぜ、さすがに」

抑揚のない声でディーンが言う。互いの実力差は彼も最初から承知の上。血を抜いて冷えた頭のおかげで多少はマシに戦えているが、冷静だからこそ見えてしまう事実もある。それは例えば――相手がその気なら、自分はすでに十回以上首を刎《は》ねられているはずだということも。

「何がそんなに気になってんだよ。目の前のおれをブチのめすよりも大事なことか、そりゃ」

「…………」

無言を貫きながら、少しの変化もないその表情とは裏腹に、テレサの内心は混乱しっぱなしだった。この決闘にどのような決着を望むのか、彼女は未《いま》だにそれを決めかねている。

　これまでの攻防で首をひと薙《な》ぎに、あるいは胸をひと突きする機会ならいくらでもあった。だが、安易にそうすれば身に沁《し》みついた暗殺の手管が匂う恐れがある。彼女はあくまでも「一年生の技術の範囲で」「正面から堂々と」ディーン＝トラヴァースを斬り伏せねばならず、この縛りは即《すなわ》ち、彼女の実力が一割も発揮できないことを意味している。

　加えて、テレサ自身の納得の問題がある。ただ勝てば満足ならとっくにそうしている。だがそうではない。仮に不殺の呪文なしで相手の首を刎《は》ねたところで今の苛立《いらだ》ちは収まらない。何をどうすれば自分が満足するのか、彼女にはまずもってそれが分からず、

「よーし、当ててやるぜ。そうだな……あれだ、例の大好きな先輩に嫌われたんじゃねぇの？　お前があんまり不愛想《ぶあいそう》だからよ、もう顔を見たくねぇって――」

　幸か不幸か、悩む必要が一瞬でなくなった。

　もう何も考えなかった。左手でこぶしを握り、テレサはそれを相手の顎に叩《たた》き付《つ》けた。

「――かッ……！」

　思わぬ一撃を食らったディーンがたたらを踏んでのけ反る。さらに追い打ちの爪先蹴《トーキック》りが腹を貫き、彼がたまらず膝を折ったところにテレサが猛然と飛び掛かった。周りの見物客が唖然《あぜん》とする中、彼女は杖剣《じょうけん》を地面に放り、代わりに相手の顔面を狙って殴打《おうだ》の雨を降らせる。

「おっ……おおっ……！」

それを必死に防ぎながら、ディーンは盾にした両腕の隙間から相手を見返す。初めて目にする少女の顔がそこにある。怒りと苛立《いらだ》ちと情けなさと不甲斐《ふがい》なさ、その全てがぐちゃぐちゃに入り混じって収拾が付かなくなった表情。何かを叫んでいるような、今にも泣き出す寸前のような――いつもの仮面じみた無表情とは似ても似つかない、それは血の通った人間の顔。

「……ハハッ。出来んじゃねぇか、そんな顔も……！」

殴られ続けるディーンの顔に、状況とは裏腹な笑みが浮かんだ。それが見たかったのだと腑《ふ》に落ちた。だから自分も杖剣《じょうけん》を放って、そのまま返礼のように少女の顔を殴り返す。それで彼女もまた盛大に鼻血を噴いた。

もはや決闘ではなかった。技もなく術もなく、ただ互いの気持ちと意地をこぶしに乗せてぶつけ合うだけの子供の喧嘩《けんか》。殴り合いは五分以上も続き、何度目かに顎を撃ち抜かれたディーンが仰向けに倒れたところでそれは終わった。なおも馬乗りになって相手を殴り続けようとするテレサを、割って入った審判役の上級生が羽交い絞めにして止める。

「は、はいそこまで！　女の子のほうの勝ち！」

「う、うーん、終盤は泥仕合《どろじあい》だったな」「ははっ。いいじゃん一年生らしくて」

終わりを見て取った見物客たちがぞろぞろと引き上げていく。上級生に宥《なだ》められたテレサが少しずつ落ち着きを取り戻していき、やがて我に返って目の前の光景を直視する。ぼこぼこに腫れ上がった顔で仰向けに転がるディーンと、同じくらい腫れたまぶたで狭まった自分の視界。

さらには、そんな自分に掛ける言葉を見つけられずに佇《たたず》む同学年のふたりを。

「……テレサちゃん……」

それでも意を決しておずおずと友人に歩み寄るリタ。途端、弾《はじ》かれたように彼女へ背を向けて、テレサは校庭から一目散に走り去った。呼び止める間もなく、その背中が校舎の中へ消えていく。

「行っちゃったね。……おーい、ディーン。ちゃんと生きてる？」

「……お……あ……」

かすかな呻《うめ》き声が唇の隙間から漏れる。ピーターが苦笑して友人の脇にしゃがみ込む。

「あー、顎割れてるねこれ。早く医務室に行こう。リタちゃん、運ぶの手伝って」

「う、うん」

リタも慌ててうなずく。左右から肩を貸してディーンを立ち上がらせ、彼らはえっちらおっちらと校舎へ戻っていった。


同日の夜。この日もまた従兄《あに》と従姉《あね》が待つ拠点を目指して、オリバーは迷宮一層の通路を静かに下っていた。石造りの道は日々形を変えるが、長く通うことでその法則性が見えてくる。罠や魔獣、他の生徒の気配を避けつつ分岐を選びながらでも、今の彼には迷わず目的地を目指して歩みを進めることが可能だ。

「——いるんだろう。Ms《ミズ》．カルステ」

二十分ほど歩いたところで声を上げる。音は通路を反響し、それが消えた後にはしぃんと静寂が戻る。足を止めたまま、少年はしばらく反応を待つ。

「……顔を合わせたくないなら、無理にとは言わないが——」

ため息をついて再び歩き出そうとするオリバー。瞬間、彼の背後でかすかに空気が揺れた。

「……ここに」

振り向けば、彼のよく知る隠形の少女がそこに跪《ひざまず》いていた。いつもより深く顔を俯《うつむ》けているために表情が窺《うかが》えない。その理由はオリバーのほうでも察している。

「こちらを向け」

「…………」

君主《ロード》にそう命じられれば、テレサの側に否《いな》やはない。少女はおずおずと頭を上げる。頬、額、目の周り——あちこちに痛々しい青痣《あおあざ》が残るその顔を前に、オリバーはふっと苦笑を浮かべる。

「派手にやったな。それがMr《ミスター》．トラヴァースとの喧嘩《けんか》の跡か」

言いつつ、オリバーは指先で優しく相手の頬をなぞる。——彼女なりに必死で治した後なのだろう。テレサの治癒の腕前では、数時間前に負った打撲傷の跡を完全に消すことは難しい。傷跡を残さず処置することも腕次第で可能だが、少女はそうした訓練を受けてはいない。

「慣れない環境で思うように動けなかったのは分かる。が……それを含んでも、同学年もそう侮《あなど》ったものじゃないだろう？」

穏やかに言葉を続けつつ、少年は腰から抜いた白杖《はくじょう》をテレサの顔に添える。そうして呪文を唱え、丁寧に、繊細に傷跡を消し去っていく。無言でその施しを受けていたテレサが、ややあって戸惑いがちに口を開いた。

「……お叱りは、ないのですか」

「叱れない。一年の頃の喧嘩《けんか》なら、俺は君より派手にやったからな」

自嘲気味に答えて、オリバーは処置を終えた少女の顔を念入りに確認する。その間ずっと、テレサはきつく目を閉じている。相手に合わせる顔がないとでも言うように。

「むしろ俺が驚いたのは、君が『喧嘩《けんか》をした』ということだ。いつもの君なら挑発されても無視してその場を去るだけだろう。……何かあったのか？」

率直に尋ねる少年。その問いを受けて、長い躊躇《ためら》いの後——少女は震える声で内心を告げた。

「……あなたに、謝罪をしたくて」

「謝罪？　……何の話だ？」

「あの作戦で——結界を抜けてきた標的を、私は仕留め損ないました」

自責の滲《にじ》む声でテレサが言う。オリバーは意表を突かれ、それから苦笑を浮かべた。

「何のことかと思えば……。それを気に病んでいるのなら、むしろ逆だ。あの時点で相手に深手を負わせた成果は掛け値なしに大きい。他の誰にも出来ないことをやってのけた。君はむしろそれを誇っていい」

賞賛すら口にするオリバー。が、テレサは首をぶんぶんと横に振ってそれを拒む。彼女の中に、それは歴然とした己の過失として横たわる。

「あの時に標的を仕留めていれば、こちらの損害はずっと少なく済みました」

「俺たち全員に言えることだ。君の負う責任じゃない」

厳しい声でオリバーは言い切る。あの作戦で指揮を執った者として、彼は責任の所在を誰よりも強く意識している。その一片たりとも少女に押し付ける気はない。

「だが、そう考えてしまう気持ちは分かる。……十一人、死んだ。十一人だ。俺の采配の下で、たったひとりの敵を討つために」

自分に願いを託して死んでいった同志たちの顔が脳裏に浮かぶ。在りし日の彼らの姿、彼らと交わした言葉のひとつひとつを嚙《か》みしめながら、オリバーは目の前の少女の肩を手で摑《つか》む。そこにある生命の温《ぬく》もりに、泣きたいほどに感謝する。

「だからこそ。……君が無事でいてくれて、ほっとした」

心底からの安堵《あんど》を込めて口にする。――生きてこの場にいてくれること。何をしたことでもなく、何を仕損じたことでもなく。自分は何よりも、その事実に救われていると。

そんな彼の見つめる前で――少女の両目から、ぼろぼろと、大粒の涙が零《こぼ》れ落《お》ちた。

「⁉」

驚愕《きょうがく》で息が止まった。涙の栓が壊れたように泣き続けるテレサ。およそ今までの彼女からは考えられないその姿に、オリバーはおろおろと困惑して言葉をかけ続ける。

「どー—どうした、Ms《ミズ》.カルステ……なぜ泣く……」

泣く理由が分からないことには宥《なだ》め方も分からない。嗚咽《おえつ》の中に入り混じる声からそれを読み取ろうと、オリバーは懸命に耳を澄ませる。

「……あっ、あなたのためにっ、働くことがっ、わっ、私の役目っ、なのにっ……」

切れ切れの声が想《おも》いを明かす。分かち合えない苦痛、手の届かないところにあるその苦難が、何よりも彼女を苦しめる。

「……何も出来てない……私、ぜんぜん減らせてないっ……あなたの痛みも、悩みも……苦しみもっ……！」

意味のある言葉はそこで途切れ、テレサは子供のように泣きじゃくった。突き動かされるようにオリバーは彼女を抱きしめた。すっぽり腕に中に収まった体は、彼が想像したより、余りにも小さい。

「——減った。

いま、減ったよ。テレ、テレサ、」

初めて少女を名前で呼んだ。それを躊躇《ためら》う心の距離は、いま跡形もなく消えた。

「すまない、気付いてやれなくて。……すぐに顔を見せなかったのは、それを気にしていたからか」

何と察しが悪いのだろうとオリバーは悔やむ。これほどまで強く想《おも》われていながら、彼女が自ら話すまで、その心を痛むままにしてしまった。

「……君が気に病むことはないんだ。痛いのも、苦しいのも……俺はそれだけのことをやってきている。贖《あがな》いきれない罪ばかりを重ねてきている。君を部下として使っていることもそのひとつだ」

想《おも》われる資格などありはしない。少女との関わりそのものが、オリバーにとってはひとつの罪科だ。……だが、それは自分の都合に過ぎない。己のために命を賭《と》す臣下が、その立場から自分を想《おも》うというのなら――。

「何か、して欲しいことはないか。……少しは報いたいんだ。君の働きにも、気持ちにも」

相手を腕の中に抱きしめたまま、オリバーはせめてそう尋ねた。自分に何かを求めて欲しいという、それはむしろ彼からの懇願だった。知らぬ間に想《おも》われて、知らぬ間に苦しめて、泣かせた後に全てを知った。この少女との関わりを、それだけで終わらせたくなかった。

「……を……」

「ん？」

しゃくり上げる声に紛れて、言葉のかすかな断片が耳に届く。理解は一瞬だった。これまでの察しの悪さを取り返そうとするように、彼はそこから少女の望みを汲《く》み取《と》る。

「――これでいいか？」

右腕を膝の裏に、左手を背中に回して、オリバーはゆっくりと少女の体を持ち上げる。切ないほどに軽い。テレサの細い両腕が首に巻きつき、ぎゅうと体を押し付け、鼻先を肩に擦《こす》り付《つ》ける。親にしがみ付く子供のように。

「……そうか。抱っこされたかったのか、君は」

「――――ッ」

オリバーが思わず口にすると、少女の指が抗議するようにぎゅっと肩をつねる。少年は微笑《ほほえ》み、とんとん、と相手の背中を掌《てのひら》で叩《たた》く。

「すまない、余計なことを言った。気が済むまでそのままでいい。……少し、歩こうか。俺もそうしたい気分だ」

テレサを抱えたまま前に向き直り、オリバーは再び通路を歩き始める。誰かに見られても別に構わないと思った。泣いている子供を、泣《な》き止《や》むまで抱いて歩く――それを憚《はばか》る理由など、最初から世界のどこにも存在しないのだから。

結局その体勢のまま、オリバーは従兄《あに》と従姉《あね》が待つ拠点へと辿《たど》り着《つ》いた。

「…………」

「……気が済むまで、と俺が言った。怒らないでやってくれ、従兄《にい》さん」

部屋に入るなり、従兄《あに》のグウィンの無言の視線が突き刺さる。が、それは甘んじて受け止めた。腕にテレサを抱いたまま、少年はいつもの椅子に腰かける。少女は微動だにしない。拠点に着けば離れるだろうと思ったが甘かった。すっかり観念したオリバーの前で、従姉《あね》のシャノンが柔らかく微笑《ほほえ》む。

「良かった、ね、テレサ。……ずっと、甘えたかった、もんね」

その声にも、テレサは無言のまま答えない。が――このまま抱っこされていたい願望と気恥ずかしさの葛藤は、真っ赤に染まった彼女の耳を見るだけで一目瞭然だ。

「……そうだったのか？　テレサ」

そっと問いかけつつ、目の前にある赤い耳たぶを少年が指先でなぞる。その瞬間にテレサの体がびくりと跳ね、彼女の指が少年の肩をこれでもかとつねり上げた。すまない、すまないと繰り返し謝りつつ、オリバーは何とか気持ちを引き締めて従兄《あに》へと向き直る。

「統括選挙について話したい。――誰を勝たせる？」

校舎の現状を踏まえて、もっとも気にかかる話題から切り出した。ヴィオラの手入れを続けつつ、グウィンが従弟《おとうと》の問いに答える。

「この場合はむしろ、誰を勝たせたくないか、だ」

「と、いうのは？」

「ゴッドフレイ統治下のキンバリーは我々にとって動きやすかった。彼らとの関係が良好だったことが主な理由だ。が、これが前の体制に戻るとなると話が変わってくる。そちらにも同志がいるにはいるが――これまでゴッドフレイを支持してきた分、前生徒会の派閥とは、正直に言って折り合いが悪い」

「つまり、基本的には現生徒会からの立候補者を支持する方針だと」

「ああ。それが難しければ、最低でも思想的にゴッドフレイ寄りの生徒を当選させる。むろん、同志からも何人か候補を出すつもりだ。現生徒会には数人潜り込ませているからな」

淡々と予定を述べるグウィン。その内容に大筋で納得しつつも、少しの思案と躊躇《ためら》いの後、オリバーはひとつの問いを発する。

「……より積極的に、生徒会を我々で乗っ取るというのは？」

低い声で少年は言った。ゴッドフレイとの関係を考えれば途轍《とてつ》もなく気は重いが、彼もまたひとつの組織を率いる君主《ロード》。それが有効な一手であるのなら考慮に含める必要がある。その覚悟を込めた言葉だった。

従弟《おとうと》のそうした意図は余さず受け止め――しかしその上で、グウィンは首を横に振る。

「考えなくもなかったが、目立ちすぎる。大前提として、我々の勢力は存在を認識されていないことが強みだ。少数の同志を紛れ込ませる程度ならともかく、大勢で表立って生徒会を営むことは難しいだろう。そこから教師たちに尻尾を摑《つか》まれかねない」

筋の通った否定は、オリバーにむしろ安堵《あんど》をもたらした。——あの強く優しい男を直接裏切らずに済む。少なくとも、今はまだ。

「それと、もうひとつ。——校内監査が始まっている。予想通りだが、教師殺しの容疑者として我々生徒も視野に入れたようだ」

早くも話題が次に移り、オリバーもそちらへ意識を向ける。選挙での立ち回りはゴッドフレイたちの援護に留まるが、これは彼ら自身の戦いだ。

「生徒側にスパイを紛れ込ませてくることもあり得る。同志の中に紛れ込ませるようなことは決してさせないが——お前も今後、新しく知己を作る時は油断するな」

「もちろん。……けど……」

新しい知己と聞いた時、彼には真っ先に浮かぶ胡散臭《うさんくさ》い顔がある。どこがどう怪しい、というよりも怪しさしか感じない初対面の印象を思い返しながら、オリバーはそれを口にした。

「……ユーリィ＝レイクという二年生を知っているかな。本人が言うには、普通人学校からの転校生らしいんだけど」

「情報は入ってきている。時期が時期だけに見過ごせないが——教師側のスパイだとすれば、投入の仕方が余りにも露骨すぎる。単なる偶然か、何かしらの意図があるのか……現時点では俺も測りかねているところだ。引き続き身辺を探らせよう」

従兄《あに》の言葉にオリバーもうなずく。……「町付き」や「村付き」の魔法使いが普通人たちと共に育つことはままあり、そうした事情から魔法学校へ遅れて入学してくるパターンもなくはない。初対面での自己紹介を鵜《う》呑《の》みにするなら、ユーリィもそういうことになる。普通人学校から魔法学校への異動を「転校」と呼ぶのは少々馴《な》染《じ》まないが、それは本人が普通人たちと暮らしていた頃の感覚で話しているか、あるいは単に「途中入学生」よりも「転校生」とした方が伝わりやすいという判断かもしれない。

怪しいことは確かだ。が、企てがあるにしては余りにも露骨すぎる——それはオリバーもまったく同感だった。何の意図があるにせよ、あるいは無いにせよ、今は慎重に動向を監視するしかないだろう。

「ともあれ。選挙戦も蔑《ないがし》ろには出来ないが、我々の最優先事項はこちらだ。すでに教師陣の内紛を狙った工作を開始している。影武者役のテオを数日借りるぞ」

「もちろん構わない。……それで、具体的には？」

作戦の詳細をオリバーが問う。それを受けて、グウィンは淡々と空恐ろしい内容を口にする。

「バネッサ＝オールディスを挑発する。教師陣の中で、アレはいちばん気が短い」

第三章

尋問《グリル》

ある日の午前の二限目、事件が起きた。それは、影武者と入れ替わって本人に戻ったオリバーが、その時点から初めて迎える魔法剣の授業でのことだった。

「…………」

「どうしました？　浮かない顔ですわね、オリバー」

大部屋での掛かり稽古を終えた生徒たちが次々と乱取りに入っていく中、オリバーは自分の杖剣《じょうけん》をじっと見つめて立ち尽くしている。それを奇妙に思ったシェラが彼に歩み寄るものの、そこへ割り込むようにしてロッシが現れる。

「よっしゃ、いい調子や！　次一戦やろか、オリバーくん！」

「……明日には決闘するのにか？」

「ええやん、カタいこと言わんとき！　いきなり本番じゃボクの成長ぶりに面食らうで！」

有無を言わさず相手の手を摑《つか》んで引っ張っていく。とはいえ、オリバーも授業での立ち合いを拒むつもりはない。問題はそこではないのだ。拭い難《がた》い違和感に駆られながら、彼は一足一《いっそくいち》杖《じょう》の間を空けてロッシと向き合う。

「準備ええな？　ほな、行くで！」

宣言と同時に構えるロッシ。我流の大胆さとクーツ流の難解な技術を融《と》け合わせ、その動きは日に日に見切り難《にく》くなっている。少しも油断はできない。いつも通りのラノフ流中段に構えて、オリバーは相手の難剣を迎え撃ち、

「…………あら？」

剣戟《けんげき》を重ねること八合目。間の抜けたロッシの声と共に、床に落ちた杖剣《じょうけん》が硬い音を立てて転がった。――彼に手首を打たれ、オリバーの手から落ちたそれが。

「「「「「――――⁉」」」」」

一拍遅れて、周りの生徒たちが一斉に振り向いた。――この学年の魔法剣の授業において、ロッシがオリバーに挑む流れはもはや恒例である。力及ばず返り討ちにされるところまで含めて、彼らはそれを日常の光景として認識していた。だが、それが今、崩れた。接戦の末ならまだしも、様子見の打ち合いであったはずの段階で。

「……っ……」

呆然《ぼうぜん》と立ち尽くすオリバーのもとに、すぐさま近しい友人たちが駆け付ける。ガイ、カティ、ピートの三人が盾となって彼の前に立ちはだかり、そこから揃《そろ》ってロッシを睨《にら》みつけた。

「――てめぇ、ロッシ！　見損なったぞ！」

「ロッシ……！　あなた、いくら勝てないからって毒を盛るなんて！」

「オリバー、どこが悪い⁉　あいつに何をされた⁉」

「ボク信用なさすぎ⁉　しとらん！　ホンマ何もしとらんて！」

問答無用で不正を疑われたロッシが大慌てで釈明する。他の生徒たちもそこに加わって騒ぎが大きくなり始めたことで、いよいよガーランドが仲裁の声を上げかけ――それに先駆けて、事件のもうひとりの当事者が声を上げた。

「……彼の言う通りだ。おかしなことは、何もされていない」

ざわめきが一気に鎮《しず》まる。杖剣《じょうけん》を拾い上げて鞘《さや》に納めると、オリバーは生徒たちの間を抜けてロッシの前まで歩き、そこで精いっぱいの微笑《ほほえ》みを浮かべてみせる。

「君の勝ちだ、ロッシ。……してやられたな」

とん、と祝福を込めてこぶしで軽く肩を叩《たた》く。ロッシはぽかんと立ち尽くし、その様子を見ていた馴染《なじ》みの面々が訝《いぶか》しげに声を上げた。

「……ずいぶん調子を崩しているのね、Mr《ミスター》．ホーン」

「本当に毒や呪いの類じゃないのか。かえって驚くな、それは」

ステイシー＝コーンウォリスとフェイ＝ウィロックの主従コンビが声を揃《そろ》え、教室の反対側のリチャード＝アンドリューズも同じ疑問の宿る瞳でオリバーを見つめる。彼らに続いて、試合に不正がなかったことを知った他の生徒たちが再びざわめき始めた。

「……つまり……」「……純粋に不調？」「これまで完勝してたロッシにやられるくらい……？」

そんな彼らの思惑の全てを蹴散らすようにして、ドン、と床が踏み鳴らされた。

「今が好機――などと思っている雑魚《ざこ》ども、俺の前に並べ。順番に潰してやる」

大部屋のど真ん中に、ジョセフ＝オルブライトが凄絶な笑みを浮かべて立ちはだかっていた。

オリバーに近付こうとしていた一部の生徒たちが、それで蜘蛛《くも》の子を散らすように逃げていく。

そうして乱取りが再開した教室の中で、ガイ、カティ、ピートの三人がしゅんとした面持ちでロッシの前に立った。

「疑っちまって悪い、ロッシ」「ごめんね……。ほんとうに毒、盛ってなかったんだね」

「謝罪する。ボクとしては、単純にいちばん濃い可能性から疑ったんだが……」

「謝るの下手かジブンら！　あーもーしょーもなっ！　こんなんボクかて勝ったと思わんわ！」

自分の髪の毛をわしゃわしゃとかき混ぜてロッシが叫ぶ。それから盛大にため息をついてオリバーに歩み寄り、その肩を掌《てのひら》で強めに叩《たた》いた。半ば不満、半ば激励の意図を込めて。

「次はキッチリ調子戻してから頼むわ。それまで決闘も延期にしとくで」

「……すまない」

オリバーも素直にうなずく。それから先は立ち合いを控え、調整役を買って出てくれたシェラと動きの反復に専念しているうちに、この日の授業は終わった。

授業の後。自分の体調を案じる仲間たちを半ば強引に振り切って、オリバーは人気のない廊下を独りで歩き続けた。

「……ッ……」

焦燥と恐怖に体が震えた。授業の終盤からは仲間の前で平静を取り繕うことさえ難しかったが、本当の恐ろしさはひとりになってから這《は》い上ってくるのだと知った。周りには誰にもいない。こうなれば、否応《いやおう》なく自分自身と向き合わざるを得ない。

オリバーが自覚する現状は、不調やスランプなどという生易しいレベルではなかった。体が、自分の体ではない。気が遠くなるほどの修練を経て身に付けた動きが、その一切がまともに機能しない。体のどこがおかしいというのではなく、おかしくない場所が体のどこにもない。

一方で、自分がそんなことになっている原因には心当たりがある。ありすぎると言ってもいい。魂魄融合《ソウルマージ》——エンリコとの戦いで行ったあの術式が影響していることはほぼ間違いない。死闘の後、三日三晩を苦しみ抜いて目を覚ました瞬間から違和感は全身に付きまとっていた。負傷と消耗に由来する一過性のものであることを願って日々を過ごしたが、その期待は最悪の形で裏切られつつある。

「……っ……」

何かが致命的に壊れた。考えるのも恐ろしいが、可能性としてはそれが真っ先に思い浮かぶ。

そうでないとする根拠はどこにもない。そもそもクロエ＝ハルフォードとの数分にも及ぶ魂魄融合《ソウルマージ》を経て五体満足でいることが奇跡に近いのだ。外側の傷は癒えても、内部の目に見えない部分に致命的な損傷がないとは誰にも言えない。

いかに魔法使いでも、損なわれたものの全てを治癒魔法で治せるわけではない。魂はその代表格だが、霊体や肉体にも不可逆の毀損というものはある。例えば魔力流に関係する内傷は修復が極めてデリケートなもののひとつだ。成長と修練を経て全身に張り巡らされた「魔力の川」は無数の伏流と支流を持ち、個々に異なるその構造によって魔法使いの能力を形作る。この構造は霊体と魂にも記憶されているため、通常であれば大怪我《けが》をしたところで失われはしない。が、例外となるケースもある。ことに負傷が霊体以上の領域に及んだ場合などは。

仮にそうであった場合——オリバー＝ホーンが培《つちか》ってきた力の全ては、あの数分の戦いを代償に、二度と戻らない形で喪《うしな》われたことになる。

そうと決め付けるのはまだ早い。オリバーにもそれは分かっている。だが、そうではないとする希望が余りに乏しい。まともな斬り合いもできないままロッシに敗れた事実が恐怖に拍車をかける。あの結果が何よりも雄弁ではないかと思ってしまう。

留まるところを知らない負の思考に、オリバーはかぶりを振って制止をかけた。——事実がどうあれ、ここで考え込んでいても始まらない。全てを判断するのは従兄《あに》と従姉《あね》に相談してからだ。そう思い決めて止まっていた足を動かそうとし、

「参ろうぞ、オリバー」

　ふと気が付けば。目の前に、見知った少女の手が差し伸べられていた。

「……ナナオ……？」

　顔を上げれば、いつも通りの笑顔で東方《エイジア》の少女がそこに立っている。オリバーが反射的に手を伸ばすと、彼女の両手がそれをぎゅっと両手に包み込んだ。その瞬間から、驚くほどの温《ぬく》もりがオリバーの手に染《し》み渡《わた》る。同時に、自分の体がどれだけ冷え切っていたかを知る。

「温《ぬく》うござろう？　母上にも褒められてござった。拙者がいれば冬の朝も温石《おんじゃく》要らずと」

　そうして体温を分け与えたまま、ナナオは少年の手を引いて歩き出す。その背中だけを見つめてオリバーも歩く。そうして思い出す――かつて暗い夜道を、これと同じようにして母と歩いたことを。

「何も心配ござらん。何も」

　少年の目から涙が零《こぼ》れる。ふたりが通り過ぎた道に、それは点々と跡を残していく。


　同じ日の夜深く。飛竜たちの巣窟《そうくつ》である迷宮第五層、『火竜の峡谷』の一角。

「――あ、ルゥくんだ。いらっしゃぁい」

　峻険な岩場に倒れ込んだ機械神の巨大な亡骸《なきがら》の前で、闇を人型に凝《こご》らせたような影が親しげに手を振った。珍しい愛称で呼ばれた魔法剣の師範・ルーサー＝ガーランドが、その影に向かって恭《うやうや》しく会釈《えしゃく》する。

「……現場の保全、お疲れ様です。Ms《ミズ》・ムウェジカミィリ」

「うみゅん、なぁにそれ？　先輩って呼んでよぉ、昔みたいに」

他人行儀な対応に不満げな声を漏らす呪術の担当教師・バルディア＝ムウェジカミィリ。それを苦笑で受け流しつつ、ガーランドは機械神の亡骸《なきがら》へと視線を移す。ひいては、その上に立つ老女の背中へと。

「待たせてしまいましたか、ギルクリスト先生」

「三分ばかり。まぁ、ささやかなものですね。あなたに教えていた頃に比べれば」

呪文学の教師にして千年を生きる魔女、フランシス＝ギルクリストがちくりと皮肉を放つ。学生時代を引き合いに出されたガーランドが軽く声を詰まらせた。背後のバルディアが黒い外《がい》套《とう》を水面のように波打たせてきゃらきゃらと笑う。

「遅刻魔だったもんねぇ、ルゥくん」

「……本題に入りましょう。ここに来た目的は、やはり？」

「勿論《もちろん》。あなたも気になっているのでしょう？　これの裏側がどうなっているのか」

白杖《はくじょう》で機械神の亡骸《なきがら》を指しつつギルクリストが言う。ガーランドがうなずき、背後でバルディアが白い腕を組んでうーんと唸《うな》った。

「やっぱり気になるよねぇ、そこ。ひっくり返したいのは山々なんだけど、わたしじゃどうしても呪的に汚染しちゃうんだよ。バナちゃん呼べば簡単なんだけどねぇ」

「そうなる前に来たのです。Ｍｓ《ミズ》・オールディスの雑さでは、細かな証拠を台無しにしかねませんから」

　そこまで言うと、ギルクリストは乗っていた亡骸《なきがら》の上から地面に跳び下りた。自分の役割を察したガーランドが魔女と並び、自らの白杖《はくじょう》を構える。

「私はその応援、というわけですね。……承知しました。この重量をひっくり返すのは一仕事ですが、先生とふたり掛かりなら――」

「勘違いしないように。あなたを呼んだのは、証拠の信用性を担保するためです」

　元教え子に杖《つえ》を下ろさせると、ギルクリストは白杖《はくじょう》を軽くひと振りして呪文を唱えた。

「**するりくるりと《レーヴォレ》　天地よ返れ《イウエルスム》**」

　その詠唱を経て、前触れの振動もなく、山にも等しい巨体がただ忽然と浮かんだ。それは百フィートほど上空までまっすぐ上昇したところでピタリと止まり、そこでくるりと上下を逆にして、昇った時と同じ速度でゆっくり地面に降りてくる。着地の瞬間には砂埃《すなぼこり》すら立たず、ガーランドは尊敬と畏怖をもってその光景を見届けた。同じ魔法使いの目で見てさえ、一連の現象は余りにも現実離れしている。

「……オムレツも同然ですね。先生にかかれば」

「観察を」

とんとんと階段を登るように宙を踏み上がり、ギルクリストはそこから背面を露《あら》わにした機械神の亡骸《なきがら》を見下ろす。ガーランドはこくりとうなずき、魔女とは反対側の下半身に陣取ると、自らの箒の柄に立って上空へ登っていった。

「──調べられてるとこだろうね。今頃」

同刻。迷宮第一層では、他でもない教師殺しの首謀者たちが言葉を交わしていた。

「問題はない。あの巨体の損傷は全て、飛竜と大地竜《リントヴルム》によるものに偽装してある」

「知ってるよそりゃ。きつかったねー、証拠隠滅。ゴーレムそのものはクソ重いから動かせなくて、だから地面のほうに呪文かけてトンネル掘って、王さまが斬ったとこ全部元通りにくっつけてさ。ただでさえ剛鉄《アダマント》の加工は手間かかんのに、結界張って人払いしながら夜通しで。傷の場所はあんたとシャノンがぜんぶ覚えてたからまだ良かったけど」

肩をすくめて女生徒が苦笑する。従弟《おとうと》のための魔法薬を鍋の中で調合しながら、グウィンがそれに応じる。

「剛鉄《アダマント》斬りの切断呪文《グラディオ》はクロエ＝ハルフォードに固有の技術だ。第四魔剣と同様、あの魔法の切創を見られるだけで我々と彼女の関わりが悟られる。後始末の必要性は最初から想定していたことだ。

「……それで何もかも欺けるほど、ここの教師どもは甘くないがな」

　彼が言葉を切ったところで、ふいに部屋の扉が開く音が響く。ふたりがその方向へ視線を移すと、ひどく思い詰めた面持ちで、彼らが君主《ロード》と仰ぐ少年がそこに立っていた。テーブルで書き物をしていたシャノンが手を止めて立ち上がる。

「来たか、ノル。……不調が出たようだな。こちらに来て横になれ」

　従弟《おとうと》の状態を察したグウィンが鍋を火から降ろし、隣の部屋の処置台へとオリバーを手招きする。気遣うシャノンに寄り添われて、少年はその診察に身を委ねた。


「――何か、違和感が。表面が……繕《つくろ》われている、ような」

　十分ほどの観察を経て、最初にガーランドの口から漏れたのはその言葉だった。それを聞いたギルクリストが、彼の隣の上空で軽くうなずく。

「相変わらず大したものですね、あなたの直観は。……確かに、魔法加工の痕跡があります。表側だけではかすかな違和感に留まりますが、裏側は処置がわずかに拙《つたな》い。おおかたゴーレムの上下を返せぬまま、地面のほうを掘って行ったのでしょう」

　その推測はガーランドも腑《ふ》に落ちた。工作の痕跡を見て取ったところで、ギルクリストがあっさりと地上に降りる。

「坊やの自滅でないことはこれで確定しました。エンリコはここで何者かと戦い、討たれた。そう考えて間違いありません」

ガーランドもうなずいて下降し、箒から地上に降りた。――彼女がそこで言葉を切ったということは、逆に言えば、今の時点でそれ以上の手掛かりは見て取れないということ。直接の戦力だけでなく、工作の手管においても侮《あなど》れない敵らしい。そう認識しつつ、彼はひとつ踏み込んで尋ねた。

「……誰がやったとお考えですか？　先生は」

魔女はきっぱりと首を横に振る。それもまた、ガーランドが予測した答えだった。

「今はただ、私ではないことを知るのみです。……偽装の痕跡こそ見て取れましたが、そこからの深読みは避けるべきでしょう。裏側の処置の拙さも、こちらを誘導するための仕掛けでないとは言えません。拙速を避けて、まずは向こうに尻尾を出させること。そのための校内監査です。

しかし、だからこそ――敵が何者であれ、こちらの一手を座して待ちはしないでしょうね」

しばし時間を置いて、翌日の早朝。

キンバリーの校庭には魔法生物の飼育スペースが設けられている。一年の頃はマルコのために、二年になってからグリフォンのために、カティが足繁《あししげ》く通い詰めている場所でもある。魔法生物学の授業でも頻繁に使われるので、時間によっては生徒の出入りも多い。

が、夜明けから間もない早朝の時間となると、そこを練り歩く人物はそれなりに絞られる。その筆頭がバネッサ＝オールディス――生徒たちからは端的に「暴君」と呼ばれ恐れられる魔法生物学の担当教師だ。その職掌からしても当然、飼育スペースの管理は彼女の預かりである。

「あーうるせぇうるせぇ。鶏みてぇに吠《ほ》えてんじゃねぇよ。ローストして食っちまうぞォ？」

目覚めを迎えた魔獣たちの鳴き声が、バネッサの気配を感じ取った瞬間にぴたりと止まる。生物としての本能すら黙らせる圧倒的な威圧。それを意図すらせず暴力的に振りまきながら、彼女は朝の散歩がてら全ての檻《おり》を見て回る。

が、そこで違和感を覚えた。彼女の経験上、魔鳥の類は早朝にひときわ鳴きたがる傾向がある。それを踏まえれば、今の時間にいちばん喧《やかま》しい檻《おり》は限られるはずだが――どうしてか、そこはしんと静まり返っている。

「……あァ？」

妙に思いながらバネッサが檻《おり》の中を覗《のぞ》き込《こ》む。すぐにグリフォンたちの姿が目に入った。思い思いの場所に寝そべって眠りを貪る。それは一見して夜の間の彼らと何の変わりもない姿に思えたが、

「……ほー……」

寝入っているのではない。それが一頭残らず息をしていないのだと気付いた瞬間、バネッサは事のおおよそを理解した。即《すなわ》ち——ここで何が起こり、それが何を意図したものかを。

「——おいおい。誰に喧嘩《けんか》売ってるつもりだァ？」

変形した右腕が檻《おり》の格子《こうし》を握り締める。再び開けた掌《てのひら》から、紙細工のようにねじくれた鉄の塊が地面に転がった。

不運にもこの時。校庭の飼育スペースには、他にも数名の物好きが居合わせていた。

「よーしよし、いい子いい子。そのままね、次はこっちに……あぅっ⁉」

翼で顔をはたかれたカティの体が草地に倒れ込む。彼女が誘導しようとした幼体のグリフォンがその姿を見下ろし、興味を失ったようにぷいと顔をそむけた。そこからやや離れた場所で、カティの奮闘を眺めていたミリガンが腕を組む。

「ふーむ。見事に舐《な》められているねぇ」

「うぅ……で、でも、ほら！　前みたいに攻撃はしてきませんから！」

すぐに立ち上がって主張するカティ。そのまま再びグリフォンに向かおうとする彼女だが、蛇眼の魔女がそこへ歩み寄る。

「まぁまぁ、少し落ち着いて考えようじゃないかカティ君。マルコの時と本質は一緒さ。こちらに怯《おび》えている相手と健全な関係が育めないのと同様に、こちらが見下されたままでは関係を先に進められない。幸いにも『敵ではない』という認識は持ってもらえたようだから、次は『対等以上の相手』だと思ってもらわなければ」

ミリガンの接近に気付いたグリフォンが警戒を強めて後ずさる。油断してはならない相手を嗅ぎ分けているのだ。その警戒がない分だけカティはコミュニケーションで有利だが、引き換えに「侮《あなど》られる」というマイナスが生じる。そのままならなさを踏まえて、ミリガンは共同研究者の少女へと提案する。

「そのためには、やはり力を示すことだ。自然界において、強いということは敵ならばそのまま恐怖に、味方ならば信頼に繋《つな》がる。強さを示した上で友好を求めれば、それはもう拒まれないはずだよ」

「……でも。痛い目に遭わせるのは、嫌です」

ぎゅっとこぶしを握り締めてカティが呟《つぶや》く。ミリガンが微笑《ほほえ》んでうなずいた。

「君がそこを譲らないのは分かっているさ。しかし――直接攻撃せずに強さを示す、か。少しばかり難題だね」

そこで言葉を切らし、ふたり並んで考え込むカティとミリガン。ふたりと一頭の間で行き詰まりかけた場に、そこでずしんと重い足音が響く。気配を感じたふたりが背後を振り向くと、そこには見知った長身の少年が一頭のトロールを連れて立っていた。

「うーす。邪魔するぜ」

「ガイ？　――え、マルコ連れてきたの？　散歩？」

「それもあるけど、ちょっと思い付いたことがあってよ。グリフォンとの交流、だいぶ苦戦してんだろ？」

ガイに先行して巻き毛の少女のほうへ歩いていくマルコ。が、その巨体の存在感はさすがに捨て置けず、グリフォンが羽根を逆立てて威嚇する。

「KYOOOOOOOOOッ！」

「わっ……！　ま、待ってマルコ！　警戒してるから、あんまり近付くと……！」

「いや、止めんな。そのまま行かせろ」

「ええっ!?」

ガイの意図が読めずに少女が混乱する中、マルコはずんずん歩いてカティの傍《そば》へ辿《たど》り着《つ》いた。上からその視線で一瞥《いちべつ》されると、それまで盛んに威嚇していたグリフォンが怯《ひる》んだように押し黙る。その光景を目にしたミリガンが興味深げに顎へ手を当てた。

「――ふむ。成体ならまた話は違うだろうけど、今の段階では明確にマルコのほうが格上だね。どう戦ったところで勝てない相手だと理解したようだ」

「ウ――。どウする、ガい」

「そのままでいいぜ。今度はお前だ、カティ」

「へ？　わたし？」

「マルコの肩に乗せてもらえ」

迷わず次の指示を出すガイ。それを聞いたカティが、戸惑いつつもマルコを見上げる。

「う、うん……。マルコ、頼める？」

「ウ、ワかっタ」

マルコがうなずいて少女に手を差し出し、そこに乗ったカティの体を、ゆっくりと大切に肩の上へ持ち上げる。ほどなく肩に腰かけた少女の目が、すぐ隣にあるマルコの目の位置と並んだ。それを唖然《あぜん》と見上げるグリフォンの様子から、ミリガンはガイの意図を察する。

「……なるほど。そう来たか」

「無視できないでしょ。自分《てめえ》より強い生き物が従ってる様子ってのは」

ガイがにっと笑った。力の示し方とは、必ずしも暴力を振るうことだけではない。自分では敵《かな》わない相手を御している姿は、時にそれ自体が力を証明するのだ。その発想が的を射ていることを認めて、ミリガンはマルコの肩の上のカティへ声をかけた。

「カティ君。グリフォンと交流する際、これからしばらくはマルコと一緒に行いなさい。といっても虎の威を借る狐《きつね》ではいけないよ。君の指示に従っているところをよく見せるんだ」

「は、はい！」

カティも方針を理解して、肩の上からマルコに方向指示を出し始める。その通りに動き回るマルコの姿は、カティの存在と共に強烈な印象となってグリフォンの目に焼き付いているはずだった。それを証明するようにカティとマルコを追い続けるグリフォンの視線。その姿を眺めつつ、ミリガンはガイの隣に歩み寄って肘で脇腹をつつく。

「妙手じゃないか、ガイ君」

「どうもっす。……あいつ、生き物と向き合ってる時って、もうそれしか目に入らなくなるじゃないですか。間にマルコを噛《か》ませるやり方とか、どうせ思い付かないだろうなと思って」

「確かにそうだ。これはむしろ私が思い付くべきだったな」

ミリガンがこつんと自分の頭を小突く。その間にも、マルコの肩の上からカティの嬉々《きき》とした声が飛んでくる。

「こっちを見る目が変わった気がする！　効果あるかも！」

「あー、そりゃ何よりだ。けどなぁ……」

ガイの視線が少女の全身を巡る。あちこちが擦り切れた手や腕、土で汚れた制服、草を大量に巻き込んだ巻き毛。それらの奮闘の跡をひと通り眺めやってから、少年は額に手を当ててため息をつく。

「……やっぱいいや。ほれ、続けろ」

「？　何それ、変なの」

首をかしげてマルコの指示に戻っていくカティ。それを見守り続けるガイの仏頂面《ぶっちょうづら》を、ミリガンはちらりと横目で見やる。

「……今、何の言葉を呑《の》み込《こ》んだのかな？」

「分かってて訊《き》いてますよね、それ」

「ふふふ、ばれたか。それにしても、君はカティ君をよく見ているねぇ」

「逆っすよ。……毎回ボロボロになってんのが見てらんないんで」

少年がぽつりと零《こぼ》した瞬間、ミリガンはたまらず目頭を押さえた。余りにも眩《まぶ》しいものを直視してしまったとでも言うように。

「……なるほど。……この二択は、確かに悩ましい」

「何の話っすか？」

「いや、気にしないでくれ。こっちの話――」

ミリガンが話を流そうとした瞬間、その場にいる全ての生き物の全身に猛烈な緊張が走った。

「――ッ!?」「………………！」

身動きはおろか、呼吸すら押し潰されるような緊迫感。その原因が背後から迫る何者かのプレッシャーだと悟った瞬間、全員の視線がその方向へ吸い寄せられた。両腕を異形に変じたバネッサ＝オールディスが大股に近付いてくる様を、人とトロールとグリフォンが同時に目にする。異なる種族の瞳で、しかし紛れもなく同一の絶望をもって。

「……ＫＹＯ……Ｏ……」

視線を直接向けられたのはグリフォンであり、それ故にバネッサはグリフォンにとって避けられない「死」そのものとして映った。戦う意思はおろか、逃げる気力すら瞬時に根こそぎにされた。魔獣としての本能が告げていたからだ——この距離は、すでに相手の顎の中に収まっているのと同じだと。

「……ぁ、あッ！」

だが。そんな次元の違う威圧の中で、カティだけがマルコの肩から飛び降り、他の全員の前に立ち塞がるという行動を取った。ダリウスの時と同様に、それは彼女の精神の非凡さの表れ。だが——それは今、飢えた獣の前に肉が躍り出るに等しい。

「……許可は、取った、はずです。何か——御用、ですか。バネッサ先生」

殺気の塊のような相手と対峙《たいじ》して、カティは言葉でもって意思疎通を試みた。この場に存在するバネッサ以外の全生物にとって、それは唯一の希望だった。言葉が通じないのなら打つ手などない。一切の抵抗は無意味だと、おそらくは脳を持たない生物ですら理解できる。

「——こいつは生きてんのか」

「……？」

故に。相手の口から「言葉」が返った瞬間、彼らから死は急速に遠ざかった。

「続けろ。ミリガン、授業開始までお前が見とけ」

短くそう告げるなり踵《きびす》を返《かえ》して、バネッサは来た時と同じ速度で大股に去っていった。それを見届けたところでカティの体が膝から崩れ落ち、それをガイとミリガンが両側から支える。冬の雨にでも打たれたように、冷たい汗が少女の全身を濡《ぬ》らしていた。

「……なに、今の……」

「あれは……ちょっと、尋常な剣幕じゃなかったね。私でも肩が震えた」

全員を代表して感想を述べるミリガン。その腕につかまって立ち上がると、カティはふと隣から視線を感じた。グリフォンの両目がじっと自分を見ている。何か不思議な、理解できないものを見るような困惑を宿して。

「……怖かった？　大丈夫だよ。……あの人には、何もさせないから。絶対に」

そう言って、少女はグリフォンの顔に指先を伸ばす。優しく羽毛を撫《な》でる小さな手を、しかし今度は振り払おうとはしない。この場の誰も、カティ本人ですら知らないうちに、魔鳥の中で何かが変わっていた。あるいはそれは――自分よりもずっと小さな体で絶対的な「死」に立ち向かい、それを退けた存在に対しての興味だったかもしれない。

ふと上空に気配を感じたミリガンが視線を上に向ける。成体のグリフォンや飛竜を含む飛行性の魔獣が校舎の上を行き交い、獰猛《どうもう》な視線でもって地上を睥睨《へいげい》している。あからさまに物々しいその光景を前に、ミリガンが厳しい表情で呟《つぶや》く。

「上空に監視役の魔獣が出ている。――校内で何かあったらしい」

カティが全てを知ったのは、朝食の席で、いつもの面々と合流した矢先のことだった。

「……うそ、でしょ……」

少女が取り落としたフォークが皿に落ちて音を立てる。その心境を慮《おもんぱか》りながらも、だからこそ下手に濁すことはせず、シェラは努めて淡々と事実を報告する。

「残念ですが、事実のようですわ。……二年生が課題で調教中のグリフォンが大量に変死。生き残りはただ一頭、あなたが世話している個体のみです」

カティの肩がぶるぶると震える。すぐさま席を立とうとする彼女を、シェラが腕を掴《つか》んで呼び止める。

「落ち着きなさい、カティ。……すでに学校側で手は打ってあります。あれらのグリフォンはキンバリーの所有ですから、その毀損《きそん》をみすみす見過ごすことはしません。上空に見張りの魔獣が放たれているのを見たでしょう」

友人を思《おも》い遣《や》ってシェラが言い募る。いくらグリフォンが心配でも一日中見張っているわけにはいかない、それはカティにも理解できる。だが――それで気持ちが鎮《しず》まるわけではない。突然の死をもたらされた多くの命のことを想《おも》って、巻き毛の少女は痛切に声を上げる。

「……おかしいよ！　ここは確かに物騒なところだけど、最近は特におかしい！　なんでグリフォンが死ななきゃならないの⁉」

「まさか、これも一環なのか？　噂《うわさ》に聞く教師間の――」

ピートの口から出かけた言葉を、縦巻き髪《ロールヘア》の少女の指先が押さえ込む。そうして彼女は忠告する。眼鏡の少年に限らず、この場で同じテーブルを囲む全員に。

「……何ひとつ。本当に何ひとつ、今は迂闊《うかつ》なことを語るべきではありません。分かりますわね？」

六人の間に重い沈黙が下りる。と――テーブルの下で繋《つな》いでいたオリバーの手が、ふいにぎゅっと強く握られる。

「心配はござらん」

隣に座るナナオが笑顔で言い切る。その様子を見たシェラがふっと微笑《ほほえ》んだ。

「……ずっと手を繋《つな》いでいますのね、ふたりとも」

「拙者の我儘《わがまま》にござる」

「ふふ、少し妬《や》けますわね。……けれど、今はそのほうがいいですわ」

シェラのその言葉は、オリバーの不調を思《おも》い遣《や》ってのことでもあった。それが分かるからこそ少年の胸は軋《きし》む。自ら直接指示を下したわけではない。だが――グリフォンの大量死が同志たちの仕業であることを、彼はその報《しら》せを聞いた時点から察していた。さらに言えば、バネッサ＝オールディスに対する挑発の一環としてそれが行われたことも。

「状況が落ち着くまでの間、単独行動は避けましょう。迷宮はもちろん校舎でも、必ず信頼できる誰かと一緒に動くように。カティ、ピート、あなたたちは特に」

「……うん。わかった」「図書室に行きづらくなるな……」

それぞれの気持ちを抱えながらも、シェラの忠告には全員が耳を貸す。そうして手短に食事を終えた六人が席を立ったところで、事件にざわつく友誼《ゆうぎ》の間に、それを後押しする新たな一報が届いた。

「ゴッドフレイ統括が校長に呼び出されたらしいぞ！」


「――何ひとつ関知していません」

毅然《きぜん》とした男の声が校長室に響いていた。部屋の中心に置かれた椅子にぽつんと座らされ、威圧的な視線を浴びながらも、ゴッドフレイの返答にはいささかの揺らぎもない。

「繰り返します。エンリコ先生及びダリウス先生の失踪に、俺は何ひとつ関わっていません。生徒会の全メンバーも同様です」

一言一言に力を込める。後ろめたいところなど一点もないと示すように。その姿勢を固持したまま、男はさらに反問すら始めた。

「そもそも、なぜ俺に嫌疑が？　確かに学生統括として多くの生徒を動員できる立場にはありますが、それだけで容疑者扱いは短絡が過ぎる。恐縮ながら、判断までの経緯を伺いたく思います」

「お前自身の戦力を鑑《かんが》みての聴取だ。〈煉獄《れんごく》〉」

凍った鋼を思わせる響きで言葉が返り、ゴッドフレイは真っ向から校長の目を見つめる。この魔女の前で委縮せず、まともに言葉を交わせること――それ自体が学生統括に不可欠の素養であるとも言える。

「エンリコもダリウスも、並の生徒が少々群れたところで討てるような相手ではない。誰ならば可能性があるか――そう考えた時、お前の名前が真っ先に挙がることは短絡ではなく必然だ。もっとも、それは嫌疑の濃さを意味してはいない。お前の実力に対する評価の表れだと思え」

この校長の口から放たれる言葉として、それは最大級の賛辞と言ってよかった。厳しい面持ちのままのゴッドフレイに、キンバリーの魔女はなおも続ける。

「これは校内監査の一環だ。お前以外の生徒も聴取の対象となる。逆に、お前のほうで嫌疑を抱く相手がいればこの場で申告しろ。私はお前の学生統括としての働きを評価している。必然、その声にも耳を傾ける価値があると考える」

「俺の仕事は、生徒を守ることです。疑うことではありません」

男は即答した。逡巡《しゅんじゅん》の余地もない。犯人と分かった後ならともかく、「疑わしい」程度の段階で教師にそれを伝えては、学生統括の生徒に対する裏切りとなる。少なくともゴッドフレイの中でその筋道は自明であり――彼がそういう人間であることを、校長もまた理解していた。

「構わん。それともうひとつ、私の名で生徒に触れを出せ」

「触れ、ですか？」

　ゴッドフレイが訝《いぶか》しんで尋ね返す。この状況で生徒に何を伝えさせるつもりかと。が――続く魔女の言葉は、彼の予想を大きく超えていた。

「箒競争《ブルームレース》、箒打合《ブルームファイト》、箒合戦《ブルームウォー》の全種目で、学校側から次のリーグ戦の賞金・賞品を上乗せする。優勝者及び優勝チームの最優秀選手には、即金で五千万ベルクと竜心結石《ドラグリウム》の結晶を授与。統括選挙直前の決闘リーグも同様の条件で開催する」

「――ッ！」

　その意味するところを察したゴッドフレイが目を見開く。鉈《なた》で断ち切るように校長が告げた。

「話はこれで終わりだ。下がれ」


「――ゴッドフレイ！」「大丈夫ですか、先輩！」

　校長室から出てきた彼を、ティムとレセディのふたりが血相を変えて迎えた。……キンバリーの魔女からの呼び出し、それも事件に関連する聴取である。何の比喩でもなく入った者が生きて帰って来られる保証などない。最悪の場合は扉を破って校長室に乱入する覚悟だった。

「……平気だ。生きた心地はしなかったが」

額に滲《にじ》んだ汗を拭い、ふたりを安心させるようにゴッドフレイが告げる。彼が気疲れから回復するまで多少の間を置いて、レセディが本題に斬り込んだ。

「結局どうなんだ。教師殺しを疑われたのか？」

その問いを受けて、ゴッドフレイが顎に手を当てて考え込む。

「と、いうよりも……あれは、可能性をひとつずつ洗っている段階に思えた。俺が真っ先に呼び出されたのは、嫌疑が濃いからではなく、現時点で嫌疑が濃い相手がいないからだろう」

「犯人が生徒である可能性も含めて手広く捜査している、というわけか。……思ったよりも後手に回っているな。あの校長らしくもない」

「こちらの認識以上に状況は深刻なのだろう。二年連続で教師が欠けるというのは、キンバリーの歴史を通しても指折りの異常事態だ。

……だが、校長も手は打ってきた。箒《ほうき》競技の三種目と、統括選挙前の決闘リーグで賞金が上乗せされる。優勝者と優勝チームの最優秀選手には、五千万ベルクと竜心結石《ドラグリウム》の結晶が与えられるそうだ」

「竜心結石《ドラグリウム》っ――」

ティムの目が満月のように見開いた。魔法使いなら誰もが欲しがる希少品だが、錬金術に携わる人間にとってはその価値がさらに跳ね上がる。彼の反応からその事実を再確認したことで、ゴッドフレイはその賞品の意図について確信を持った。

「言うまでもなくエサだろう。より多くの生徒をまとめて校舎に釣り出すための」

「……ずいぶんと高く付くエサだな。同じ目的なら、校長命令で全生徒に強制招集をかけるほうが安く付くだろうに」

「捜査のための招集では非常事態そのものだが、お祭り事として人を集めるのなら印象はまるで違う。キンバリーの体制の盤石さを示すつもりだろう。このエサにも釣られず校舎に現れない生徒には、それはそれで疑いを濃くすれば良いのだからな」

そこで一旦言葉を切り、ゴッドフレイは深呼吸して思考を整理する。——事の筋道は見て取れた。ここからは自分たちが動き出す番だ。その決めた上で仲間のひとりへ向き直る。

「ところで、ティム。グリフォンの大量死の件だが」

「僕はやってないですよ！」

「それは知っている。後でバネッサ先生と交渉しておくから、許可が下りたら死体を調べてみてくれ。どんな方法で殺されたのかを知りたい。可能なら死亡推定時刻も」

「我々でも独自に捜査をするのか？」

「いや、有り体に言ってフリだけだ。現時点で積極的に犯人捜しをするつもりはない。これまでの事件とはわけが違う。教師間の内紛である可能性が拭えない以上、我々が首を突っ込み過ぎるのは余りにも危険だ。

が……グリフォンの大量死は、この先に生徒に巻き添えが生じる可能性を示唆してもいる。犯人のそうした動きに対して牽制《けんせい》が必要だろう。捜査をしてみせるのはそういうことだ」

教師同士の揉《も》め事《ごと》は教師間で解決させる——その方針については、ゴッドフレイも大筋で異存はない。である以上、彼が努めるべきは生徒を巻き込ませないことだ。彼のその考えにレセディもうなずき、その上でひとつ忠告を添える。

「承知した。が、選挙のことも忘れるな。……校長に特大の焚《た》き付《つ》けを抛《ほう》られた。前生徒会の連中はおそらく、この状況をこれでもかと利用してくるぞ」

下級生たちが友誼《ゆうぎ》の間で賑《にぎ》わうように、上級生たちにもその役割に相当する大広間がある。それが校舎四階に位置する「討議の間」である。

「この私、パーシヴァル＝ウォーレイが今こそ言おう。——ゴッドフレイの体制には、根本的な問題がある」

その広い空間の中心で、ひとりの四年生の男子生徒が白杖《はくじょう》を片手に演説を行っていた。選挙が近付いてきた時期には珍しい光景ではない。が、その主張の内容はいかにも攻撃的だった。

「迷宮で、校舎で、現生徒会は多くの生徒たちを危険から守ってきた。彼らが広く支持されるのもその実績が理由であり、なるほど、それは一見して実に麗《うるわ》しい関係性と見える。が——よく考えて欲しい。その行いは、結果としてキンバリーに何をもたらしただろうか？」

　ウォーレイと名乗った生徒が一旦言葉を切り、数秒の間を置く。それは聴衆に答えを考えさせるための猶予ではなく、彼らに「自分で考えた」と勘違いさせるための時間だ。答えの空欄はあくまでも彼自身が埋める。

「言うまでもない、生徒の軟弱化だ。全ての魔法使いが自立して存在すべきキンバリーに、彼らは縋《すが》る対象を作ってしまった。無条件で助けを求められる相手として自らを認識させてしまった。この学《まな》び舎《や》の根幹たる自由主義・成果主義の理念に真っ向から反する形で！」

　憤慨も露《あら》わにウォーレイは叫ぶ。生真面目な語り手と見えて、聴衆の感情を煽《あお》るための手管は徹底して仕込まれている。その教えに沿って、彼はさらに語調を強めた。

「何かあったらまず生徒会に相談。——諸君はどう思う？　私は心底失望する。他の凡百の魔法学校ならいざ知らず、ここキンバリーで、こんな腑《ふ》抜《ぬ》けたお題目が罷《まか》り通《とお》っていることに。

　己の身に危険が迫ったなら、魔法使いは自力で何とかするものだ。助力が必要ならば相応の代償を差し出すか、利害調整によって協力関係を結ぶか、さもなくば騙《だま》し、脅してでも利用するか。……どの手段を選ぼうとも良《よ》い。これらはいずれも自力救済の原則に則《のっと》っており、魔法使いとしての在り方に少しも反さない。

　現生徒会を何よりも許容しがたいのはそこだ。彼らは見返りを求めない。無思慮で無分別な救済を全ての生徒に施して回る。それがどれほどの堕落を生むか考えもせず！」

ウォーレイは主張する。彼らの最大の美徳であると思われている部分は、この学校において最も忌《い》むべき悪徳だと。一概に暴論と切って捨てることは出来ない。なぜならここはキンバリー、もとより外界の倫理とは隔絶された学《まな》び舎《や》である。

「このような過《あやま》ちは三年限りで終わらせる。来たる学生統括選挙で擁立候補の当選を果たし、我々はキンバリーを在るべき形に戻す。……これを耳にした君たちの票が誰に投じられるか、それはもはや考えまい。選択肢など有り得ないと分かるはずだ。君たちが本当の意味において魔法使いであるのならば！」

ダメ押しとばかりに聴衆を焚《た》き付《つ》けて演説の締《し》め括《くく》りとする。が、次の瞬間。予想していた反応に先駆けて、妙に気の抜けた拍手の音が彼の耳に届いた。そちらへ視線を向けると、そこには前髪で片目を隠したひとりの女生徒が立っている。彼の対立候補である五年生の女生徒が。

「拝聴したよMr《ミスター》.ウォーレイ。いいね、素晴らしい。三年前に時間が巻き戻ったようで感動すら覚える。いや、本当に驚きだ。あの時の候補の主張とまったく変化がないなんて」

「……ヴェラ＝ミリガン」

「けれど、内容にはいささか疑問もある。そも——なぜゴッドフレイ先輩が自らの手で新たな生徒会を営もうと考えたか。当時の生徒会が君たちのいう『魔法使いのやり方』でここをどれだけ息苦しい場所にしていたか。三年の間に、そういう経緯はすっかり忘れてしまったのかい？」

「そうした腐敗が一部で起こっていたことは否定しまい」

　ウォーレイが何か反論を口にする前に、聴衆の中からひとりの男が進み出た。長く煌《きら》びやかな金髪と、半ばが火傷《やけど》で爛《ただ》れた凄絶な美貌。抜きんでた存在感が、たった一言で周りの人間の注視を吸い寄せる。

「が、今となっては過去の話だ。三年の間に病巣《びょうそう》は残らず切り取った。無論、私が当選していたとしても同じことをしたとも。愚物が淘汰《とうた》されてこその我らが学《まな》び舎《や》なのだから」

　前生徒会派閥の長にして今はウォーレイの後援者である男、レオンシオ＝エチェバルリアの声が朗々と響いた。その姿を前にミリガンが微笑《ほほえ》む。こうも早く向こうの首魁《しゅかい》が出てきてくれたのは彼女にとって好都合だった。

「それが叶《かな》わなかったのは実に残念だね。……ところで先輩、まだ治さないのかい？　その顔の火傷は」

　なので、ひとまず挨拶代わりに煽《あお》ってのけた。一撃で凍り付く大広間の空気。ウォーレイの顔色がさっと青ざめ、レオンシオが額に手を当てて嗤《わら》う。

「はは、ははは。はははは。――なぁ、ミリガン」

「なんだい先輩」

「**灼き照らせ**《ソリスルクス》」

　相手の挑発に対して小粋な皮肉を返す、そのくらいの気さくさで男は呪文を撃った。腰の白《はく》杖《じょう》を抜いて詠唱と同時に振る所作が余りにも自然で、そのせいでミリガンですら反応が遅れた。彼女が応じて白杖《はくじょう》を抜いた時、その視界はすでに金色の炎で埋め尽くされており、

「**焼いて浄めよ《イグニス》**！」

彼女の背後から放たれた炎熱が、同等の出力でもって金炎を押し留《とど》めた。大広間の中心でぶつかり合うふたつの炎。それらは燃え広がることも飛び散ることもなく、空中で拮抗《きっこう》しながら縮小していく。さながら宙に浮かぶ炉心のように一か所に集中し、やがて消えた。

「……双方とも杖《つえ》を納めろ！　選挙はまだ遠い、白熱しすぎだ！」

学生統括アルヴィン＝ゴッドフレイが白杖《はくじょう》を構えつつ場に割って入った。その姿を見て取ったレオンシオの顔が、長らく会えなかった恋人を前にしたような喜びに輝く。

「ああ――ゴッドフレイ。我が愛《いと》しの煉獄《れんごく》よ。

長く待たせて済まなかった。やっとだ。やっと君を、私のベッドに誘う準備が整った」

杖《つえ》を納めて両手を差し伸べ、男は親愛の所作でもってゴッドフレイへと歩み寄る。ふたりの距離が縮まりかけた矢先、その頭上にいくつもの硝子瓶《がらすびん》が舞う。

「――犬でも抱いてろ、ボケが」

ゴッドフレイの頭越しにティム＝リントンが投擲《とうてき》した魔法薬だった。交戦中の面々を除いた周りの生徒たちが一斉に回れ右して退避する。あのティムが殺意をもって放った物体が致死性の毒でないと考える理由は何もなく、である以上は落ちてくるまでの猶予すら期待できない。

間違いなく空中で炸裂《さくれつ》する。

が、彼らの予想に反して、それらが死の雨となって降り注ぐことはなかった。一瞬遅れて対面から投じられた複数の硝子球《がらすだま》――全てに魔法薬を封入したそれらが、ティムの放った瓶と同じ場所で炸裂《さくれつ》。途端に激しい中和作用が生じて一切が無害な煙と化し、液体は一滴たりとも床に滴《したた》ることがなかった。

「……進歩がないですね、ティム君。あれからずっと毒殺魔のままですか」

呆《あき》れ顔《がお》で生徒たちの間から歩み出るひとりの五年生。アレンジした制服でタイトに包んだ細身の体と、柔和でありながらも揺るぎない微笑《ほほえ》みが見る者の目をスマートに惹《ひ》きつける。片手に握った白杖《はくじょう》の先端をティムへと向けて、男は穏やかに言い放つ。

「何度でも言いますよ、錬金術はそうじゃない。徒《いたずら》に人を苦しめる毒薬なんてものは調合の失敗の産物でしかありません。時に癒《いや》し、時に惑わし、時に人を狂わせてこその魔法薬。そうでしょう？」

「黙ってグラスを磨いてろよ〈酔師《バーマン》〉。お前のカクテルは甘すぎて僕好みじゃない」

白杖《はくじょう》を向け返して挑発に応じつつ、空いている左手でティムが新たな瓶を用意する。前生徒会陣営の錬金術師、〈酔師《バーマン》〉ことジーノ＝ベルトラーミの顔に憐《あわ》れむような笑みが浮かぶ。

距離を空けてにらみ合う両者を眺めて、レオンシオがフンと鼻を鳴らす。

「……相変わらず躾《しつけ》のなっていない狂犬だ。君の調教不足だぞ、ゴッドフレイ」

その言葉の直後。〈酔師《バーマン》〉に意識を向けるティムの顔に、真横からすっと白杖《はくじょう》が伸びた。

「爆せて砕けよ《フラルゴ》」

気付きが遅れたティムの頭へ容赦のない呪文が放たれる。回避の余地なく火花が炸裂《さくれつ》し、

「……教育不足は否定せん。が、貴様らに鞭《むち》を預けた覚えもない」

が。発動の瞬間、相手の杖《つえ》を自らの杖《つえ》で押しのける形で、レセディ＝イングウェがそこに介入していた。ぎしりと軋《きし》む互いの白杖《はくじょう》。彼女の顔を間近で眺めて、ひどく退廃的な空気を放つエルフの六年生――キーリギ＝アルブシューフがにやりと笑う。

「怖い顔だ、レセディ。……まだ根に持っているのか？　愛人どもを寝取られたことを」

「その口は不快な音をかき鳴らすだけか？　ならば無駄だ、今すぐ縫い合わせろ〈貪欲《アヴァリス》〉」

一歩も引かずに睨《にら》み合《あ》う両者。三者三様、それぞれの相手との間で拮抗《きっこう》した状況を踏まえて、ゴッドフレイが再び口を開く。

「全員そのまま聞け。……学生統括として、校長の決定を伝える。

次のリーグ戦、箒競技《ほうき》の三種目で学校側から賞金・賞品の上乗せがある。優勝者及び優勝チームの最優秀選手には賞金として即金で五千万ベルク、及び竜心結石《ドラグリウム》の結晶を授与。統括選挙直前の決闘リーグも同様の条件で開催――とのことだ」

その報《しら》せを受けて胸に左手を当て、レオンシオは感極まったように上を向く。

「さすがは校長。この戦いに相応《ふさわ》しい箔《はく》を付けてくださったか」

「バーカ。負け犬を置くまな板がでかくなっただけ──」

皮肉を放ちかけたティムの声が途切れる。否──彼だけではない。大広間に居合わせたほぼ全員の意識が、今この瞬間、ある一か所に奪われている。

「堪《たま》らない。──最高の晴れ舞台で、君を私のモノにできる」

「……っ……」

ゴッドフレイですら息を呑《の》む。その視線が向くのは、レオンシオの局部。目を疑うほどの高さまで盛り上がったズボンの布地。絶え間なく流れ込む血液によって心臓のように脈打つ──それはまさに、埒外の巨根である。

「ああ、熱い……！　熱いよ、ゴッドフレイ！　君に焼かれた顔が燃えている！

この炎を消すために、君から全てを奪い返す！　君の全てを奪い尽くす！　何もかも失って呆然《ぼうぜん》とする君をベッドに組み敷いて、何昼夜でも休みなく責め立てて、鳴かせて、喘《あえ》がせて、もう許してくれと哀願させて！　永遠に外せない首輪を君の首筋に巻き付ける！」

男の情欲が、憎悪と執念と混じり合って煮え立つそれが、一切の憚《はばか》りなく意中の相手に叩《たた》き付《つ》けられる。お前の全てを奪い尽くすと宣言する。傲慢で、身勝手な──しかしそれ故に、どこまでも正しい魔法使いの恋の在り方である。

「その日はもう遠くない。……どうか、楽しみに待っていてくれ」

熱に浮かされた瞳のままレオンシオは言い、仲間たちに目配せして身をひるがえす。屹立《きつりつ》したままの局部を隠すこともなく、むしろ誇らしげに見せつけて、そうして男は仲間と共に大広間を去っていた。

　同日の夜、オリバーたちは前に話し合った通り、アシュベリーの現状に関してモーガンへの報告を行うことにした。が、いつにも増して物騒な今の校内の状況を鑑《かんが》みて、これには六人全員で向かうことになった。

「――箒《ほうき》競技の三種目は分かり申す。されど、決闘リーグというのは？」

　一層を抜けて二層『賑《にぎ》わいの森』の木立を進む間、六人は討議の間での騒動からやや遅れて届いた校長の宣言について話していた。ナナオの疑問を受けて、シェラが丁寧に解説する。

「キンバリーで定期的に開かれる魔法戦闘の公式腕比べですわ。これも個人戦と団体戦があるのですが、選挙前の決闘リーグは個人戦で行われることが多いと聞きます。学生統括の立候補者に、個としての実力を示す機会を与える目的もあるのでしょう」

　会話の傍《かたわ》ら、起風呪文で行く手を阻《はば》む茂みを刈り取っていくシェラ。それで歩きやすくなった道を先行しながら、彼女はさらに忠告を添える。

「けれど、そちらはまだ来年の話。直近であなたたちに関わってくるのは箒《ほうき》競技のほうですわね。ナナオなら三種目のいずれでも上が狙えます。本気で勝ちを狙うなら今から作戦を練りませんと」

「ここはいっちょ本気になっとこうぜナナオ。五千万ベルクだぞ？　数えてみろよ、ガラテアでひと月連続豪遊してもぜんぜん使いきれねぇ」

「ガイ、不純！　……でも、はぁ、確かに大金だよね。わたしも箒《ほうき》が得意だったらなぁ」

「？　オマエ、金が欲しいのか？」

「恥ずかしいけど、喉から手が出るほどにね。……今後の魔法生物の飼育を考えるとね、お金はいくらあっても足りないの。ミリガン先輩にも言われてるんだ、そろそろ本格的に金策を考えないとって」

世知辛さがため息となってカティの口から零《こぼ》れていた。研究というものはその多くが金食い虫であり、とりわけマイナー分野の研究は資金問題と漏れなくセットになっている。彼女はこの先も長くそれと向き合わなければならない。

友人のそんな悩みを聞いて、ナナオがふむと鼻を鳴らす。

「然《しか》らば、拙者が賞金を取ってカティに進呈致そう。どの道使い道も無き故」

「ナナオ～！　なんでそんなにいい子なの～～～！」

感極まったカティが友人をぎゅっと抱きしめる。それでナナオの足が止まり、彼女と手を繋《つな》いでいたオリバーの体が軽くのけ反った。

「……でもね、嬉《うれ》しいけど、それはダメ。お金は大事に取っておいて。今は要らなくても、いつかきっと役に立つ時が来るから」

相手を抱擁したまま、カティは想《おも》いを込めてそう伝えた。そんなやり取りを横目に、ガイがオリバーとがっしり肩を組む。

「ナナオがその気なら、おまえもさっさと調子戻さねぇとな」

「おい、無闇に急《せ》かすな。いろいろ資料を漁《あさ》ってみたけど、魔法使いのスランプはデリケートな問題なんだぞ。オマエのせいで対処を間違えたらどうする」

ガイから取り返そうとするように、ピートがオリバーの腕を取って引っ張る。してみると、元から手を繋《つな》いでいたオリバーとナナオを中心に、いつの間にか縦巻き髪《ロールヘア》の少女を除く全員がくっつき合う形になった。それを眺めるシェラがくすくすと笑う。

「……あたくしも加わってよろしくて？」

「悪乗りするな、シェラ。……みんなも落ち着いて一度離れろ。これでは余りに動きが――」

諌《いさ》めの声を上げるオリバー。が――その瞬間、少し先の茂みから、大柄な上級生の男がぬっと顔を出す。

「――大所帯だな、今回は」

あっ、とカティが声を上げる。今日の目的であるモーガンがそこにいた。それで慌てて身を離すガイたちだが、ナナオだけはオリバーと手を繋《つな》いだまま頑として離さない。なので、そんな彼に代わって、今回はシェラが前に出た。

「初めまして、モーガン先輩。二年のミシェーラ＝マクファーレンです。先日は友人がお世話になりました。何よりもガイの窮地を救ってくださったこと、心から感謝しますわ。

こちらは友人のオリバー＝ホーンとナナオ＝ヒビヤ。あたくしも含め、今は校内が物騒なので、念のために付き添いで参りました。少し賑《にぎ》やかになりましたが、お許し頂ければと」

「おお、お前がセオドール先生の秘蔵《ひぞ》っ子《こ》か。なるほど風格があるな。

そちらのふたりも、俺の我儘《わがまま》に付き合ってくれて感謝する」

モーガンに視線を向けられ、ナナオと手を繋《つな》いだままのオリバーは気恥ずかしさを押し殺して挨拶する。それから全員と二、三言交わすだけでずいぶん距離が縮み、オリバーは少し安心した。ガイたちから聞いていた通り、大らかで豪快な人柄のようだ。

本題に入る前にいくらか世間話をする流れになり、そうなると自然に校内の現状についても伝えることになった。六人が話す今のキンバリーの情勢に、モーガンは驚きを見せる。

「――五千万ベルクと竜心結石《ドラグリウム》の結晶？　それはまた大盤振る舞いだな」

「おそらく学校側には、リーグを盛り上げる以外のところに目的があるのでしょう。……もっとも、これ以上の深読みは避けますが」

「それが正解だな。教師どもが揉《も》めている状況で、お前たち下級生が藪《やぶ》を突いてもいいことは何もない。背後の事情など無視して催しを楽しんでおけ」

後輩たちへ向けてざっくりと忠告するモーガン。それで会話が一旦落ち着き、頃合いを見て取ったナナオが声を上げた。

「宜《よろ》しければ、アシュベリー殿の現状についてお話し致す」

「ああ。頼む」

モーガンもうなずく。それから十分ほど、男は黙って彼女の報告に耳を傾けた。

「……未《いま》だ記録の更新は成されず、か」

全てを聞き終えたモーガンが腕を組み、ぽつりと呟《つぶや》く。東方《エイジア》の少女がそこに自分の所感を添える。

「拙者も箒《ほうき》乗りの端くれである故、以心伝心の受け止め役《キャッチャー》がいることの頼もしさは分かり申す。その不在がもたらす心細さも又」

それを聞いたモーガンの視線が、ふいにナナオの隣に立つ少年のほうを向いた。

「……その坊主《ぼうず》がお前のキャッチャーか？」

「ご慧眼《けいがん》」

ナナオが自慢げに隣の少年の腕を抱く。オリバーは気恥ずかしさに顔を俯《うつむ》かせ、それを眺めるモーガンの口元がふっと綻んだ。

「箒《ほうき》乗りとキャッチャーの間柄はペアによって様々だ。お前たちのように仲睦《むつ》まじい場合もあれば、しじゅう言い争っているような難儀なペアもいる。が……共通して言えるのは、どんな関係であっても、そうそう代えは利《き》かんということでな」

遠い目をして男は語る。その視線で見据えているのは、他でもない彼自身の過去だ。

「アシュベリーの場合はもっと分かりやすい。あいつに付いたキャッチャーがさんざん逃げていった挙句、最後に残ったのが俺だけだった。カカカッ」

経緯を思い出して豪快に笑い、耳を傾ける後輩たちの前で、男はふいにそれを収める。

「本音を言えば、戻ってやりたいのは山々だ。が……この体では、もはやキャッチャーなど務まらん。今の姿を晒《さら》したところで、あいつを失望させるだけだろう」

諦観をもってモーガンは言った。それを聞いたカティが遠慮がちに、しかし黙っていられずに口を挟む。

「……あの。先生に相談すれば、ひょっとしたら体のことだって――」

その言葉の途中でモーガンが後輩たちから顔をそむけ、大きく咳《せ》き込《こ》んだ。途端に口から火が勢いよく噴き出して燃え上がり、たまたまそこにあった立ち木を一瞬にして黒焦げにする。

「……ゴホ。すまん、何か言ったか？」

「…………いえ。何でも、ありません」

カティが言葉を切って押し黙る。彼女が語るどんな希望よりも、目の前の光景は圧倒的に雄弁だった。異界の火に心身を蝕《むしば》まれた男は、そんな自分の末期を誰よりも悟って――その上で、この先を生きる後輩たちと向き合っている。

「お前たちには足労をかけた。そのついでと言っては何だが――俺がまだ生きていることは、あいつに伝えてくれるな。気にかけるだけ無駄だ。遠からず燃え尽きる元キャッチャーのことなど」

頼まれた六人がやるせない思いに駆られる。が、当の本人がそれを良しとしない。湿っぽくなりかけた空気を吹き飛ばすように、モーガンは力強い声で先を続ける。

「代わりに焚《た》き付《つ》けをくれてやれ。――壁に突き当たっているのなら、あいつは何よりも闘争心を燃やしてそれを破ろうとするだろう。昔からそういう女だ。

今度のリーグ戦は最高の舞台になる。今のアシュベリーが求めるのは、偏《ひとえ》に難敵」

そう前置きして、モーガンは東方《エイジア》の少女をじっと見据える。校内全体を見渡しても数少ない、同じ空でアシュベリーと張り合える箒《ほうき》乗りを。

「あいつと空で向き合ってくれるか、ナナオ＝ヒビヤ。……俺が願うのは、ただそれだけだ」

少女はきっぱりとうなずいた。託された想《おも》いの切実さを、胸の内で痛いほどに感じながら。

身の回りの状況が大きく動いていく一方で。従兄《あに》と従姉《あね》に体を診てもらった後も、オリバーの不調には一向に改善の兆《きざ》しがなかった。

「――そこまで。杖《つえ》を下ろしなさい、Mr.《ミスター》ホーン」

呪文学の授業では、ついに教師からの制止がかかった。固まって立ち尽くすオリバーに、ギルクリストは歩み寄って淡々と告げる。

「心身の乱れが目に余ります。そんな状態で授業に出られては周りがいい迷惑」

「……ッ」

少しの反論も叶《かな》わなかった。目の前にある結果が全てを物語っている。器用さが活《い》きるはずの変化の課題で、彼は紙のように薄く延ばすはずだった硝子《がらす》板を真っ白に濁らせてしまった。透明度を保てないのは魔力の調整に失敗している証拠である。

「闇雲に杖《つえ》を振っても状況は変わりません。復調を焦《あせ》らず、腰を据えて自分と向き合いなさい。いいですね？」

いずれ討つべき相手にそんな忠告すら寄越される始末。だが——闇雲な努力を避けようにも、オリバーの視界には光明がなかった。不調から抜け出すためのかすかな手掛かりすら見出《みいだ》せず、募るのは不安と焦《あせ》りと失敗ばかり。全ての授業でそれは同じだった。

「おいおい、どうしたMr《ミスター》．ホーン。そんなふらふら危なっかしい飛び方する奴《やつ》じゃなかっただろ。骨の二、三本折れてんのか？　治癒かけてやろうか？　俺のめちゃくちゃ痛ぇけど」

箒《ほうき》術の授業では離陸と着陸に繰り返し失敗し、ダスティンに本気で気を遣われた。長年乗っている箒《ほうき》にまで困惑されて、空中をまっすぐ飛んでいる間すら不安だった。

「——うん、うん。気にするなMr《ミスター》．ホーン。今日の課題はけっこう難しかったからね。久しぶりに調合すると上級生でもミスするくらいだ。誰にだってそういう日はあるよ」

錬金術の授業では調合で完全に失敗し、テッドが笑顔でそれをフォローした。材料や道具を扱うひとつひとつの動きから自信が失われ、慎重にやればやるほど成功が遠のいた。

仲間内で科目が分かれたため、錬金術の授業ではナナオが同じ教室にいなかった。別段珍しくもないことなのに、今のオリバーにとってそれは、暗夜の中で唯一の灯《ともしび》が消えたように感じられてしまう。

「…………」

「……誰にだってあるってさ！　気にしない、気にしない！」

「そもそも大した失敗じゃないだろ。鍋を爆発させたわけでもないんだしな」

授業で一緒だったカティとピートも、彼のそんな不安を察して少しでも元気付けようとした。仲間のそんな気遣いにさえ、今のオリバーには弱々しい微笑《ほほえ》みで応えることしか出来ない。

「オリバー＝ホーン。ピート＝レストン」

早く他の面々と合流しよう。そう思って先を急いでいた三人の心臓を、およそ最悪のタイミングで、凍《い》てつく声が串刺しにした。

「お前たちに尋ねることがある。このまま校長室へ来い」

錆《さ》びついた機械仕掛《じか》けのように三人が背後を振り向く。仄暗《ほのぐら》い廊下に銀の髪を光らせて――

キンバリーの魔女・エスメラルダがそこに立っていた。

先日ゴッドフレイが座らされた場所に、この日はふたつの椅子が並べて置かれていた。刑の執行を控えた死刑囚の心境でそこに座る二年生ふたりに、彼らに背中を向けて窓際《まどぎわ》に立ったまま、校長は話を始めた。

「エンリコ＝フォルギエーリの失踪については知っているな」

「噂《うわさ》程度には」「……ボクも、同じく」

気力を振り絞ってオリバーが返答し、ピートもそれに倣《なら》う。魔女の瞳が横目で彼らを見据える。

「失踪の直前、お前たちはエンリコの工房を訪ねていた。そうだな？」

そこからか。そう思いつつ、オリバーは慎重に言葉を選んで返答する。

「……はい。ピートが招待され、俺はそこに無理やり付いていきました」

「見聞きしたものを話せ。ひとつ残らず」

そう命じられて、オリバーは事の経緯の説明を始めた。最初にピートが招かれたこと、それを危ぶんで自分とナナオが同行を申し出たこと、エンリコに与えられた試練を越えて工房に辿《たど》り着《つ》いたこと、そこで初めて機械仕掛けの神《デア・エクス・マキナ》を目にしたこと。その全ては生前のエンリコが残した記録からすでに知られていると見るべきで、隠すつもりはオリバーにも最初からない。

少年からひと通りの内容を聞き終えた上で、彼らに向き直り、魔女は鋭く指摘する。

「――気に入らなかったようだな。エンリコの研究は」

どくん、とオリバーの心臓が跳ねた。――今の説明にそんな感想はひとつも含めていないが、見学の時にはエンリコに対して少なからず反感を表明している。それを嫌疑に繋《つな》げられるのは望ましくない。

「……そういう、わけでは――」

少しなりとも心象を回復させておくのがいい。そう考えてフォローを口にしかけた瞬間に呪文が響き、オリバーの背後で椅子の背もたれがガランと落ちる。硬直する彼とピートの眼前で、校長の手が白杖《はくじょう》を腰に差し戻す。

「私が問うている。この先、一言たりとも意味のない言葉を吐くな」

オリバーの背筋を時間差で戦慄が駆け上る。――椅子の背もたれを、正面から体越しに切断された。詠唱に対して何の反応も許さず、精妙極まる制御でローブには傷ひとつ付けず。つまり――相手がその気なら、いとも容易《たやす》く胴体ごと輪切りにされていた。

「……こ、校長先生はっ！」

ピートが声を張り上げる。全身をがたがたと震わせながら、それでもなお。

「――う、疑ってらっしゃるんですね。エンリコ先生の失踪に、ボクとオリバーが関わっているんじゃないかと。つ、つまり……これは捜査の一環としての詰問《きつもん》。そうですね？」

相手の沈黙が肯定に代わる。一秒後に首を刎《は》ねられるかもしれない恐怖が全身を苛《さいな》む。それを押し殺して、ピートは生きるために言葉を紡《つむ》ぐ。

「エンリコ先生の最後の目撃から、失踪の発覚までの時期——事件の推定時刻を教えてください。ボクは自分の行動をおおむね記憶しています。その時にボクとオリバーが何をしていたか、誰と一緒にいたか。必要なら証人付きで詳《つまび》らかに話せます」

正道を行く無実の証明である。オリバーが援護を挟む間もなく、眼鏡の少年は語り続ける。

「現場は、迷宮の第五層と聞いています。ボクは一度もそこまで行ったことがありませんが、腕利《うでき》きの魔法使いであっても、そう短時間で潜って戻って来られる場所じゃないことは分かります。不在証明を試みさせてください」

「不要だ」

命懸けで積み重ねた言葉を、校長が一言の下に斬って捨てる。ピートの息が止まる。

「エンリコの失踪に、二年生のお前たちが直接手を下したとは考えていない。その上で聴取を行っているのは、エンリコの機械仕掛けの神《デウス・エクス・マキナ》が斃《たお》されたという事実があるからだ。これがどういうことか分かるか？」

返す刀で問いが放たれる。涙ぐむピートに代わって、オリバーがその相手を受け持つ。

「……まず確認しますが。我々が見せられたゴーレムは機械仕掛けの神《デア・エクス・マキナ》と呼ばれており、上半身だけの未完成の状態でした。それと校長先生が言う機械仕掛けの神《デウス・エクス・マキナ》は同一のものですか？」

「お前たちが工房で見たのは建造中の二号機。今回の件で斃《たお》されたのは、それ以前に造られた一号機だ」

「……なるほど。では……犯人は手練《てだ》れ。かつ複数である可能性が高い、と」

「足りん。手練《てだ》れの魔法使いが複数で挑む——ただそれだけで斃《たお》せるほど、あの発明は温《ぬる》くはない」

要素の不足を指摘しつつオリバーの真横まで歩き、エスメラルダはそこで告げる。

「私はこう考える。機械神について、犯人は事前に知悉《ちしつ》していたのだと」

少年の胃の腑《いふ》がぎりぎりと絞られる。彼は知っている、それが正解であることを。

「……俺たちが犯人に情報を渡した。そう言いたいんですか」

「可能性のひとつだ。現場のそれとは別の個体とはいえ、お前たちは実際に機械神を見せられている。あれの見学を許した以上、エンリコなら最低でも動力の説明までは行ったはずだ。それを知ると知らぬとでは向き合う際に雲泥《うんでい》の差《さ》がある」

返す言葉に詰まるオリバー。校長との間で会話が途切れた数秒に、わずかに気力を取り戻したピートが反論を差し挟む。

「疑われる理由は、分かりました。……けど、エンリコ先生がアレを見せたのはボクたちだけじゃないはずです。そもそも工房の見学にはボクだけが行くはずで、オリバーは直前で強引に頼み込んで付いてきました。そんな捻じ込みさえ許容されたのだから、他にも多くの生徒にアレを見るチャンスがあったはずです！」

「饒舌《じょうぜつ》だな、ピート＝レストン」

ふいに校長がそう告げた。皮肉ではなく賞賛として。相手の発言から的確な反論を紡《つむ》ぎ出す分析力、恐れに身を震わせながらも抵抗を続ける胆力。眼鏡の少年が示したそれらは、いずれもキンバリーの生徒として誉れに値する。

「お前の推察は正しい。確かに、エンリコが機械神の見学を許可したのはお前たちだけではない。可能性の『ひとつ』と言ったのはそういうことだ。見ようによっては、工房見学の時期がより遡る生徒のほうが、直前に招かれたお前たちより疑わしいとも言える」

相手から放たれる重圧がふと和らいだように思い、ピートは一瞬戸惑う。が——続く魔女の一言が、即座にそれを払拭《ふっしょく》する。

「だが一方で、お前は興味深いことを言った。——正式に招かれたのは自分だけで、オリバー＝ホーンは強引に頼み込んで付いてきたと」

その言葉を聞いた瞬間、雷に打たれたようにピートは理解した。——この尋問の本命は、最初から自分ではないのだと。

魔女の視線がオリバーへ移る。否、戻る。正しく今回の獲物と見定めた相手へと。

「エンリコはお前に相応の課題を与えた。並の二年生では決して越えられない試練を。それを

突破したからこそ、お前にも機械神の見学が許された」

「……ッ……」

「何故《なぜ》そこまでして同行を望んだ？　答えろ、オリバー＝ホーン」

事此処《ここ》に及んで、オリバーもまた正しく理解する。自分に疑いが向けられるその所以《ゆえん》を。

確かに、エンリコが機械神の見学を許した生徒は他にもいるだろう。だが——おそらくその大半は、魔道工学の素養を示したことでエンリコの側から工房に招かれた生徒たち。自分から「工房に連れていって欲しい」と申し出たケースが例外的なことは想像に難《かた》くない。ましてオリバーは、日頃から魔道工学に特段の情熱を注いでいたわけでもないのだ。その動機に疑念を覚えるのは、今の状況下ではむしろ当然。

吐き気を催すほどの焦《あせ》りの中、オリバーは必死に釈明を模索する。——いったい何を口にすれば、この嫌疑から逃れられるのか？　素直に答えるなら「ピートをひとりで行かせるのが心配だったから」ということになる。だが、そんな生温《なまぬる》い理由でこの魔女が納得するとは思えない。背後に転がる椅子の背もたれが否応《いやおう》なく意識される。全身が冷たい汗で濡《ぬ》れる。次に発する内容が「意味のない言葉」と相手に見なされた時、斬り落とされるのは今度こそ——、

「——友の身を案じて付き添った。それだけにござる」

ふいに、温かい風が、背中から吹き込んだように感じた。

その一瞬で、終わった。彼が言えなかった全てを、彼に代わって、澄み切った少女の声が告げていた。何の憚《はばか》りもなく、いささかの気負いもなく。――ただ、まっすぐな誇りを持って。

「他の由《よし》など何もござらぬ。これでは納得いただけぬか？　校長殿」

凛《りん》と背筋を伸ばして、ひとりの少女が友人たちの隣に歩み出る。深い闇の底で灯火を渡されたような思いで、ピートがその名前を呼ばわる。

「ナナオ……！」

キンバリーの魔女と真っ向から向き合い、東方《エイジア》の少女がそこに立っていた。同時に、オリバーは確かに目にする。未《いま》だかつて感情の表明を見せたことのない校長が――その一瞬、ほんのわずかだけ、困ったように眉根を寄せたのを。

「……退室しろ、ナナオ＝ヒビヤ。この聴取にお前は呼んでいない」

「それは奇妙にござるな。あの日にエンリコ殿の工房を訪れたのは、ピート、オリバー、そして拙者の三人。ふたりに嫌疑を向けるのであれば、拙者も等しく疑われて然《しか》るべき。そうではござらぬか？」

確固とした主張で応じながら、その声はどこまでも穏やかだった。敵意や隔意は欠片《かけら》もなく、むしろ相手への友愛を帯びてすらいる。だからこそ魔女は戸惑っていた。キンバリーに校長として君臨してから、そんなものは長らく生徒より向けられたことがなかったから。

長い沈黙が下りた。だが――それはもう、先ほどまでの沈黙とは違っていた。他人の心を圧迫する静けさではなく。それはごく単純に、ひとりの人間が悩むための沈黙であり、

「……今日の聴取はここまでとする。三人とも、下がれ」

その末に、魔女の口から出た言葉は――どこか、ため息に似ていた。

魔女の尋問から生還した。ふたりの少年にとって、それは何の誇張でも比喩でもなかった。

「……はぁっ、はぁっ……！」「…………」

校長室をよろぼい出て廊下を歩き、這《ほ》う這《ほ》うの体で辿《たど》り着《つ》いた一階下の談話室。今、その片隅で椅子にぐったりと体を預けたまま、ピートは全力疾走の後のように荒い呼吸を繰り返し、オリバーは深く俯《うつむ》いてぴくりとも動かずにいる。その両者の肩から背中にかけてを、後ろに回ったナナオが宥《なだ》めるようにさすっていた。

「もう平気でござるぞ、ふたりとも」

「いまお茶淹《い》れるからね！」

カティがそう言って、大急ぎでポットの茶葉に湯を注ぐ。友誼《ゆうぎ》の間まで行けばシェラとガイとも合流できるし、お茶も食事も準備されているのだが、今のオリバーとピートにはそこまで歩く気力がない。数十分足らずの間に心も体も消耗しきっていた。密室でキンバリーの魔女と

向き合った結果としては、これでも破格に幸運なほうではあったが。

「……オマエが来てくれて、助かった……あのままじゃ、あとどれだけ耐えられたか……」

ピートが切れ切れの声で感謝を口にし、それを聞いたナナオが微笑《ほほえ》んだまま首を横に振る。

「拙者こそ、始めから同席できず相すまぬ。カティが呼びに来てくれて幸いでござった」

「ナナオ、この前に校長先生とお茶したって言ってたじゃない？　そのことを思い出したから、わたしが考えなしに飛び込むよりいいと思って……。効果あったならよかったぁ」

ポットの中の茶葉が開くのを今か今かと見張りながらカティが言う。そうしている間に、ピートの呼吸がやっとのことで落ち着いていく。

「……それにしたって、あの校長相手に、よくあんなに自然体で話せるな……。何か返事するたびに、ボクは崖から飛び降りる気分だった……」

カップに注がれていく紅茶をぼんやりと眺めながらピートが言う。彼のほうはだいぶ落ち着きを取り戻してきたことに安心し、カティはもうひとりの少年へと目を向ける。

「オリバー、飲も？　気が落ち着くよ、ジャムたくさん入れたから」

そう言って、アプリコットジャムをたっぷり入れた紅茶のカップを差し出す。紅茶文化で知られる連合《ユニオン》の中でも北方《ほっぽう》風の飲み方だ。力ない所作でそれを受け取ったオリバーが、カップから立ち昇る温かい湯気に誘われるようにして中身を口に含み、

「……っ……」

熱く甘い液体が喉を滑り落ち、胃《い》の腑《ふ》を温めた瞬間。その両目から、大粒の涙が零《こぼ》れ落《お》ちる。

「……え……？」

ナナオのために三杯目の紅茶を淹《い》れていたカティが、自分の紅茶に口を付けていたピートが、その光景を目にして身動きを止める。温かいカップを両腕で抱え込むように身を縮めて、その水面を涙で揺らしながら、オリバーは声もなく泣き続ける。

「……すまない……何も、出来なくて……」

謝罪の言葉が口を突く。消えてしまいたいような思いで、少年はその続きを口にする。

「……直接助けてくれたのはナナオ。そのナナオを呼んでくれたのはカティ。ナナオが来るまで校長に反論してくれたのがピート。

俺だけだ、何も出来なかったのは。校長の迫力に呑《の》まれてずっと震えていただけなのは。ろくに釈明も出来ずに……俺はただ、君たちに守られていただけだ……」

一度始まったが最後、少年の自責は留まるところを知らない。その姿を前におろおろと迷った末に、せめてと、カティはローブの懐《ふところ》からハンカチを取り出してオリバーの涙を拭う。

「……ぁ……」

そうして間近から顔を眺めて、初めて気が付く。──この男の子は、泣き出すと、こんなにも幼い顔になるのだと。

「……俺が持っていた力なんて、元々わずかなものだ。この学校の恐ろしさに比べれば……。

……けれど、だからこそ――そのわずかな力さえ失うことが、こんなにも恐ろしい。廊下を一歩歩くことも、声を発することも、ただ息をすることさえも……俺は今、怖くて堪《たま》らない……！」

ずっと押し隠してきた感情が堰《せき》を切ったように溢《あふ》れ出《だ》す。それを目にしたカティとピートが、まったく同じイメージを同時に抱く。――まるで、今にも砕け散りそうな陶《とう》の心が、剝《む》き出《だ》しでぽっかり浮かんでいるようだと。

ふたりとも、考えるより先に体が動いていた。抱き締めずになどいられなかった。たった今目の前で崩れ去ろうとしているものに、自分たちがずっと守られてきたことを知っていたから。触れた体は痛ましいほどに冷え切っていた。互いに何ひとつ口にしないまま、ふたりは震える少年に寄り添い続けた。それを丸ごと毛布で覆うように、ナナオが三人の肩に手を回す。四つのカップから昇っていた湯気が消えるまでの間、彼らはずっとそうしていた。

「……オリバー。今夜、秘密基地へ参ろう」

やがてナナオが口を開く。不安の一切を吹き飛ばすように、彼女は歯を見せてにっと笑う。

「拙者にちょっとした考えがござる」

同じ日の夜。彼らはガイ、シェラと合流した上で秘密基地に向かい、そこでオリバーの不調の深刻さについて改めて話し合った。「そのうち治る」などと悠長なことはもはや言っていられない。まずはその認識を共有するために。

「……」

全てを聞き終えて、縦巻き髪《ロールヘア》の少女がふらりと立ち上がる。彼女はそのままテーブルを回ってオリバーの前に歩み寄り——半ば崩れ落ちるようにして、その手を握った。

「……あたくしのミスです。分析も、対処も、余りにも遅れた。何という愚鈍さでしょう。魔法剣の授業の時点で、とっくに事の深刻さに気付いているべきでしたのに。

ごめんなさいませ……ごめんなさいませ、オリバー。こんなにも不甲斐《ふがい》ない友人で……！」

彼女が受けた中で、それは入学以来最大の打撃だった。友の苦しみを解《かい》さぬ自らの不明、その自責が、どんな魔法よりも痛烈にシェラの膝を折った。大切な誰かに対して誠実であれなかった——それに気付いた時、彼女の心は血を流すのだ。

「……違う……違うんだ、シェラ……」

俯《うつむ》いたオリバーの口から否定が漏れる。だが、その否定にすら力がない。自分の問題に対して自力で解決法が見つけられない時点で、今のオリバーには彼女を励ます術がない。行き場のない友情がふたりの間を堂々巡りし、それを見かねてガイが声を上げる。

「おいおい、落ち着けっての。どうしてお前らはすぐに自分を責めんのかね……。

誰のミスとか、いつ気付けたとか、全部どうでもいいだろ。これからみんなで考えて解決する。それだけじゃねぇか」

　ふたりとは対照的に、ガイはシンプルに物事を考える。未来《さき》を良くすることに意識を割いて、良くも悪くも過去のことは引きずらない。今はそれが頼もしく、カティとピートがうなずいて同意を示す。

「ガイの言う通りにござる。加えて――拙者が思うに、それほど難しい話ではござらん」

　きっぱりと言ってのけるナナオ。自信に満ちたその姿に、シェラが涙を拭いながら問いかける。

「……本当ですの、ナナオ？　オリバーの不調は治せると……？」

「治す、というのとは少し意味合いが違ってござるな。ともあれ――百聞は一見に如かず」

　故郷の諺《ことわざ》でそう述べて、彼女は問題解決に向けた具体的な指示を出し始めた。用いるのは秘密基地の大部屋。普段はマルコの部屋、カティの生物飼育スペース、ガイの菜園、屋内運動場の四つを兼ねるその空間を、今回は最大限に広く使うのだという。六人がかりで物や生き物をどけていき、それから三十分ほどで準備は整った。

「うん、こんなものかな。マルコ、今はちょっと端に寄っててね」

「畑も問題ねぇぞ、ちょうど収穫の後だったからな。要望通り床に軟化呪文もかけといたけど、こりゃ何のためだ？　すっ転ぶようなことでもここですんのか？」

　ナナオの指示に従って場を整えた結果、大部屋は床全体がマットのような柔軟性を持つ拓《ひら》けたスペースになっていた。東方《エイジア》の少女はそれを眺めて満足げにうなずき、おもむろに他の五人へ向き直って告げる。

「有難《ありがた》い。然《しか》らば、皆で鬼ごっこを致そう」

鬼ごっこ？　と五人の頭上に疑問符が浮かぶ。聞きなれない単語に戸惑う彼らだったが、ナナオから概要の説明を受けると、誰もがすぐに腑《ふ》に落ちた顔になった。

「……あー、要するにタグのことか」

「ボクの地元じゃキャッチアンドキャッチと呼んでたな」

「懐《なつ》かしいですわ。日の国《ヤマツ》の子供も同じように遊ぶのですね」

「だが、なぜ今それを……？」

疑問の表情を浮かべるオリバーに向き直り、ナナオはにっと笑って「百聞は一見に如かず」とさっきの諺《ことわざ》を繰り返した。考える前にやってみろ、ということらしい。多少の戸惑いを残しつつもオリバーはうなずいた。今は全面的に彼女を信じるのみだ。

「通常は鬼に捕まった者が交替し、次の鬼となる取り決めにござるが、今回はそこを変え申そう。鬼は誰かを捕まえても鬼のまま。つまり、遊びが進むほど鬼の数が増えていく形にござる」

「あ、わたし、そのルールでもやったことあるよ！　最後は残った人がたくさんの鬼から必死で逃げ回るんだよね！」

「勝敗はどうすんだ？　その流れだと、最後はみんな鬼になっちまうわけだろ？」

「左様。故に、勝ちも負けもあり申さん。人の間は懸命に逃げるのみ、鬼になったら全力で捕まえるのみ。子供の遊びはそうしたものにござる」

勝ち負けを争う競技ではなく、あくまでも遊びであると。この行いの主旨をそう説明した上で、ナナオはくるりと五人に背を向けた。そのまま両手で自分の目を覆う。

「最初の鬼は拙者が務め申す。これより十数える故——皆、その間に逃げられよ」

そう宣言した瞬間からカウントが始まり、障害物のない拓《ひら》けた空間の中、オリバーたち五人は互いに距離を置いた場所へ走った。誰もが壁際《かべぎわ》には寄りすぎず、鬼に追われた際に逃げるための選択肢を広く残してある。

「……七、八、九、十。さて、おのおの準備は宜《よろ》しくござるな。

然《しか》らば——参る！」

カウントを終えたナナオがばっと振り向き、最初に目に付いた巻き毛の少女へと一直線に走り出す。カティもすぐさま背を向けて逃げ出すが、いささか動きが素直過ぎた。動く先を予想されたことで一気に追い付かれ、ナナオの掌《てのひら》に肩をぱしんと叩《たた》かれる。

「わっ、もうやられちゃった⁉」

「カティも今から鬼にござるぞ！」

「もー！　こうなったらみんな捕まえてやる！　がおー！」

「っと……！」

いきなり猛獣のように飛び掛かってきたカティをオリバーが後ろ飛びに躱《かわ》す。前のめりに飛び込んだカティはそのまま床を転がったが、あらかじめ軟化呪文をかけてある床は適度な弾力でもって彼女の体を受け止める。その勢いも借りてカティがぱっと身を起こした。

「……ぜんぜん痛くない！　いいね、これ！　思いっきり動けるよ！」

「ピート、お背中頂戴！」

その頃、大部屋の反対側では眼鏡の少年を狙ってナナオの掌《てのひら》が迫る。壁際《かべぎわ》に追い詰められたピートが逃げ場をなくすと思いきや、彼はそのまま斜めに壁を走り昇って逃走を続けた。おお、と見惚《みと》れて思わず足を止めるナナオ。数秒でバランスを崩しかけたピートが再び床に降り立ち、その近くに立っていたオリバーが目を丸くする。

「……くそ、三秒が限界だ。練習が足りてないな」

「踏み立つ壁面《ウォールウォーク》？　ピート、いつの間に……」

「一度でも見た技は全部復習してるさ。当然だろ」

あっさり言ってのけて再び走り出すピート。その背中に出会った頃にはなかった頼もしさを見て取るオリバーだったが、ナナオと視線が合ったことで慌てて逃走を再開。足運びでフェイントをかけて振り切ろうと試みる。

一方、開幕直後に捕まって鬼になってしまったカティ。彼女はオリバーに続いてシェラを追うも振り切られ、今度はガイを壁際《かべぎわ》に追い詰めていた。すでに互いに足を止めてのお見合い状態であり、まったく加速していない状態からの踏み立つ壁面の行使《ウォールウォーク》は難易度が高い。ガイに残された逃げ道は右か左の二択であり、カティはその動きに対応して彼を捕まえるつもりだ。

が、ガイは二択に甘んじなかった。彼は腰から白杖《はくじょう》を抜いて呪文を唱え、そうして作り出した煙幕に紛れてカティの脇をすり抜けた。まんまと逃げおおせた少年が走りながら言い放つ。

「呪文なしとは言ってねぇよな！」

「ちょっ、ガイずるい！　それアリ⁉」

「怪我《けが》をするような魔法でなければ良し！　それでいかがですか、ナナオ⁉」

「無論、賛成にござる！」

要請に応じてすぐさまルールが拡張された。オリバーは苦笑するが、思えばこれもまた子供の遊びの常だ。足取りは軽く、心は自由に。そんな童心の在り方が、心の片隅にかすかに蘇《よみがえ》りかけ——それを追って走っていた少年の体が、後ろからがっしりと抱きすくめられる。

「ふふふふふ。捕まえ申したぞ、オリバー」

「……ああ。やられた」

そう応えたものの、思った以上の悔しさが胸に湧く。鬼の役割に頭を切り替えながら、次は捕まるまい、とオリバーは胸の内で思い決めた。それこそ没頭の前触れだと気付かないまま。

他方。再びシェラを追いかけていたカティは、オリバーを後ろから抱きしめて捉えたナナオの姿を横目に捉えて、そこからひとつの着想を得る。

「……そっか。捕まえるんだから、体には触れるよね」

「良《い》いことに気付きましたわね、カティ」

追われる立場のシェラからそんな声が返り、ふたりは意思疎通してうなずき合う。このゲームではその後、鬼が三人に増えたことでガイがあっという間に捕まり、最後まで粘ったシェラも周りを取り囲まれてついに陥落。それから間を置かず二周目に入る運びになった。

「今度はあたくしから鬼を務めます。さ、十数えますわよ！」

両手で目を覆ったシェラがカウントを始める。一周目の経験とルールの拡張も踏まえて、五人がそれぞれの配置に付いた。

「……九、十。——参りますわ！」

宣言と同時に振り向く。そうしてシェラが最初に目を付けたのは、意外にも自ら部屋の角に陣取ったピート。目論見《もくろみ》があることが明らかなだけに興味を惹《ひ》かれて、彼女は一直線にそちらへ駆け出す。

「**仕切りて阻め《クリベウス》**！」

白杖《はくじょう》を抜いたピートが角の高い位置に呪文で出っ張りを作り、三角飛びの要領で左右の壁を蹴ってそこに手を届かせる。すぐさま出っ張りの上に体を持ち上げて、彼はそこから真下に走ってきたシェラを見下ろした。

「――これならどうだ。一応言っとくと、登ってきたら風で落とすからな」

「……なるほど。逃げ続けるのではなく、立てこもれる安全地帯を作りましたか」

「鬼ごっこのゲーム性に反することは分かってる。この一戦だけで切り上げて、次はまた別の方法を考えるさ」

足場の上で油断なく杖《つえ》を構えつつピートが言う。それを聞いた瞬間、縦巻き髪《ロールヘア》の少女の口元にふっと笑みが浮かぶ。

「安心なさいませ、ピート。その必要はありません」

そう言って歩き出し、シェラはおもむろに一方の壁に足を掛ける。ピートのように走る勢いは使わず、平坦《へいたん》な道をそうするように、垂直の壁を悠然と歩いて登る。その光景を前に、眼鏡の少年が顔を引《ひ》き攣《つ》らせる。

「……嘘《うそ》、だろ……」

「よく見ておきなさい。お父様の領域には到底及びませんが――これが本当の踏み立つ壁面《ウォールウォーク》です」

高所のピートとの距離がみるみるうちに詰まっていく。それで少年も我に返って風の呪文を撃つが、その攻撃は対抗属性によって当然のように相殺《そうさい》された。これほど大胆な壁面歩行を行いながら、シェラには別に呪文を操るだけの余裕があるのだ。

「……くっ……！」

もはやここは安全地帯ではない。そう悟ったピートが暗幕呪文で視界を塞ぎ、その上でシェラと反対側に跳び下りようとする。が、狙いも気配も隠しきれてはいなかった。先んじてピートの逃げ道へと跳び下りたシェラが、そこに落ちてきた少年を両腕ですっぽりと抱き留める。

「――わっ⁉　くっ、くそ……！」

「最初はあなたですわね。では、失礼して」

「……え？　お、おい――」

シェラの腕の中で戸惑うピート。そんな彼に有無を言わさず、縦巻き髪《ロールヘア》の少女は相手を両腕で包み込んでぎゅうっと抱き締める。突然の体温と柔らかさに包まれた少年がひとたまりもなく硬直し――それからたっぷり十秒ほども抱擁を続けたところで、シェラはようやく相手を解放した。石化したように動けないピートとは裏腹に、その顔に輝くばかりの笑みが浮かぶ。

「――素晴らしい遊びですわね、ナナオ。愛《いと》しい友人たちに、手当たり次第にハグができるなんて！」

「⁉　おい、待て！　いちいち抱きしめる必要はねぇだろ⁉」

「もちろんありませんわ。しかし逆に言えば、捕まえる際に抱きしめてはならないというルールもありません。ガイ、あなたの呪文の使用も同じではありませんこと？」

異議を唱える長身の少年に、彼女はすでに用意してあった反論を述べる。それでガイの文句は封じられた。最初にルールを広げたのは彼なのだから、同じことをされて文句を言うのでは筋が通らない、というわけだ。

「あー、やられたー。わたしも鬼だー」

さらに二分ほど経《た》ってカティが捕まった。一見懸命に逃げてはいたが、鬼になった時の様子には何か白々しいものがある。部屋の反対側のオリバーに視線を向けて、彼女はにっこりと笑った。

「……許してね？　ちょっと激しい捕まえ方になっても」

「……ふ、不純なものを感じるぞ、カティ」

オリバーが後ずさる。肉食獣が小動物に向ける笑顔、という印象だった。彼を目指して走り始める巻き毛の少女——が、続く瞬間、その眼前に杖《つえ》を持ったガイが立ちはだかる。

「させねぇぞ！　ルールの前に節度ってもんがある！」

「ガイだって好きにハグすればいいじゃない！　気にしないよわたし！」

「出来るかンなことー！」

「次はあなたの番ですわよ、ガイ！」

そこにシェラまで加わり、鬼ごっこはさらに加速する。彼女ら恐るべきハグ族たちの暴虐から、オリバーたちはその後も必死で逃げる羽目になるのだった。

体をフルに使って全力で遊び倒すこと三時間。ここまで来れば、いかに魔法使いでも、体力の尽きる者が出始める。

「……はーっ……はーっ……」

仰向けに寝転んだピートの荒い息遣いが響く。彼、カティ、ガイの順番にゲームを離脱していって、今は壁際《かべぎわ》で三人揃《そろ》って仲良くバテているところだった。

「……おいこら、満足か……人の体、さんざん好きにして……」

「……ガイが、何度も割って、入るから……もっとオリバー、捕まえたかったのに……」

「……本音だだ洩《も》れじゃねぇか……もうちょい隠せ……」

「……友人同士の、スキンシップ、だもん……変な意味じゃ、ないもん……」

ガイとカティが切れ切れの声で言い合う。その一方で、他の三人は今も鬼ごっこを続行中。疲れてバテるどころか、互いのレベルが近くなったことで動きの激しさを増していた。

上体を起こしてその光景を眺めつつ、ピートがぼそりと呟《つぶや》く。

「……よく動き続けられるな、あの三人。三時間以上も休憩なしで……」

「だな……。いくら不調つっても、やっぱおれたちじゃ敵《かな》わねぇか……」

「……でも……」

目の前で繰り広げられる光景に、ふと違和感を覚えたカティが声を上げる。彼女の直観が漠然と告げていた。自然な光景のようで、以前とは何かが違っていると。

「……オリバーって……足、あんなに速かった……？」

その異変に、まだ本人ですら気付いていなかった。

「……フゥッ……フッ……！」

真っ白な高揚の中にオリバーはいる。目の前の「遊び」だけに集中し、追って追われるだけのシンプルな世界に身を委ねて、不安や焦《あせ》りはいつの間にか消し飛んでいる。

自分の不調の深刻さも、それが不治である可能性も、今だけは何ひとつ頭にない。未来《さき》のことは一片たりとも考えず、ただ一瞬一瞬を感じて走る。右へ躱《かわ》し、左へ飛び、下へ逃れると見せかけて思い切り跳躍し――その足首を、すかさず追ってきたナナオの手が鋭く摑《つか》む。

「捕まえ申した！」

「……もう一戦だ！」

「では、あたくしが鬼で！」

着地してすぐさま次のゲームが開始する。――参加者が三人に絞られたことで自《おの》ずとルールも引き締まり、呪文の使用を禁じた代わりに、体のどこかを「摑《つか》む」ことが捕まえる際の条件となった。つまりは、壁を背にして鬼と向かい合った状況でも、腕や体を摑《つか》まれなければ逃げる目があるということだ。

「ハァァァッ！」

鋭く伸びてきたシェラの手を、正面に立ったオリバーが手の甲で受け流す。互いにフェイントを交えながら決着が付くまでそれを繰り返す。三人全員に組み打ちの心得がある以上、こうなるともはや武術の攻防に近い。鬼以外が「摑《つか》む」ことは出来ないが「捌《さば》く」ことは可能だ。その腕次第で鬼とも正面から渡り合える。

「体が温まってきましたわね……！　ふたりとも、いっそ鬼が相手を組み伏せるというのは!?」

「柔《やわら》の要領にござるな！　それもまた一興！」

「乗った！　今からは、相手の背中を床につけた時点で『捕獲』だ！」

そのルールですら飽き足らなくなり、ついには取っ組み合いがゲームに加わった。攻防を経て腕を摑《つか》んだオリバーからシェラが視線を切り、今度はその両手でもって東方《エイジア》の少女へと摑《つか》みかかる。ナナオも一歩も下がらずそれを受けて立つ。互いにローブの襟や袖を摑《つか》み合《あ》い、その姿勢から技を競い合う形になった。

「魔法剣では押さえの技術と見なされがちですが……！　こうしてきちんと競うと、組み打ちも楽しいものですわね……！」

「舌を嚙《か》み申すぞ、シェラ殿！」

崩し合いの攻防を経てナナオが動いた。右手で相手の肘辺りの袖を、左手で襟を――それぞれ摑《つか》んだ体勢から一気に反転して相手の懐《ふところ》に潜り込む。シェラの体が勢いよく跳ね上がり、そのまま縦に一回転して背中から床に落ちた。彼女が故郷で修めた響谷流柔法の一芸である。

「……オリバー！」

「……来い！」

残るふたりの意思疎通はそれだけで済んだ。ルールに照らせば今は互いに鬼ではないはずだが、そんなことはもう問題ではない。もとよりこれは子供の遊び。ならば——ただ、互いの心が求めるままに。

「——シィッ！」「——アァッ！」

組んだ瞬間に血が沸騰する。ひとつの油断でたやすく宙を舞うと確信し、オリバーは全力でそれを覆《くつがえ》しにかかる。精度のガタ落ちした領域魔法にはもはや頼らず、相手の動きの先読み、タイミングを計っての返し技に全てを懸ける。

当然のように跳ね返される。釣られ背負われ、足を払われ、二度三度と床に叩《たた》き付《つ》けられる。その度に次こそはと立ち上がって挑みかかる。止め時など知らない。そんなものは互いに思いも寄らない。ナナオが腕を抱きかかえるようにして両足から飛びついてくる。それが肘を極める技だと直感し、オリバーは体軸をずらして危うく回避する。

「ははっ……！　関節技《サブミッション》はさすがに違うだろう、ナナオ！」

「相すまぬ！　余りにも楽しき故、つい体が勝手に——！」

拉《ひし》ぎ損ねた腕を放して少女が笑う。苛烈な組み手争いを越えて襟を、袖を摑《つか》み合《あ》い、そこから再び技をぶつけ合う。右手で肘を押し上げると同時、ナナオの体が反時計回りに少年の懐《ふところ》へ潜り込んだ。さっきシェラを投げ飛ばした技、そう気付くと同時にオリバーの体も動く。力の流れに逆らわず、投げられる方向に自ら跳んでいき──空中で体の制御を失わず、くるりと足から床に着地する。

「……むぅ！」

「アアアッ！」

組手を切って体勢を立て直そうとするナナオ、その動きを突いてオリバーが逆に攻めかかる。押し倒すタイプの足技を三つ続けざまに繰り出し、それに対応して相手の重心が前に寄ったところで引き手を相手の手首から襟に移動。体の前後を反転して懐《ふところ》へ。下から回した右腕で少女の右腕を抱え込み、全力で腰を跳ね上げる。杖剣を持つ利き腕を第一に無力化する、その原則に則《のっと》ったラノフ流魔法剣の一芸──投技「杖折る水車《ブレイクホイール》」。

床を叩《たた》く快い音が響き渡った。仰向けに倒れたナナオのすぐ隣に、力を振り絞った投げの勢いのままオリバーもまた倒れ込む。そのままふたり並んで息を弾ませる。

「──御見事」

少女の口から賞賛が紡《つむ》がれる。一連の光景を見届けた他の四人が一斉に立ち上がる。

「オリバー、あなた……」

「え――いま、ナナオを投げたの⁉」

「おいおい！　それ、調子戻ってきてんじゃねぇのか⁉」

ガイの言葉が全てを物語る。彼らの目から見ても、オリバーの動きは後になるほど尻上がりにキレを増していた。事の最中は無我夢中だった本人も、振り返ったところでそれを自覚する。

――体が動く。動かし方が分かる。ずっと苛《さいな》まれてきた違和感が、見知らぬ他人の体を操るようなぎこちなさが、今は嘘《うそ》のように薄らいでいる。

「……簡単な話にござる。体が変わったのなら、まずはその体を動かしてみること。以前と同じように動けねば、などと考えず。こうこうこのように動かさなければ、などと自らを縛らず。――ただ無心に。野を駆け回る子供のように、まっさらな気持ちで」

大の字に寝そべったままナナオは語り、隣の少年へ視線を向ける。

「心と体が噛《か》み合《あ》っていなかった。顧みれば、ただそれだけにござった。オリバー――貴殿は力を失ってなどおらぬ。得たのでござる。これまでの感覚では扱い切れぬほどの力を、自らもそれと知らぬうちに」

光に照らされたような思いで、オリバーはその言葉を受け止める。その一方、ナナオの説明だけでは状況を理解しきれず、ピート、ガイ、カティの三人は縦巻き髪《ロールヘア》の少女に顔を寄せる。

「……どういうことなんだ、シェラ？」

「……ごく短期間のうちに、魔力循環が大幅に強化された。その結果として魔力の扱いの勝手が大きく変わり、本人の意識が体の変化に置き去りにされていた。……そういうことになるのでしょうか」

「あんのか？　そんなこと」

「……ない、とは言えません。あたくしたちは魔法使いとして成長期にありますから。

ただ——あたくしの記憶にある限り、オリバーの魔法出力はずっと安定していました。体の

成長に伴って少しずつ強くなってはいましたが、そこまで飛躍的な成長の兆《きざ》しがあったように

は思えません。本人の自覚が遅れたことも含めて、極めて稀《まれ》なケースと言えるでしょう。……

あたくしたちの知らないところで、何かのきっかけがあったのかもしれませんが」

謎めいた部分を少なからず残しながらも、シェラは少年の状態をそう分析する。彼女らが見

つめる先で、オリバーが仰向けのままぽつりと口を開く。

「……弱くなってないのか、俺は」

「ござらん。むしろ強くなってござる」

「失ったわけじゃ、ないのか。……今まで積み重ねてきた全てを」

「仮令《たとえ》天地が覆《くつがえ》ろうと、それは決して貴殿を裏切らぬ」

揺るがぬ声でナナオが請け合う。彼が培《つちか》った全ては、何ひとつ損なわれず彼の中に在ると。

「……ぁ——」

喉が震える。視界が滲《にじ》む。胸の奥から湧き上がるものが、抑えようもなく溢《あふ》れ出《だ》す。

「──ぁぁぁぁぁ……！」

感情の奔流の中で少年は悟る。──自分がなぜ、こんなにも力を失うことを恐れたのかを。悲願を果たせなくなるから。母の仇《かたき》を討てなくなるから。死んでいった同志たちに、この手で何も報いられなくなるから。──どれも、正しい。だが、それが全てではない。

言うまでもなく、この力は忌《い》むべきものだ。ひとつの偉大な魂を借り受けながら、その結果は模倣と呼ぶことも烏滸《おこ》がましい惨憺《さんたん》たる歪《ゆが》み様。狂老に指摘された通り、クロエ＝ハルフォードの魂が持つ本来の剣風には似ても似つかない。憎悪に染まった手で振るう凶刃《きょうじん》は、どこまで磨き鍛えたところで人殺しの剣でしかない。

だが──それでも、かすかに繫《つな》がっている。母を慕い、母に憧れ、母を目指した。これはその歩みの中で手にした力だ。振り向けば地面には捻《ね》じくれた自分の足跡が刻まれ、それを辿《たど》った先には彼女と過ごした輝ける時間が確《しか》とある。己の現在《いま》がどれほど深い闇に踏み込もうとも、それは必ずあの日々に繫《つな》がっていることを知る。

だから。どうしようもなく誤った在り方だとしても、これは絆だ。

「──ぅ──あ──」

二度と還《かえ》らぬ日々を想《おも》い、内なる魂へと叫ぶ。──母よ、あなたを愛していた。こんなにも変わり果てるほどに。この有様《ありさま》に成り果ててもなお、狂おしく想《おも》い続けるほどに。

「……泣きやるな。オリバー……どうか、泣きやるな」

ナナオがくしゃりと顔を歪《ゆが》めて上体を起こす。哭《な》き続ける少年に身を寄せて、上から覆いかぶさり、その頬に指先を添える。

「拙者には出来申さぬ。そのような涙を前にして——木偶《でく》のように、ただ見ていることなど」

そうして顔を下ろし、彼女は少年と唇を重ねた。まるで、相手の涙に蓋をするように。

「ちょ、ナナオ……！　……っ⁉」

思わず声を上げかけたカティの口が、横から伸びたシェラの手によってぴたりと塞がれる。どんな邪魔もしてはならないとその横顔が語る。目の前の光景に、第三者が介入する余地などありはしないと。

ガイとピートもそれを感じ取った。息を殺して、彼は成り行きを見守る。

「……ぷぁっ……」

長い時間を置いて、ナナオが重ねていた唇を離した。息が続く限界まで粘ったことを示すように呼吸は荒く、頬は赤い。

じっと自分を見上げる少年の前で、彼女は掠《かす》れた声で囁《ささや》く。

「……すまぬ……他に、鎮《しず》めようがなんだ……」

自制に欠けた己の行いを恥じ、少女はそれを詫《わ》びる。硬く握ったこぶしが、理性と情念の間で揺れる瞳が、どんな責めも甘んじて受けると語っている。

そんな彼女を前に——オリバーは、静かに微笑《ほほえ》み、ぽつりと口にする。

「……捕まえる時に、キスをしてはいけない。そんなルールは――確かに、なかったな」

その言葉をもって少女を自責から解放し、彼は続けざまに両腕でナナオを抱擁した。気持ちを宥《なだ》めるように彼女の頭を撫《な》で、掌《てのひら》でとんとんと背中を叩《たた》く。ありったけの感謝と親愛をそこに込めて。

やがてナナオへの抱擁を終えて立ち上がり、少年は他の仲間たちへ向き直る。その視線を受けたガイが、先の行動に困ってどぎまぎと声を上げる。

「……せ、席、外すか……？」

「変な気を遣うな、ガイ」

そんな友人へ無造作に歩み寄り、オリバーは問答無用で彼を抱きしめた。不意を突かれたガイの口から意味のない声が漏れる。

「うぉっ……!?」

「まだ鬼ごっこの途中だ。抱きしめるのは、ルールで許されている。……そうだろう？」

耳元でいたずらっぽくそう言いつつ、オリバーはからかうようにガイの脇腹をくすぐる。悲鳴を上げる友人をほどほどのところで解放すると、彼は続いて眼鏡の少年に向き直った。視線が合った瞬間、ピートがぷいと顔をそむける。

「……ふん、拍子抜けだ。こんなに早く解決しちゃ、守ってやる暇もないじゃないか」

「いいや。……守られたよ、ピート」

そんな照れ隠しの態度ごと、オリバーは少年をぎゅっと抱きしめる。つんと澄ました面持ちで抱擁されながら、ローブの下の見えないところで、ピートは相手のシャツをぎゅっと摑《つか》んだ。

そうして三人目の抱擁が済み、オリバーの視線が今度は巻き毛の少女へ向く。この先の出来事を予感したカティが、それであわあわと後ずさる。

「……あ……あの……オリバー……」

「許してくれるな、カティ。少し激しい抱きしめ方になっても」

相手の言葉に被《かぶ》せて、少年は満面の笑みでそう告げた。それで完全に逃げ道を封じられ、少女はオリバーの容赦ない抱擁に晒《さら》される。本当に激しかった。手つきがほとんど犬を可愛《かわい》がる時のそれだった。

すっかり撃沈したカティをナナオに預けて、オリバーはそのまま、最後のひとりである縦巻き髪《ロールヘア》の少女へと向き直る。

「……シェラ。俺が謝りたい時には、なぜか君が謝ってばかりだ」

「……ええ、本当に。悪い癖ですわね、お互い」

苦笑を浮かべ合った直後、彼らはどちらからともなく腕を伸ばして互いを抱きしめた。自然体の振る舞いと見えて、その間ずっと、シェラは自分が暴走しないように戒めていた。友人が元気を取り戻した嬉《うれ》しさが大きすぎて、ひとつ油断すれば彼女もナナオの二の舞だったのだ。

「……参るな。ハグが一周したくらいでは、まるで気が済まない」

縦巻き髪《ロールヘア》の少女から身を離したところで、オリバーは苦笑し、まるで彼女の趣味が移ったようなことを言った。それを聞いたシェラが胸を張って大きくうなずく。

「すればいいのですわ、これから何度でも。……そうですわね。もういっそ、剣花団内部では今後フリーハグというのはどうですか？」

「なんだよフリーハグって……。コーヒーや紅茶じゃあるまいし」

呆《あき》れ顔《がお》で言うガイ。が、それを聞いてもシェラはにこにこ笑ったままで、冗談めかす気配が一向にない。それで他の面々は気付いた。つまりはまったくの本気なのだと。

顔を見合わせて少し思案し、そうして彼らは答え始める。最初はカティから。

「……なるべく事前に言ってね。心の準備、するから」

「……イヤな時は突っぱねるぞ。それでいいなら、もう好きにしろ」

「拙者は元より、誰にでも抱きつきたい時に抱きついてござった！」

ピートとナナオが続けざまに賛同を重ねる。オリバーも小さくうなずいてそこに加わった。あっという間に少数派に追い込まれたガイが目を白黒させ、他全員の無言の視線を受け続けた末、ついに観念ずる。

「……あーもう、分かったよ！　勝手にしろ！　その代わり汗くさくても文句言うなよ！」

負け惜しみのようにガイが叫ぶ。それを聞いた五人がにやりと笑い、一斉に彼へと抱き着く。逃げようとする少年の腕を摑《つか》んで引き寄せ、カティがくんくんと鼻を鳴らす。

「……ふふふ！　確かに汗くさいね！」

「安心なさい。今はみんな似たようなものですわ」

「うおお群がってくんな！　風呂《ふろ》！　風呂《ふろ》沸かしてくれ、誰かぁ！」

ガイの絶叫が秘密基地に響き渡る。他の五人の賑《にぎ》やかな声がそれに続く。

一片《ひとひら》が萎《しお》れた時には、再び力を取り戻すまで他の花弁たちがそれを支え。彼らの剣の花は、そうして今も力強く咲いている。

第四章

最速の心《アシュベリー》

時を遡ること二年と数か月前。場所は、迷宮第四層『深みの大図書館』。

「…………」

書棚が林立する塔の中、そこに設けられた読書スペースの一角に、山と積んだ禁書を読《よ》み耽《ふけ》るひとりの男がいた。同時に、その背後へ音もなく忍びよる影も。

「…………おい、馬鹿」

「………………ん？　おお、アシュベリーか」

声を掛けられたモーガンが後ろを振り向くと、そこには箒《ほうき》に跨《また》がって不満げな顔で浮かぶアシュベリーの姿があった。何気なく手を挙げて返した男だが、ほどなくその意味するところに気付いて顎に手を当てる。

「ひとりで四層まで来たのか？　おいおい、それは無茶が過ぎるだろう」

「あんたが戻って来ないからでしょうが！　もう半月で次のリーグ戦開幕なのに、いつまで籠もってるつもり⁉」

とぼけた態度に業を煮やして叫ぶアシュベリー。その大声で図書館守りの視線がじろりと向いたことを察し、モーガンは慌てて相手の口を手で塞ぐ。

「すまん、すまん。もうそんなに経《た》っていたか。いや、こちらも研究が佳境でな。本格的な実験計画の精査に没頭していたところだ」

詫《わ》びに交えて状況を伝えるモーガン。口に当てられた手を叩《たた》いて払い、アシュベリーはその内容に眉根を寄せる。

「実験計画？　……詳しくは知らないけど。あんたの研究、確か異界関係だったわよね」

鋭い視線がじろりと男を射抜く。モーガンがふむと唸《うな》って腕を組んだ。

「この先のことを考えると、お前にも無関係ではないな。……よし、少し見ていけ」


研究の性質にもよるが、共有工房でもない限り、魔法使いが自分の工房に他人を呼ぶことは決して多くない。それは個人としての関係の親しさとはまた別問題だからだ。従って、モーガンの工房をアシュベリーが訪れたのも、この時が初めてだった。

「俺の研究対象は蝕む火焔の炉《ルフトマーズ》。周期表に照らせばおよそ四か月後に最接近の時期が訪れる異界だ。実験はそこにタイミングを合わせて執り行う予定でな」

部屋の奥に据え置かれた巨大な硝子《がらす》球に手を当てて、モーガンは説明を続ける。

「この内側に極小《ミクロ》の『門』を開けて向こうの炎を呼び込む。それを観察し、分析し、性質を理解した上で制御下に置くことを目指す。ざっくりと言えば、実験はそんな内容になる」

「……異界関係って時点で予想はしてたけど、めちゃくちゃハイリスクな実験じゃない。『門』の扱いからして一歩間違えば大惨事だし……仮にそこが上手《うま》くいったとしても、あんた、異界の炎をまともに扱える見込みがあるの？」

「そうでなければ実験はせんさ。もちろん教師どもに許可は取った。先行研究を洗い尽くした上で、先人たちと同じ失敗の可能性も悉《ことごと》く取り除いた。成功させる自信はじゅうぶんにある。が、それでも万一がないとは言えんのでな。お前には事前に教えておいた。……成否がどうあれ、実験が始まれば最低三か月は工房に籠もる。その間の引き継ぎも必要だろう？」

今後の予定をそう告げるモーガン。硝子《がらす》球に向けていた瞳を、アシュベリーがじろりと男へ戻す。

「……四か月後から迷宮に籠もって、そこから三ヵ月で戻ってくるわけね」

「最短のパターンではな。誤差を一、二か月は見ておけ」

「じゃあ五か月よ。それ以上は一日だって待たない。そこから遅れた場合、ブルースワロウにあんたの席はなくなるわ。誰が何と言おうと絶対戻してやらない。

だから約束しなさい、生きて帰るって。来年も必ず私のキャッチャーを務めるって」

厳しい条件を添えた上でアシュベリーは求める――生きて帰れと。それが彼女流の激励だ。

モーガンがふっと微笑《ほほえ》んだ。

「元よりそのつもりだ。そちらこそ、俺がいない間に落ちてあっさり死ぬなよ？」

「誰に向かって言ってるつもりよ、あんた」

反射的に突き出したこぶしがモーガンの掌《てのひら》に収まる。その反応もお見通しだと言わんばかりに。それが余りにも自然な流れで、互いの口からくっと笑いが零《こぼ》れた。

彼女は待った。そうして——約束の日を過ぎても、男は戻らなかった。


リーグ開幕直前。大勢の生徒たちで賑《にぎ》わう箒《ほうき》競技場の観客席を、長い前髪で顔を隠したひとりの小柄な男子生徒が、人の波に揉《も》まれながら必死に歩いていた。

「……あ、通ります……ちょっとどいて……」

人の壁に突き当たるたびにか細い声を上げる。それでどけてもらえれば良いが、会話に熱中している生徒には気付かれないこともざらだ。そういう時は袖を摑《つか》んでくいくいと引っ張る。

「……通ります……急ぐんで……通して……」

訝《いぶか》しげな視線を向けられるのはいつものこと。意地悪で通してくれない相手も時にはいるが、そういう時は最終手段で腕章を見せつける。すると意表を突かれた面持ちになって誰もが道を開けるのだが、今日はそこまでする必要もなかった。人ごみの間を器用にすり抜けて目的のテーブルに辿《たど》り着《つ》く。先に座っていた箒《ほうき》術の教師が「よっ」と手を挙げてくる。

手短に挨拶を返しながら隣の席に座る。競技場の空と芝生が眼前を埋め尽くし、開幕演技《オープニング》担当の箒《ほうき》乗りたちが熟練の空中機動《マニューバ》を見せつけ、始まりを待つ会場全体の熱気が波のように伝わってくる。それを全身で味わいながら、男子生徒はローブの懐《ふところ》に手を入れて小箱を取り出す。中身のどろっとしたものをひとすくい両手に馴染《なじ》ませ、額の生《は》え際《ぎわ》から後頭部まで一気に髪を撫《な》でつける。

それで切り替わる。肺を思い切り膨らませて、彼は白杖《はくじょう》を右手に拡声魔法を行使し、

「――野蛮人どもォ、待たせたな！　箒打合《ブルームファイト》のシニアリーグ戦開幕だァ！」

第一声で会場の全てに声を行き渡らせる。寝ぼけた巨獣《ベヘモト》に鞭《むち》を入れるように。そうしてこの日も、キンバリー随一の箒《ほうき》競技実況者・ロジャー＝フォースターの務めが始まる。

「競技に詳しくねぇ一年坊どものために説明してやるぜ！　チームの連携が鍵となる箒《ほうき》合戦に対して、箒《ほうき》打合は個の力が露《あら》わになる一対一の空戦！　しち面倒くせぇ追尾戦《ドッグファイト》も側面戦《サイドファイト》も一切ナシ、あるのは正面きっての激突戦《ブルファイト》のみ！　つまり一戦一戦が全部真剣勝負ってぇわけだ！　堪《たま》んねェだろうがオイ！」

さっきまでの大人しさはすでに微塵《みじん》もない。この実況席に座って前髪を掻《か》き上《あ》げた時点でそれは吹き飛んでいる。誰よりも競技を楽しみ、誰よりもゲームの展開に一喜一憂し、それ故に誰よりも場を盛り上げる。それがロジャーの実況のスタイルだ。

「解説は我らがダスティン先生！　校内で色々あってクソ忙しい中でもリーグ初日の景気付けを引き受けてくれたぜ！　いやマジで超サンキュー！　発泡リンゴ水《サイダー》飲む⁉」

あらかじめ用意されていた飲み物のコップを突き出してロジャーは言い、ダスティンはそれをじろっと横目で睨《にら》む。両目の下に色濃く刻まれたクマが寝不足と疲労を語っている。

「……エールをくれ。北部のガツンとホップが効いたやつ。洗面器みてぇなジョッキになみなみ注いで」

「実況席は禁酒だぜ先生！　ンなこと言ってる間に、さぁ第一戦開始だァ！」

軽口をあっさり受け流して試合の解説に突入するロジャー。空で向き合ったふたりの選手が同時に急下降を始め、その軌道が交わる一点ですれ違いざまにどつき棒《クラブ》をぶつけ合う。その衝撃によって両者ともぐらつくが、どちらもすぐさま軌道回復《リカバリ》して加速・地上スレスレでターンして再上昇。次の激突のために上空へ昇っていく姿に観客たちから歓声が上がる。

「ヒュウ、初《しょ》っ端《ぱな》から熱い打ち合いだ！　ビヴァリー＝ロナガン選手対モニーク＝マッケイ選手！　過去の戦績は六対四と接戦！　ダスティン先生、この試合をどう見る⁉」

「ベテラン同士の模範演技ってとこだな。どっちが勝つにせよ長丁場になるだろうよ。……その間、下級生向けに軽く解説しとくか。おい、箒《ほう》術《き》の大原則を言ってみろ」

「突然の質問にも実況者は焦《あせ》らないぜ！　答えは――『速度は高度に変わり、高度は速度に変わる』！」

「そうだ。どつき棒《クラブ》での打ち合いに目が行きがちだが、その基本はこの競技でも同じこと。飛ぶのが上手《うま》い奴《やつ》が強いことには変わりない」

ふいに箒術《ほうき》の授業の時と同じ顔になって語るダスティン。相手が求めている相槌《あいづち》を的確に察して、ロジャーはすぐさまそれに応える。

「でもよ先生！　この競技の飛び方めっぽうシンプルだぜ！　一方が右上に飛んで、一方が左上に飛んで、同時にターンして勢い良く下ってって真ん中でドカーン！　以降左右を入れ替えて繰り返し！　たったそれだけでも飛行の上手《うま》い下手があんのか⁉」

「ああ、歴然とある。まず前提として、箒《ほうき》乗り同士がぶつかる時は速度で勝っているほうが有利だ。より大きな力で相手に攻撃できるからな。となれば、あいつらの課題は自《おの》ずと、ぶつかる瞬間までにどう速度を稼ぐかってことになる」

試合を目で追いながらダスティンが言う。昇っては降りてぶつかり、昇っては降りてぶつかり。８の字を横倒しにしたような軌道を飛び続けながら、ふたりの選手は常に速度の優劣を競っている。ひいては速度を得て、それを保つための技術を。

「いちばん重要なのは、下降から上昇に転じる時と上昇から下降に転じる時。それぞれのターンのコース取りとタイミングの判断だ。下手に曲がれば速度が落ちる、速度が落ちればぶつかる時のアドバンテージを失う。しかもこの不利は一度きりで終わらない。失敗を繰り返すたびにどんどん積み重なっていくことになる」

その累積は素人目《しろうとめ》にも見て取れる。両者の飛行が空中に描くふたつの円――この大きさが等しいうちは、試合の趨勢《すうせい》はまだどちらにも傾いていない。だが、ひとたび速度に差が付きだせば、ふたつの図形の相似はあっという間に崩れ始める。速く優勢のほうが大きな円を描き、遅く劣勢のほうが小さく縮んだ円を描く。激突戦《ブルファイト》を続ける以上は否応《いやおう》なくそうならざるを得ない。激突点が互いの中心に定められている以上、同時にそこへ向かうまでの間、速度に劣るほうの到達高度は勝るほうに対してどうあっても低くなるからだ。

「この競技の性質上、ターンの正しいコースとタイミングは毎回変わる。どつき棒《クラブ》をぶつけ合う衝撃で多かれ少なかれ飛行の軌道がずれるからな。瞬時の判断でそれを修正して速度の浪費を抑え、次にぶつかるまでに出来る限りの速度を稼ぐ。決定的な差が付くまでその攻防を繰り返すのが、箒打合《ブルームファイト》の基本的な流れだ」

「なるほどねぇ！　シンプルな流れの中に技術がびっしり詰まってるってぇわけだな！」

「そういうこった。……この試合も、少しずつ差が出てきたな」

　彼らの解説の間にも攻防は重なる。六合の打ち合いを経て、ふたりが描く円の大きさはわずかずつ右側の選手が上回りつつあった。速度と高度に誤差では済まない優劣が生じた——ここからが箒打合《ブルームファイト》の第二局面であり、観客がもっとも手に汗握る時間でもある。

「互いの速度差がある程度以上まで開くと、そこからの逆転はもう難しくなっちまう。その展開が予想できた瞬間から、劣勢の側に残された手はただひとつ。速度差が決定的でないうちに勝負に出ることだ。——仕掛けるぞ」

　劣勢に置かれた左側の選手がどつき棒《クラブ》の構えを変える。地上から見て取るには小さな動きだが、ダスティンはもちろん、観戦慣れした一部の生徒たちもそれに気付いた。全速の降下を経て空中の一点で重なるふたつの影。どつき棒《クラブ》がぶつかり合う音がひときわ大きく響き——その直後、右へ抜けた選手が再び上昇することはなかった。その体は箒《ほうき》から離れて一直線に落下し、そこで待機していたキャッチャーの呪文によって受け止められる。決着を見届けた観客たちが一斉に湧き上がった。

「——落ちたか。『遭遇の瞬《エンカウンター》』を狙ったようだが、相手にも同じ技を合わされたな。魔法剣の技量によってはあそこからの逆転もあるんだが……今回はまぁ、順当な結果ってところだ」

「接戦の勝者はロナガン選手！　積み重ねたリードを最後まで譲らず堂々の勝利だ！　キャッチャーたちが落下者の搬送を済ませて、続けてさっそく第二試合の選手が入場！　試合の回転が速いのもこの競技のいいところだぜ！　安心しろ観客ども、贔屓《ひいき》の選手の登場も遠くねェぞォォォ！」

「——リーグ戦序盤できちんと初心者向けの解説を挟んでくる。さすがダスティン先生、競技の指導にも普及にも熱心ですわね」

実況席の真正面に位置する観客席の北側では、解説に耳を傾けていたシェラが感心の面持ちでうなずいていた。その隣で新たに始まった試合を見つめながら、ピートが難しい顔で腕を組む。

「実際に試合を見ながら聞けたから、今のは分かりやすかった。……でも、箒《ほうき》打合や箒《ほうき》合戦について、ボクはまだ根本的な疑問がある。そもそも――魔法使いのスポーツなのに、どうして呪文を使わないいんだ？」

普通人出身の少年が口にした素朴な疑問。オリバーとシェラの視線が同時に彼を向く。

「……どうして箒《ほうき》競技で呪文が使われないのか。それは言い換えれば、どうして箒《ほうき》競技のルールが呪文を使わない今のような形に落ち着いたのか、という問いだな」

「厳密に言えば、呪文ありのルールもありますのよ。さらに言えば呪文のみというのも。過去にはそれらが主流だった時期もありますが、時代が進むにつれて呪文なしのルールに移行していきましたの」

「そうなるまでの経緯も単純じゃない。が、中でも大きな要因をふたつほど挙げよう。

ひとつ目が、箒《ほうき》競技は何よりも飛行を中心に置いたゲームだということだ。速く飛ぶこと、上手《うま》く飛ぶこと、華麗に飛ぶこと――選手はそれを突き詰めるし、観客もそこを見たがる。その肝心要の部分と、呪文ありのルールは本質的に相性が悪い」

「どうしてだ？　呪文を使うと何か飛行に影響するのか？」

「遅くなりますわ、端的に言って。箒《ほうき》で飛んでいる最中は箒《ほうき》に魔力を注いでいますから、呪文を使えばその分だけ箒《ほうき》に回す魔力が減るのです。つまり、原理的にどうあっても減速は不可避。速さを重んじる箒《ほうき》競技にあって、これはいかにも都合が悪いと思いませんこと？」

「……そうか。呪文を使うと、箒《ほうき》で飛ぶこと自体の魅力が減るんだな」

「それがひとつ目の理由。加えて、飛行中に放った呪文を命中させることの困難さも理由に挙げられる。これは追尾戦《ドッグファイト》、側面戦《サイドファイト》、激突戦《ブルファイト》でそれぞれ詳細が異なるが、いずれの場合も呪文を使うことによる減速がそのまま不利に繋《つな》がるのは同じだ。つまり――当てるのが難しいのに、外してしまうと必ず不利になる」

「その点、どつき棒《クラブ》による打撃は速度を活《い》かせるのですわ。速ければ速いほど威力が増しますから。もちろんぶつかれば減速は生じますが、それを出来る限り相手に偏らせつつ、いかに自分の減速を最小限で抑えるかが攻防の基本になります。これもやはり飛行の速さ、上手さの争いなのです」

競技のコンセプトを集約するシェラの言葉。それを受けて、じっと試合を眺めていたガイが唸《うな》るようにうなずく。

「競技の主役に箒《ほうき》を置くなら、呪文はどうしても不純物ってこったな」

「そうだな。……けれど、実は競技に限った話じゃない。箒《ほうき》を用いた魔法空戦――つまり実戦での原則もおおむね同じだ。異端狩り《グノーシスハント》の箒《ほうき》乗りたちを目にすることがあれば、その戦い方が箒打合《ブルームファイト》や箒合戦《ブルームウォー》の延長上にあることが分かるだろう。それを象徴するように、討竜刀と呼ばれる空戦専用の杖剣《じょうけん》も存在している」

異端狩り《グノーシスハント》の現場を引き合いに出すオリバー。その内容の物騒さとは裏腹に、聞いたシェラがふっと微笑《ほほえ》む。

「背中に討竜刀を担《かつ》いで空を駆ける箒《ほうき》乗り、ですか。両親から寝物語に聞かされて、多くの子供が一度は憧れる姿ですわね」

「その代表格が、実はいま実況席にいる人なんだが……」

言いつつ、オリバーは会場の対面で実況席に座る箒《ほうき》術の教師を遠く見やる。椅子にどっかり腰掛けて腕を組みつつ仏頂面《ぶっちょうづら》で上空を眺めるその姿は、箒《ほうき》競技場にひと山いくらで転がっている観戦ずれした古参ファンそのものだ。それでいてダスティン＝ヘッジズは魔法空戦における世界で指折りの英雄でもある。そのギャップに、彼らは思わずぷっと笑う。

「……出番が近付いてきたな。そろそろ行くぞ、ナナオ」

ややあってオリバーが椅子から腰を浮かせ、隣の少女に話しかける。彼女もまた出番を控える選手なので、少年ともどもユニフォームに着替えた上で試合を観戦していた。ナナオがうなずいて席を立つ。

「うむ、参ろう。——然《しか》らば皆、また後ほど」

「頑張れよ！」「応援してるからね！」

友人たちの激励を追い風に受けてふたりが去っていく。その背中が残る四人の視界から消えたところで、反対方向の通路から別の気配が彼らのほうへ近付いてきた。そちらへ目を向けたカティがあっと声を上げる。

「ミリガン先輩！」

「やぁ君たち。少し遅れてしまったな、初戦に間に合わせるつもりだったのに」

大きめの肩掛け鞄《かばん》を担《かつ》いだ蛇眼の魔女がそこにいた。四試合目に突入した競技場の光景を横目にそう言って、彼女はカティの隣へ腰かける。

「失礼するよ。……ナナオ君とオリバー君は、もう行ってしまったかな？」

「つい先ほど。ちょうど入れ違いでしたわね」

「そうか、残念だ。試合前に激励の言葉を送りたかったのだけど」

言いつつ肩掛け鞄《かばん》を膝の上に置く。と、その中で何かがもぞもぞと動く物音がして、後ろの席でそれに気付いたガイが訝《いぶか》しげな視線を向ける。

「……？　先輩、それ何すか？」

「リーグ戦の優勝者には、観客の前で演説の機会が与えられるのを知っているかい？　ガイ君」

質問に直接答えず、魔女は何の関係があるのか分からない話を始める。困惑するガイを尻目にミリガンの言葉は続く。

「統括選挙の時期と被《かぶ》る場合、優勝者は大抵、その演説で自分が投票する候補者についてプレゼンするんだ。ナナオ君が優勝すれば、それも快く引き受けてくれるだろうと思ってね」

一部分だけバッグの封を解くミリガン。中に収まる小型のケージがガイたちにも垣間《かいま》見《み》え、その隙間から愛らしい鳥がぴょこんと頭を出す。

「そんなわけで――私も応援を惜しまない」


競技場西側の選手控室。一本の通路で戦いのフィールドと繋《つな》がったその場所に、試合を控えた多くの選手たちが集まっていた。

緊張感はあるが、対戦する相手はフィールドを挟んだ反対側の控室で待機しているので、そこまで室内の雰囲気はピリピリしていない。選手たちも箒《ほうき》とコミュニケーションを取っていたりどつき棒《クラブ》を磨いていたり、雑誌を読んでリラックスしていたりと様々である。

「……準備はいいか、ナナオ」

そんな空気の中、オリバーがパートナーに確認する。並んで長椅子に座っていた少女が、ぷいと彼に背中を向ける。

「整ってござらん」

「……どこか不調なのか？」

「キャッチャーの激励が足り申さぬ」

思わぬ主張に目を丸くするオリバー。数秒の間を置いて、彼は相手の顔を挟み込むようにして両手を伸ばす。指で少女の頰《ほ》っぺたの左右をつまんで、にゅっと引っ張った。

「……最近我儘《わがまま》だな、君は」

「にへへ」

悪戯《いたずら》を成功させた子供のようにナナオが笑う。オリバーの手が頬から離れ、代わって両腕で少女の体を包み込むように抱きすくめる。互いの心音を間近に感じたまま、たっぷり十秒ほどそのままでいて――頃合いを感じた少年が身を離すと同時に、東方《エイジア》の少女が勢いよく立ち上がった。

「うむ、元気百倍！　天津風《あまつかぜ》を連れて来申す！」

そう告げて、部屋の一面の箒《ほうき》掛けへ走り出すナナオ。その背中をオリバーは頼もしく見守り、

「……強みよねー。あなたたちの」

真横からの突然の声に驚く。とっさに目を向ければ、そこには見知った他の選手――同じワイルドギースのチームメイトである六年生の女生徒が立っていた。名をメリッサ＝カンテッリ、チームの副キャプテンといった立ち位置の人物である。

今までのやり取りを見られていた照れですぐに顔をそむけるオリバーへ、彼女は微笑《ほほえ》んで首を横に振ってみせる。

「照れなくていいって。プレイヤーとキャッチャーなんてラブラブのほうがいいに決まってるじゃない。そこの関係が不安定だと競技のパフォーマンスも不安定になる。そういうペアを今

までに何組も見てきたから良く分かるわ」

　そう語ってうんうんとうなずくメリッサ。さすがに無視も出来ず、オリバーはしぶしぶとその声に耳を傾ける。

「あのアシュベリーですらそうよ。全盛期のあいつはもっとヤバかった、どの競技でも向かうところ敵なしって感じでね。……それだけに、馴染《なじ》みのキャッチャーを失った直後は酷《ひど》かったわ。私はあいつのことぜんぜん好きじゃないのに、それでも見てられなかったくらい」

「…………」

「だからね、あなたも思いっきりナナオちゃんを可愛《かわい》がりなさい。好かれてるからって油断しちゃダメよ？　どれくらいで満足なんてないんだからね、こういうの。魔法使いはみんな欲張りなんだから」

　前半までは先輩からの忠告の範疇《はんちゅう》だったが、後半はもはやお節介焼きの親戚のおばさんといった風情《ふぜい》である。曖昧にうなずいて流そうとするオリバーだが、向こうはまだ飽き足らず、長椅子の隣に陣取って耳元で囁《ささや》きかけてくる。それもさらに踏み込んだ内容で。

「……ね、ちゃんと丁寧に時間かけてえっちしてる？　疲れてるからって前戯すっ飛ばしたりしてない？　そういうのは本当にダメよ、手を抜いたら向こうは一発で——」

「……先輩！」

「何の話にござるか？」

エスカレートする一方の内容にオリバーがしびれを切らしかけ、そこに箒《ほうき》を手にしたナナオが戻ってくる。すぐさま長椅子から立ち上がった少年が彼女の手を取った。

「何でもない。もう行くぞ、ナナオ！」

少女の手を引いて、そのままフィールドへ向かって歩き出すオリバー。ふたりの背中を見送るメリッサの頭頂部に、後ろからごちんと拳骨《げんこつ》が落とされる。それをしたのは、彼女らと同じく試合を控えたワイルドギースのキャプテン――六年生のハンス＝ライゼガングだった。

「試合直前に嘴《くちばし》を突っ込みすぎだ、馬鹿者。お前の口出しでかえってこじれたらどうする」

「ご、ごめん……。分かっちゃいるんだけど、あのふたり見てるとつい……」

「まぁ、気持ちはそれなりに察する。……だが、あいつらのああいう部分が、俺はむしろ好きでな。互いを求め尽くす一歩手前で、どちらも危うく踏《ふ》み止《とど》まっているようなところが」

遠ざかっていくふたりの背中に目を細める男。その口元がふっと綻ぶ。

「キンバリーの土《こ》だと、ああした花はそうそう咲かない。芽吹くことすら稀《まれ》だ。お前の老婆心自体を咎《とが》めはしないが、それで下手に掻《か》き乱《みだ》してくれるな」

「……努力はするけど……でも、なんかこう、じれったい……いろいろ教え込みたい……」

「自分自身の欲求不満だろう、それは。聞いたぞ、また愛人に逃げられたな？」

「ウォァアア！　それを言ったら戦争だぞテメェ！」

急所を突かれたメリッサが涙目で相手に摑《つか》みかかる。それでぶんぶん体を揺すられながらも、ワイルドギースのキャプテンは平然と後輩たちの背中を見送り続けるのだった。

通路を歩いていったオリバーとナナオは、その途中、床にラインが引かれた場所で並んで足を止める。待つこと数分、やがて前方で誘導員の合図が光り、ふたりは箒《ほうき》に跨《また》がって通路を飛ぶ。そうしてフィールドに飛び出した瞬間、眩《まぶ》しい陽光と観客たちの声援が一斉にふたりの全身を包み込んだ。この瞬間もまた、多くの箒《ほうき》競技者を病み付きにさせる理由である。

「――む？　オリバー、あれは」

友人たちの座る席へ目を向けたナナオが、そこに不思議なものを見つけて声を上げる。それは今まさに空中に描かれ始めた大きな文字だった。何羽《わ》もの鳥が観客席の上空を飛び、それぞれの尾羽が残す光の奇跡によって空中にメッセージを記していく。ものの数秒でそれは意味をなした。即ち《すなわ》――「がんばれナナオ＝ヒビヤ」と。

「……なるほど、ミリガン先輩か」

即座に仕掛け人を見抜いてオリバーが呟《つぶや》く。それを裏付けるように、観客席の一角には友人たちと並んで手を振る蛇眼の魔女の姿があった。ナナオが手を振り返し、オリバーがふっと微《ほほ》笑《え》む。

「少し不純なものを感じないでもないが、君の勝利を願っていることは確かだ。ありがたく受け止めておこう」

「うむ！」

応援を受け取ったナナオの闘志に火が入る。フィールド反対側の上空に相手選手とそのキャッチャーの姿を捉えて、オリバーが試合前の最後の助言を口にする。

「相手は四年生、スタイルは持久型だ。どつき棒《クラブ》の打撃を受け流し、試合を長引かせて相手のミスを引き出すパターンが多い。序盤中盤は真っ向勝負に乗ってこないだろう」

「然《しか》らば、乗せて差し上げよう」

不敵な言葉を口にしてのける東方《エイジア》の少女。オリバーもそれを聞いてにっと笑う。そのまま空を昇っていくナナオと上下に別れて、オリバーはキャッチャーとしての役割が待つ地上へ向かう。

「君の勝利を下から見届ける。行ってこい、ナナオ！」

「合点承知――！」


左右から上昇してくるふたつの影。その一方の姿に観客たちが沸き立ち、実況の声のトーンはそれ以上に跳ね上がった。

「来た来た来た来た、ついに彼女が来たァ――！　キンバリー入学は去年の春！　授業で初めて箒《ほうき》を手にしてから二年足らず！　そのキャリアで猛者《もさ》揃《ぞろ》いのシニアリーグを荒らし回る驚天動地の二年生、ナナオ＝ヒビヤの登場だァ！　待ちかねたぜヒュウウウウウウウウウウウ！」

「Ｍｓ《ミズ》．ヒビヤの時だけ実況のテンション高すぎだろお前。おら、相手のプロフィールと戦績」

「もちろん抜かりないぜ！　対する相手は四年生のアルノー＝ジョンケ選手！　実力を認められて三年生からシニアリーグに参加している若手のホープだ！　急成長中の二年生相手にその沽券《こけん》を示せるかァ――！」

　試合開始のラッパが鳴り響き、同時にふたりの選手が上空から急降下を始める。フィールド中心の激突点で振るわれる互いのどつき棒《クラブ》。骨まで響く衝撃の交換を経て、ナナオが右へ、ジョンケが左へと抜けていく。が、その時の速度は明らかにナナオが勝る。

「強烈ゥウゥ！　ジョンケ選手、攻撃を受け流せず飛行が大きく乱れた！　最初の一合はヒビヤ選手のリードだァ！」

「ははっ――ヒビヤめ、圧の掛け方が分かってやがる。さすが日頃から両手剣《ツーハンドソード》を握ってるだけあるな。あの一撃を受け流すのは相当の手練《てだ》れでも楽じゃねぇぞ」

　にやりと笑うダスティン。実況につっこんでおきながら、今の一合であからさまに彼もテンションが上がっている。知識や経験の有無すら問わず、それはナナオの飛行を目にした人間が避けて通れない反応だ。観客たちの無数の目が凝視する中で、少女の跨《また》る箒《ほうき》が再び空高く昇っていく。

「ぶつかった場所から左右に離れてターン、両者そのまま二合目へ！　速度で勝った分だけヒビヤ選手の到達高度が高い！　次の一撃はさっきよりさらに強くなるぞォ！」

「まだ二合目だが、Mr《ミスター》.ジョンケは踏ん張りどころだな。次も打ち負ければ完全にヒビヤのペースだ。おら、踏ん張れ！　出し惜しみしてる場合じゃねぇぞ！」

　観戦に熱の入ったダスティンが長テーブルをガンと叩《たた》く。その見つめる先で急降下を始めるナナオとジョンケ。激突点で二度目の剣戟《けんげき》が交わされ——そこで異変が起こった。どつき棒《クラブ》をぶつけ合った瞬間からジョンケの箒《ほうき》が激しくスピン。そのまま飛行の制御を失い、為《な》す術《すべ》なく地上へ落ちていったのだ。一方、左に抜けたナナオは綺麗《きれい》な軌道でターンし、危なげなく再上昇を始める。決着を告げる両者の対比に、それを目にした観客たちの驚愕《きょうがく》の声が重なる。

「うぉぉぉぉぉ!?　ジョンケ選手、落下！　ぶつかった場所から独楽《コマ》のように回ってすっ飛んだァ！　二合目でヒビヤ選手の勝利！　予想を裏切る短期決戦になったぞ！」

「クーツ流『引の転回《トゥーロ》』を仕掛けて失敗したんだな。初戦でとっておきを出す思い切りは良かったが、ヒビヤ相手じゃ技の練度が足りてなかった。いっそ一合目で出せばまた話は違ったかもしれねぇが——ま、それは結果論《タラレバ》に過ぎねぇな」

　結果に繋《つな》がる要因を分析したダスティンが厳しい面持ちでそれを語る。審判から勝利を告げられた東方《エイジア》の少女が観客たちに手を振って応え、そのまま試合開始前とはまた別の着陸用の通路へと入っていく。

「リーグ戦初日を見事な勝利で飾ったヒビヤ選手！　観客どもの盛大な喝采を受けながら、たった今地上に帰還！　だが、ああ——俺はいま絶望している、今日はもう君の飛ぶ姿が見られない！　おいテメェら、ちょっくら飛んであの太陽を引きずり下ろせ！　そのままぐるっと回って明日の夜明けを引っ張ってきてくれェ！」


通路の途中で箒《ほうき》を降りたナナオに、やや遅れて追ってきたオリバーが合流した。勝利を祝うハイタッチをその場で交わし、ふたり並んで通路を歩き始める。

「……あっという間の試合だったな。が、見た目ほど圧勝じゃなかっただろう？」

「うむ、二合目では驚き申した。いま少し技が冴《さ》えていれば、吹き飛んでいたのは拙者だったやも知れぬ」

「あれはクーツ流の高等技だ。これまでの試合で見せていたとは聞かないから、おそらく向こうも練習中だったはず。受けた感覚を忘れるなよ。次の対戦ではより完成度を高めてくるぞ」

歩きながら試合の感想と反省を話し合うふたりだが、ふと前方に気配を感じてその足取りが止まった。通路の左側の壁に背をもたれる形で、剣呑《けんのん》な笑みを浮かべたダイアナ＝アシュベリーがそこに立っていた。

「リーグ初戦から二合決着。ずいぶん生意気ね、Ms.《ミズ》・ヒビヤ」

「見てくださったかアシュベリー殿。うむ、幸運にござった。相手が早々から勝負に出てくれ申した故」

「よく言うわ。あなたが引きずり出したんでしょうに」

女は心底愉快そうに、喉を鳴らしてくつくつと笑うアシュベリー。ふたりに背を向けつつ、彼女は去り際に言い放つ。

「他の連中はどうでもいいけど、私の試合だけは見ていきなさい。お返しに、面白いものを見せてあげるから」


それから十分後、宣言が実行に移される時が来た。競技場上空に躍り出たブルースワロウのエースを目にした瞬間、観客たちの喧騒《けんそう》はむしろ鎮《しず》まり、彼らは一斉に息を呑《の》んだ。

「——姿が見えるなり場内の空気が一気に張り詰めた！　もはや紹介無用、女帝ダイアナ＝アシュベリーの登場だァァァ！」

「しばらく箒《ほうき》競争のタイム更新に集中してたが、ここで箒《ほうき》打合のリーグに出てきたか。ま、そのほうがあいつらしいな」

「相手は六年のラウロ＝スカルラッティ選手！　これまでの戦績は8：2でアシュベリー選手

有利！　ダスティン先生、この試合をどう見る⁉」

「今期の試合を見る限り、Mr.《ミスター》スカルラッティの調子は悪くねぇ。対してアシュベリーはしばらく箒打合《ブルームファイト》とも箒合戦《ブルームウォー》とも離れていた。それがどう影響するかだな」

「女帝のどつき棒《クラブ》さばきは健在なのか！　おおっと、そうこう言ってる間に試合開始だァ！」

フィールド上空で向き合ったふたりの選手が急降下を開始する。まずは小手調べの一合目――誰もがそう考えて見ていたところに、その予想を踏《ふ》み躙《にじ》る出来事が起こった。加速の勢いを乗せてどつき棒《クラブ》を振り下ろしてくる相手に対して、激突点に至ってもアシュベリーは肩に担《かつ》いだ得物を振らない。代わりに、どつき棒《クラブ》を寝せたまま相手の懐《ふところ》に飛び込んだ。意表を突かれた相手の一撃が空振り――その脇の下に、斜め下ギリギリを抜けたアシュベリーのどつき棒《クラブ》の先端が引っかかる。向かうべき先とは反対方向に、ぐいいいいと体が引かれる。

箒《ほうき》と分かたれた選手の体が宙を舞い、地に落ちる。キャッチャーが呪文でそれを受け止める。そうなってもまだ自分に起きたことが分からず、選手はぽかんとしたまま。空を仰ぐその視線の先で、倒した相手も観客も眼中にないアシュベリーがさっさと通路へ引き上げていく。

歓声も、喝采も、どよめきすら上がらず。満座の観客席は、しんと静まり返った。

「………………………………うそぉ」

「おい実況、素に戻ってんぞ。……まぁ気持ちは分かるがな。強豪揃《ぞろ》いのシニアリーグで、一合決着なんざまず見ねぇ」

乾いた声でダスティンが言う。——競技の性質上、箒《ほうき》打合で一合決着などという事態はそうそう起こり得ない。余程の実力差があっても二合や三合はどうにか打ち合うものだ。が、それを目的とする奇襲技は確かにあり、アシュベリーが見せたものもそのひとつ。高いレベルの試合で見られることは限りなく少ない、いわば曲芸の類である。

そうした邪道を、本来ならダスティンは好かない。総合的な飛行技術を比べ合う箒《ほうき》競技の本質とずれるからだ。だが、今回に限っては少し見方が違う。というのは——アシュベリーがあの技を用いた理由が、前の試合でのナナオの二合決着にあることが明らかだからだ。

二よりも上の数字は一。アシュベリーの判断の理由はただそれだけ。針の穴を突く難度の奇襲を成立させることで、彼女はトップ選手としての沽券《こけん》を示した。奇襲で勝ちを拾ったのではなく、数ある勝ちの中から一合決着という勝ち方のみを選び抜いた。それにどんな文句が付けられるだろう。どうして感嘆せずにいられるだろう。

「箒《ほうき》競技は三種一体とよく言われる。箒競争《ブルームレース》、箒打合《ブルームファイト》、箒合戦《ブルームウォー》——どれを練習しても他の二種目の強化に繋《つな》がるってことだ。もちろん比重の置き方は人それぞれだが、アシュベリーは昔から分かりやすくこれでな。人をぶっ叩《たた》いて落としまくるうちに競争《レース》のタイムもどんどん上げてくる奴《やつ》だった。今はその方針に立ち返ったってわけだろう」

女帝が箒《ほうき》打合のリーグに舞い戻った理由をそう分析し、続く瞬間、男は両手で自分の顔をバチンと叩《たた》く。その音に驚いて実況のロジャーが視線を向けると、さっきまでダスティンの目の下にあったはずのクマは跡形もなく消えている。

「あいつとヒビヤのおかげですっかり目ェ覚めたぜ。——荒れるぞォ、このリーグは」


その日の夜は、ナナオの勝利を祝して、秘密基地でちょっとしたパーティーが行われた。

「リーグ初戦白星おめでとう！　かっこよかったよナナオ——！」

カティが音頭《おんど》を取って乾杯し、寄せ合った六つのグラス＋マルコ用の木製大ジョッキから発泡リンゴ水《サイダー》の飛沫《しぶき》が跳ねる。それで唇を湿らせたシェラが、今日の試合を思い出しつつ口を開いた。

「二合決着とは、またリーグ開幕を派手に飾りましたね。今後も速攻でいきますの？」

「というより、一合一合を全力でぶつかる以外の方針がナナオの中に存在しない。そこはもう好きにやらせることにした。決着が早くなるか遅くなるかはただの結果だ」

「ははっ、ナナオらしいな！　いいじゃねぇかそれで！　何にせよ、今日は初日の勝利を祝って夜通しパーっとやろうぜ！」

「何言ってるのガイ、食べ終わったら勉強会だよ。錬金術の復習、最近さぼってるでしょ？」

「いきなり冷水ぶっかけんのやめろ！　ってか、なんでサボりの傾向を把握されてんだよ！」

「カティとボクでみっちり教えてやる。良かったなガイ。夜通しパーっとやれるぞ、勉強を」

祝勝ムードの中で賑《にぎ》やかにお喋《しゃべ》りは続く。今日の試合について、今後の対戦相手について、いくら語っても話題は尽きず――彼らの宴《うたげ》は賑《にぎ》やかに、夜遅くまで続くのだった。

自分以外の全員が寝静まった深夜三時。オリバーは寝具の上で身を起こし、同じ部屋で眠る他の五人を起こさないまま、ひとりだけで秘密基地を抜け出した。

足早に一層を抜け、二層『賑《にぎ》わいの森』へ踏み入っていく。緑の匂いでむせ返る森の中を注意深く進んでいき、その中心部に聳《そび》える巨大樹《イルミンスール》の麓《ふもと》へと急ぐ。

「――フゥ――ハァ――」

地面から生え伸び、遥《はる》か上空で大樹の幹に繋《つな》がる枝の一本。そこに足を掛ける手前で、オリバーは深呼吸を繰り返した。そうして意識的に血液と魔力の流れを加速していく。それはひとえに、最初の一歩から最高のパフォーマンスを発揮するために。

「――よし！」

心身の準備が整ったところで懐中時計の針の位置を確認し、同時にオリバーは駆け出した。自分でも驚くほどの力強さで足裏が地を蹴り、その力に押された体がぐんぐんと高度を稼ぐ。地形の起伏もまるで苦にならない。

（――我が君《マイロード》！　恐れながら――同じ速度が、維持、できません！）

ほどなく後方からテレサの魔力波が届き、その悲鳴じみた響きにオリバーは驚愕《きょうがく》した。――迷宮での立ち回りに関して、隠形の少女はオリバーよりも遥《はる》かに経験豊富である。特殊な条件が重なった場合を除いて、彼がどれほど先を急いだところで少女が追い付けないようなことはなかったのだ。

（……分かった！　引き続きこの階層で待機！　何かあったら合図を上げる！）

（――は――申し訳、ありませ――）

みなまで言う前に声が途切れた。強力な契約を介してパスを結んでいないため、現状の魔力波交信では長距離の意思疎通が難しい。再び距離が詰まるまでテレサとの連絡は途絶えることになる。それを知った上で、オリバーは速度を緩めない。

「――フゥッ……！」

初めて足を止めた時、彼は巨大樹《イルミンスール》の頂上、すなわち二層で最も高い地続きの場所にいた。二層の全体がほぼ見下ろせる高みだ。汗が滲《にじ》んだ額を手の甲で拭い、オリバーは改めて懐中時計の針を見つめる。

「……麓から天辺《てっぺん》まで三十二分。前回から十分近いタイムの更新か」

エンリコ戦以前に計ったタイムと比べてそう呟《つぶや》く。走っている最中から、速度に大幅な向上があることは実感していた。何しろ足が詰まらない。前なら手を使って登らざるを得なかった難所までどんどん駆け上れてしまう。ここまで速いと魔獣はむしろ寄ってこない。時期が良《い》いこともあってか、ほとんど妨害を受けずに樹《き》の頂《いただき》まで辿《たど》り着《つ》いてしまった。

「……まともな成長であるわけがないな、こんなものが」

低い声で呟《つぶや》く。シェラも言ったように、いくら成長期の魔法使いでも、短い期間で肉体がここまで機能を上げることはまずない。ナナオのようなケースはあるにせよ、彼女の場合はそもそもの成長速度が段違いだからまた話が別だ。のびのびと力強い少女の成長に比べて、オリバーのこれは、地面を這《は》っていた虫が出し抜けに飛び上がったような奇妙さが拭えない。

その違和感が、否応《いやおう》なく彼に実態を悟らせる。――おそらく、これは命の圧縮なのだと。

単に時計の早回し、というのではまるで足りない。未来《さき》の成長を先取りし、それをさらに凝縮して現在《いま》に注《そそ》ぎ込《こ》む――少年の肉体と霊体は今、そのような生存戦略に基づいて駆動している。そうしなければ生きられない、と判断した、彼自身の魂によって。

契機となったのは、クロエ＝ハルフォードの魂との二分以上に亘《わた》る魂魄融合《ソウルマージ》、及びその状態で断行したエンリコ＝フォルギエーリとの戦闘。オリバーが生と死の境界を狂奔したあの時間は、その魂に圧倒的な自己否定を叩《たた》きつけた。もともとの魂の計画に基づく肉体・霊体の運用、即《すなわ》ち当たり前の生命の在り方では、この先一秒たりとも生き残れないと――魂にそう気付かせるに余りあったのだ。

結果、彼の魂は決定的な変質を受け入れた。クロエ＝ハルフォードの魂から受け取った経験を最大限に生かすために、オリバー＝ホーンが生きられるはずだった多くの時間を、ひと握りまで圧縮して使うことを決定した。一時間分の蠟燭を五分で燃やし尽くすと渋々認めた。そうしなければ炎そのものが消えるのでは止《や》むを得《え》ないと。

「…………」

　力を得る代わりに、多くの未来を失った。その事実を悟った上で、構わないと少年は思う。彼が支払える代償の中で、それは最も安い部類に当たる。これから否応《いやおう》なく炉にくべていく自分以外の命を思えば。

「――お――――い！　オーーーリバ――――く――――ん！」

　静かに思索する彼の背中を、出し抜けの大声が無遠慮に打った。ぎょっとして振り向いたオリバーの目に、自分へ向かって巨大樹《イルミンスール》の枝を駆けてくるひとりの少年の姿が映る。彼が呆然《ぼうぜん》としている間に、相手は目の前にやって来た。

「ふー、追い付いた！　速いなぁ君！　見失っちゃうかと思ったよ！」

「……Mr.《ミスター》・レイク!?」

　信じがたいものを見た気持ちでオリバーがその名を呼ぶ。まだ知り合って間もない自称転校生のユーリィ＝レイクが息を切らして開けっ広げに笑う。千切れた腕を固定するギプスもすでに外れたと見えて、乱れていた息が整うなり、彼は両手でオリバーの肩をばんばん叩《たた》いてくる。

「ユーリィでいいって！　いやー、それにしても嬉《うれ》しいなぁ！　五度目のチャレンジでやっとここを越えられたよ！　う――――ん気持ちいい！」

　眼下の景色を見下ろしつつ、両腕を上げて思い切り伸びをするユーリィ。その無防備な横顔を見つめつつ、オリバーはそこに問いかける。

「……あれからずっと、二層に挑戦し続けていたのか？　腕を千切られてもまだ？」

「そりゃそうだよ、だってやるって言ったじゃないか！　他の人たちは知らないけど、僕には無理ィーだもん！　まだ知らない場所があるのに放っておくなんて！」

　剝《む》き出《だ》しの探求心を掲げてユーリィが言い、その視線をふとオリバーへ向け直す。

「君がここにいてくれて良かった。こういう喜びはさ、誰かと分かち合えたほうが嬉《うれ》しいじゃない？」

「――――」

　余りにも無邪気にそう言われて、オリバーは返す言葉を失う。ふたつの瞳が確かな熱を宿して二層の全域を見渡す。初めて訪れた場所に喜び、目にした光景に心を震わせる――どこまでも素直で伸びやかな精神の動きがそこに表れている。演技によって似せることがもっとも難しい純粋さが。

　この相手が腹に抱えるものなど何もないのかもしれない。あらゆる理屈を飛び越して、オリバーはそんな感覚を抱いてしまう。しかし理性はそこに異を唱え、相反するふたつの意見が衝突した結果――彼はとにかく、目の前の相手のことをもっと知ろうとする。

「……Mr《ミスター》．レイク。君は──」

「あっっっっ！」

問いかけを掻《か》き消《け》してユーリィの声が響く。唐突に走って地面に屈《かが》み込《こ》み、彼はすぐさま立ち上がる。片手に掌《てのひら》大の甲虫を掴《つか》み、それをオリバーへ自慢げに見せつけて。

「見て見てオリバーくん！　すごい虫いるよ！　メチャかっこよくないこいつ⁉」

「種類も知らずに拾うな！　攻撃されたらどうする、早く捨て──」

当然の警告を口にしかけて、しかしオリバーはその言葉を途中で止める。それどころではない殺気と気配を周囲に感じ取ったからだ。

杖剣《じょうけん》を抜いて警戒する彼の隣で、ユーリィも甲虫を握り締めたまま辺りを見回す。

「ねぇオリバーくん。ひょっとしてだけど、これ、囲まれてる？」

「……ひょっとしなくても囲まれている。止めなかった俺も悪いが、いくら何でも観光気分で騒ぎすぎだ。

だが、珍しいな。ここは巨大樹《イルミンスール》に縄張りを持つ魔獣たちにとって緩衝地帯に当たる。いつもなら襲われるどころか、大型の生き物とは出くわすことも稀《まれ》なんだが」

怪訝《けげん》に思いつつ、少し厄介なことになったとオリバーは思う。今の自分なら包囲を突破しての離脱はそう難しくないが、この階層に慣れていないユーリィを連れてとなると話がまったく別だ。さりとて友好の意思を繰り返し示されている以上、彼を放置して逃げるのも気が咎《とが》める。

「見逃してはもらえないようだ。……Mr《ミスター》・レイク、戦えるか？」

「もちろん。何事にも初めてではあるからね」

「経験がないのか⁉」

冗談であって欲しいと思いながらオリバーが叫ぶ。彼の焦《あせ》りとは裏腹に、ユーリィはにっこり笑う。

「大丈夫。知らない分は、よく見て戦うから」

そう言って、彼は腰の鞘《さや》から得物を抜いた。杖剣《じょうけん》――というには、いささか作りが簡素に過ぎる刃付きの棒を。

「GYYYYYY！」

同時に茂みから彼を狙った魔獣が飛び出してきた。中型の魔猿である。機敏な動作でユーリィの周りを飛び回り、かと思えば前転気味に地面へ両手を突いて、長い指を備えた両足で少年に摑《つか》みかかる。後ろ飛びにその攻撃を躱《かわ》し、ユーリィは感心を顔に浮かべた。

「なるほど。君は、手と足が同じくらい強いんだね！」

彼が相手を観察する間、オリバーは新たに参戦してくる敵を呪文で迎え撃つ。魔猿たちの多くはユーリィに気を取られているため、これは比較的楽だった。彼が摑《つか》みどころのない動きで敵を振り回している間に、オリバーは一頭ずつ確実に頭数を減らしていく。

「足場を摑《つか》めるのは便利だね。指は短いけど、ぼくも同じように出来るかな？」

複数の敵に対して応戦を続けながら、ユーリィはあくまでもマイペースである。魔猿たちの動きに興味を持ったのか、なんと自分なりにそれを再現しようと試み始めた。まず領域魔法で足裏を地面に吸着し、体内の重心制御を併用して体を大きくのけ反らせる。

「――あ、出来た。ほら見て、きみと同じ。真似《まね》っこ真似《まね》っこ」

「GYYYYYYYYYYYYッ！」

それを挑発と受け取った魔猿の一頭が飛び上がって襲い掛かる。が、ユーリィはのけ反った体勢からさらに地面へ両手を突き、なんと腕を支点にした逆立ち蹴り《オーバーヘッドキック》でそのまま魔猿を叩《たた》き落《お》としてしまった。オリバーの目が驚愕《きょうがく》に見開く。少しも理に適った戦い方ではないが、それを通してしまう時点で尋常なセンスではない。

脱落した個体が八頭ほど積み重なると、魔猿たちはふたりに背を向けて撤退を始めた。それを見たユーリィがきょとんとする。

「あれ、逃げてく。まだまだ残ってたのに」

「当然だ、群れが全滅するまで戦う生き物はそういない。……むしろ、全体の三割近く減るまで退かなかったことが驚きだ。今は子育て期でもなかったはずだが……？」

怪訝《けげん》に思いながら杖剣《じょうけん》を納めるオリバー。が、次の瞬間、その肩をユーリィの左手ががっしりと摑《つか》む。

「オリバーくん。思った通り、君は頼りになるなぁ」

「……何が言いたいんだ？」

「この先も一緒にどう？　ここまで来たんだから、噂《うわさ》に聞く冥府の合戦場を見てみたい」

右手の親指でその方向を指さして、少年は悪びれもせず同行を提案する。まだ先へ進むつもりなのかと呆《あき》れを顔に浮かべるオリバー。が、その一方で断る気にもなれない。腕が立つのは分かったが、放置するには余りにも危なっかしい。

「……俺はもう突破している。君ひとりで戦うのを見守ることになるが、それでもいいのか？」

「いいとも！　ぜひ見ていてくれ、ぼくだって一発で抜けてみせるから！」

相手の承諾に嬉々《きき》として走り出すユーリィ。その背中を見つめながら、オリバーはふと気付く。――驚くほどの無知と、それと反比例する行動力と、突き放してもずんずん距離を詰めてくる人懐《ひとなつ》っこさ。この少年のそういうところが、少しだけナナオに似ているのだと。

様々な対立と思惑を陰に秘めつつも、校舎では箒《ほうき》打合のリーグ戦が順調に続いていた。

観客席でミリガンと並んで座るシェラが見守るのは、統括選挙において蛇眼の魔女のライバルとなるパーシヴァル＝ウォーレイの試合。五合の打ち合いを経て、ついぞ付け入る隙を与えないまま、彼は今まさに相手選手を叩《たた》き落《お》としたところだった。

「……強いですわね、先輩の対立候補は」

「うん。はっきり言って箒《ほうき》じゃ足元にも及ばない。もしナナオ君がいなければ、今頃シニアリーグの若手筆頭は彼だったはずだ」

こくりとうなずいてミリガンが言う。観客に手を振って飛び回る対立候補の姿を眺めて、彼女はふむと鼻を鳴らす。

「私にとっては目の上のたんこぶだけど、ナナオ君にはむしろいいライバルになりそうだね。ただ……願わくば、彼のことは落としてくれると嬉《うれ》しいな。その一戦の勝敗だけで、少なからず選挙の趨勢《すうせい》に影響しそうだ」

そんな本音を漏らしつつ、ミリガンはウォーレイたちと入れ替わりでフィールドに現れた選手を見つめる。リーグ戦の開始から十二戦、ただひたすらに圧勝のみを重ねている女帝の姿を。

「しかし、さすがに優勝まで望むのは贅沢《ぜいたく》過ぎたようだ。……今期のＭｓ《ミズ》．アシュベリーは、余りにも他と格が違う」


「――余り望ましくないいな。このままアシュベリーに勝ち続けられるのは」

その日の夜。迷宮一層の拠点に集まった前生徒会の仲間へ向けて、レオンシオは率直にそんな所感を口にしていた。

「彼女は選挙戦に何の興味もない。リーグで優勝したところで誰の応援もしないどころか、過去には演説そのものをすっぽかしたこともある。だというのに圧倒的な強さで話題を掻《か》っ攫《さら》っていくのだから、まったく――実に不毛だ」

肩をすくめる男。それを聞いたウォーレイが奥歯を噛《か》みしめ、胸に手を当てて進み出る。

「……勝ってみせます。私が優勝すれば、何の問題も」

みなまで言わせず、レオンシオの右手がその顎を掴《つか》み上げた。後輩の怯《おび》え顔を間近で睨《にら》みつつ、彼は冷然と言う。

「負けん気の強さはお前の美点だがな。それを私の予定に組み込めと？」

「……ッ……」

「……ク、そう悔しがるなパーシィ。そもそもアシュベリーがリーグに参加してきた時点で、お前の優勝の見込みが一気に薄くなることは分かっていた。この展開は予想の内だ。あの女に勝てないことを責めはせん」

そう言ってウォーレイを解放する。苦い面持ちで押し黙った彼へ向けて、男は一転して厳しい声で告げる。

「だが――ナナオ＝ヒビヤには必ず勝て。あの二年生はミリガンの支持者だ。他の生徒からの注目度も高く、ここで派手に活躍されれば、後の選挙戦に大きく影響する。

今のリーグでのお前の仕事は、何よりあの娘を叩《たた》き落《お》とすことだ。そう胸に刻め」

有無を言わさぬレオンシオの命令を、ウォーレイが跪《ひざまず》いて承る。その点は後輩に預けると決めながら――一方で、男は自分の顎に手を当て、別の角度からも問題の解消を検討する。

「とはいえ、こちらが悩まされてばかりというのも面白くない。……そうは思わんか？　キーリギよ」

そう呟《つぶや》いて、レオンシオは壁際《かべぎわ》に立つエルフの女生徒へ目配せする。具体的な指示は何もなく――その意図を余さず汲《く》み取《と》った〈貪欲《アヴアリス》〉の口元に、古木の洞《うろ》のように暗い笑みが浮かぶ。


狙われたのは、夜の練習場から寮へ向かう帰り道。誰よりも遅くまで訓練を続ける箒《ほうき》乗りが、それ故にもっとも孤立しがちな一時。

「……右にひとり、左にふたり、上にひとり」

寮へ向かう最中、その途中のアーチをくぐった直後にアシュベリーが足を止めて呟《つぶや》く。彼女の周りの暗闇が、それを受けて音もなく揺らぐ。

「草の吐息も聞こえるくらいなのよ、今の私。――さっさと出てこい、地虫ども」

杖剣《じょうけん》を抜き放つアシュベリー。その挑発を受けて、暗闇の三か所から同時に呪文が放たれる。およそ避け得ない軌道とタイミングを期したそれらが悉《ことごと》く空を切る。左手で掴んだ箒に体を引かせた女の動きによって。

「**電光疾りて**《トニトウルス》」

応射の一撃が放たれ、暗闇に潜んでいたひとりがそれを避けるために転がり出る。すぐさま標的へ杖《つえ》先を向け直そうとした瞬間、その動きを先読みし、呪文の発射と同時に駆け出していたアシュベリーによる杖剣《じょうけん》の一閃《いっせん》が相手の手首を捉えた。

ぶらん、と皮一枚で垂れ下がった手から杖剣《じょうけん》が地に落ちて転がる。愕然《がくぜん》とする三つの影に向けて、アシュベリーは冷ややかな視線を向ける。

「……遅すぎて欠伸《あくび》も出ない。もう終わり？　なら帰るわよ」

肩をすくめる女を前に、ふたつの影の間で殺気が膨れ上がる。次の瞬間、彼らは同時に後方へ飛び下がってアシュベリーとの間合いを開いた。もはや夜襲における鉄則もかなぐり捨てる。人目に付かないために抑えていた呪文の声量と威力――彼らはそれらを憚《はばか》らず全開にし、

「「**吹き荒べ吹雪**《フリグス》　**土まで凍れ**《インテンサム》！」」

「**焼いて浄めよ**《イグニス》！」

その全てを上回る火炎がアシュベリーの背後より放たれ。押し寄せる風雪から、頑として彼女を守り切った。

「――モーガ、――」

燃え上がる炎に記憶を炙《あぶ》られて、女の視線が弾《はじ》かれたように背後へ向く。そこにあって欲しい大柄な男の面影を、懐《なつ》かしい泰然とした立ち姿を、どうしようもなく目が求める。

だが、その期待は報いられない。彼女の前に立っていたのはモーガンに劣らず長身の、しかしまったく別の男だった。

「校舎での襲撃は見過ごさんぞ。——何年の誰々だ、貴様ら！」

学生統括アルヴィン＝ゴッドフレイが怒りを込めて誰何《すいか》する。その登場を前に、三つの影はすぐさま身を翻《ひるがえ》して撤退を始めた。逡巡《しゅんじゅん》の余地さえない。この男が現れた時点で襲撃の失敗は確定しているのだ。

そんな影たちの背中をすぐさま追いかけるかと思いきや、ゴッドフレイはその場から動かず、ただ遠ざかる気配を睨《にら》むばかり。それを意外に思ったアシュベリーが声をかける。

「……追わないの？」

「そうしたいが、君を寮まで送るのが先だ。Ms.《ミズ》・アシュベリー」

「要らないわよ、そんなの」

「では、俺の我儘《わがまま》でいい」

重ねて同行を言い張るゴッドフレイ。こうなれば梃子《てこ》でも動かないことは分かるので、アシュベリーも諦めて彼の好きにさせた。杖剣《じょうけん》を納め、彼女のほうから歩き出す。

寮までの夜道をふたり並んで歩きながら、彼女はふと思いついたように声を上げる。

「ああ——そういえば統括選挙の時期ね、今。あれもそのゴタゴタ？」

「知らずに応戦していたのか⁉」

「知るわけないでしょ、興味ないもの。で、私を狙ってきたってことは……今のリーグに次期統括の候補者でも出てる？」

「……候補者は出ている。が、それと今の一件の関わりは断定できん」

苦い面持ちで語る男。誰が何の目的で放ったかを予測するのは容易《たやす》いが、自らも候補者を支援する立場にある以上、それを安易に口にするのは不公正に当たる――そう考えて自分を戒めているのだ。決して人の心の機微を察するのが得意ではないアシュベリーにすらそれは伝わり、そんな愚直なまでの相手のまっすぐさに、彼女は肩をすくめる。

「あなたも昔と変わらないわね、その馬鹿なとこ。……そりゃそうか。その辺があいつと気が合ったんだから」

「……モーガンのことか」

誰の話かを察したゴッドフレイの口元に寂しげな微笑《ほほえ》みが浮かぶ。アシュベリーにとって馴《な》染《じ》みのキャッチャーであった男は、彼にとってもまた得難《えがた》い友だったから。

「懐《なつ》かしいな。――炎の扱いに関しては、彼にもずいぶんアドバイスしてもらった。あれがなければ、俺は今でも呪文を撃つたびに腕を焼いていたかもしれん」

「危なっかしいものの扱いが上手《うま》いのよ、あいつ。炎でも魔獣でも何でもね」

「……ふむ」

顎に手を当てて思案げにするゴッドフレイ。何気ないその仕草を、アシュベリーがじろりと睨《にら》む。

「……今、私もそのひとつかって思ったわね」

「なっ——読心か⁉　いつの間にそんな高等技術を⁉」

「馬鹿相手に読心なんて要るか！　文脈！　表情！　微妙な間！」

呆《あき》れて言い返すアシュベリー。相手の腹芸の出来なさを改めて思い出し——が、そこでふと気付いて立ち止まる。

「待って、馬鹿で思い出した。——選挙のゴタゴタなら、あんた、こんなところで油売ってる場合じゃないでしょ。私より狙われる子がいるんじゃないの？」

問われたゴッドフレイが足を止める。彼のほうも、こうした察しは決して悪くない。

「……ナナオ＝ヒビヤのことだな。確かに狙われうるが、彼女なら大丈夫だ。同じチーム内の生徒会メンバーが見守っている。それに、君と違ってひとりで居残り練習をするタイプでは——」

「練習の後に大人しく寮に戻ってる前提でしょ、それ。いくらなんでもリーグ戦の時期は大人しくしてるはず——とか甘く考えてない？　あんたと同じレベルの馬鹿よ、あの子」

重ねて指摘するアシュベリー。それを聞いて数秒考えこみ、ゴッドフレイは校舎へ向き直る。

「……Ms《ミズ》．アシュベリー。すまないがここからは」

「だから要らないって言ったでしょうが！　さっさと行け！」

鋭い声に背中を叩《たた》かれ、男は一言詫《わ》びて走り出す。自分と同じレベルの馬鹿、という言葉が強くゴッドフレイの耳に残っていた。――なるほど。それなら確かに、この状況で大人しくしているはずがない。


同じ頃。沈まぬ人工の太陽の下に多くの生命が息づく迷宮二層『賑《にぎ》わいの森』では、再び訓練《リハビリ》のために巨大樹《イルミンスール》の麓へ訪れていたオリバーが、その顔に呆《あき》れを浮かべていた。

「……また君か、Mr《ミスター》．レイク」

「待っていたよ、オリバーくん！」

盛大なため息が漏れる。その原因である少年が、前とまったく同じ笑顔でずんずんオリバーに近付いてくる。多少の警戒を込めて距離を保ちつつ、彼はちらりと上に目を向ける。

「……巨大樹《イルミンスール》の麓で待ち合わせ、なんて約束をした覚えはないぞ。樹《き》の上から俺の姿を見つけて走ってきたのか？」

「あ、分かる!?　そうなんだよ、ずっと樹《き》の上のあの辺をウロウロしててさ！　景色を見ながら休んでたら君を見つけたから、これは行かなくちゃと思って――」

「それは奇遇にござるな！」

上機嫌に喋《しゃべ》り続けるユーリィの声に被《かぶ》さるようにして、その背後にまた別の影が降り立った。

見知った少女の姿をそこに認めて、オリバーがぎょっと目を丸くする。

「……ナナオ⁉　君、なぜここにいる⁉　今どこから降りてきた⁉」

「そちらの御仁と同様、樹《き》の上で待ち伏せしており申した。最近はオリバーが迷宮探索に誘ってくれぬ故」

「今は物騒だから潜るべきじゃないと言っただろう！　君はリーグ戦の注目選手で、しかも現生徒会側の支持者だと見なされているんだぞ！　校舎ですら警戒が要るのに、治外法権の迷宮なんかに潜って狙われたらどうする！」

「それはそうにござるが」

説教しながら詰め寄っていくオリバーの前でナナオがしゅんと肩を縮める。その様子を眺めていたユーリィが、ふいに我が意を得たりとばかりにふたりの間に割り込んだ。

「まぁまぁ、いいじゃないオリバーくん。この階層は明るいし、今でもけっこう人の気配がするしさ。空間が入り組んでなくて声が響く分、一層よりもかえって安全かもしれないよ？」

「黙っていてくれ、Mr.《ミスター》レイク。これはこっちの問題で――」

「落ち着け、オリバーくん。まぁ落ち着けって」

なおも言葉を続けようとするオリバーの肩を抱いて、ユーリィはその体を強引にナナオから離れた木陰へ引っ張っていく。困惑するオリバーに、彼は東方《エイジア》の少女を指さして小声で続ける。

「――見なって、あの顔。君が言ってることくらい、彼女も最初っから全部分かってる。それでも来たくてここに来たんだよ」

「？　だったらなおのこと、なんでそんな無茶を──」

「そんなの決まってるだろ！　君のことが好きで好きで好きで好きで好きで好きで好きで好きで好きで好きで好きで好きで好きで好きで好きで仕様がないからじゃないか！　君に会いに来たんだよ彼女は！　明日まで待てなかったんだ！　危険を冒してでも今すぐ会いたかったんだよ君に！」

　両肩を摑《つか》んで揺さぶりつつ、ユーリィは声に熱を込めて言い募る。その様子を遠くから眺めていたナナオが、ふたりのやり取りは聞き取れないまま、しょんぼりと肩を落として呟《つぶや》く。

「……オリバーと、一緒にいたくござる」

　不意打ちで放たれた矢のように、その一言はオリバーの胸に深く突き刺さった。ぐっと息を詰まらせる少年。その場で何度か咳払《せきばら》いした後、彼はぎこちなく少女を振り向く。

「……あ、焦《あせ》って動くのは、かえって目立つ。性質の悪い手合いに絡《から》まれないよう、慎重に校舎へ戻ろう。

　談話室なら灯《あか》りが付いているし、夜更《よふ》かし組の生徒もいるし、迷宮内よりはずっと襲撃のリスクも少ない。……君が望むなら、そこでお喋《しゃべ》りして過ごす。それでどうだ、ナナオ」

　その提案を聞いたナナオがぱっと顔を輝かせる。そんなふたりの様子を眺めてひとしきり満足げな顔をした後、ユーリィは改めて声を上げる。

「じゃあ、ぼくも今日は探索を切り上げようかな。二人きりにしてあげたいけど、校舎に戻るまでは頭数が多いほうがいいだろ？　狙われにくくなるしさ」

「……確かにそうだ。君も付いて来い、Mr.《ミスター》レイク。……今さらだが、転校してきて間もない君が単独で迷宮に潜るのだって相当危ないんだぞ」

「大丈夫だよ、今後はオリバーくんと一緒に潜るから！　ねぇナナオちゃん！」

「いかにも！　貴殿、気が合い申すな！」

にわかに意気投合してハイタッチするナナオとユーリィ。その様子にオリバーがため息をつく。……性格の傾向が近いところからして気が合うのではと思ったが、その予想が当たった。

これからはふたりの問題児の面倒を見ることになるらしい。そんなことを考えながら来た道を戻り始めたオリバーだったが――数秒歩いたところで、ふと足を止める。

「……待った」

その声の響きひとつで、ナナオとユーリィも騒がしく続けていた自己紹介を止める。緑の木々が鬱蒼《うっそう》と生い茂る目の前の空間――そこからわずかに漏れてくる剣呑《けんのん》な気配に、オリバーがぼそりと呟《つぶや》く。

「……一手遅かったか」

そう呟《つぶや》いた瞬間、身をひるがえしたオリバーが全速力で逆走を始めた。手首を掴《つか》まれたナナオとユーリィもすぐに意図を察し、背後を警戒しつつ走り始める。すぐさま呪文の詠唱が三人の背中を追った。

「――オリバー！」「オリバーくん！」

「樹《き》の上に登れ！」

足元の地面、真横の立ち木に、彼らを狙った次々と電光が直撃する。歩法を駆使してジグザグに走ることでそれらの被弾を避けつつ、巨大樹《イルミンスール》の麓へ舞い戻った三人はその足で枝の一本を駆け登った。

少し登ったところで枝が大きな瘤《こぶ》になっており、彼らはその裏側に飛び込んで身を隠す。一瞬遅れて飛んできた電光が瘤《こぶ》に直撃して散った。オリバーがふぅと一息つく。

「……よし、これで位置関係はこちらが有利だ。別の枝から大きく回り込まなければこちらの側面や背後は突けないし、茂みに身を隠して近付くことも出来ない。箒《ほうき》に乗って飛んだところで加速する前に撃ち落とせる」

そう口にしつつ、胸の内ではまた別のことを考える。――この状況になっても魔力波が飛んでこない以上、今近くにテレサはいない。それは本人からも申告のあったことで、教師たちの内紛を狙った工作のために彼女が駆り出されているからだ。よって「同志」たちの助けは望めず、この場は三人の力だけで切り抜けなければならない。

「迂回《うかい》の動きに警戒しつつ、姿を現したところを呪文で狙い撃つ。見逃すなよ、ふたりとも」

オリバーの提案にうなずくふたり。瘤《こぶ》に隠れつつ大樹の麓の様子を窺《うかが》っていたユーリィが、そこでぽつりと言う。

「……相手は五人。うちふたりが上級生だ」

「見えるのか？」

「見えないけど、訊けば教えてもらえる。——あ、そこ出てくる。**火炎盛りて**《フランマ》」

杖剣《じようけん》を振って呪文を唱えるユーリィ。直後に茂みから飛び出してきた敵の足に、それは吸い込まれるように直撃した。

「グッ……！」

「ほらね」

にっと笑うユーリィ。オリバーが当てた相手への追撃を試みるが、そこに他の敵から援護の弾幕が殺到し、すぐさま瘤《こぶ》に身を隠さざるを得なくなる。そうしている間に被弾した相手は再び茂みに隠れてしまった。良くて機動力を削《そ》いだ程度か——そう判断しつつ、オリバーは隣の少年へ視線をやる。

「ん？　どうした、オリバーくん。顔に何か付いているかい？」

無邪気に見返してくるユーリィ。今のはどうやったのか——そんな問いが喉まで出かけた瞬間、彼らが隠れている瘤《こぶ》に敵の爆裂呪文が直撃する。疑問を一旦引っ込めたオリバーが呪文を撃ち返す。敵は制圧射撃に織り交ぜて、障害物越しの曲げ撃ちでも彼らを狙ってくる。防壁呪文で左右の壁を補強しつつオリバーたちは応戦を続けた。

「瞬き爆ぜよ《フラルゴ》！　——いや、その調子で頼む。まずは近付けないことだ」

「むぅ。こういう戦いだと、拙者には出来ることがござらんな」

「そんなことはない。当てずっぽうに撃つだけでも効果はあるんだ。大事なのは当てることじゃなく、『下手に動けば撃たれる』と敵に思い知らせることだからな」

「それなら出来申すが、下手に撃つと火事にはなり申さぬか？」

「森の損傷に対しては迷宮の恒常性《ホメオスタシス》が働く。ゴッドフレイ統括でもない限り、ここを焼け野原にしてしまう心配は無用だ。本気でいけ」

オリバーの言葉に懸念《けねん》を払拭《ふっしょく》され、ナナオが刀を振り上げる。

「承知致した。——**火炎盛りて《ふらんま》！**」

意念《イメージ》の研磨を経て切っ先から放たれた炎の玉。木立の一角へと飛んでいったそれは、着弾地点から一気に燃え上がって数ヤード四方を炎で包んだ。たまたま近くにいた敵のひとりが慌てて飛び出し、オリバーはその隙を逃さず追撃の呪文で仕留める。ユーリィが歓声を上げた。

「すごいなナナオちゃん、一節でこんなに燃やしちゃうのか！」

「うむ。最近コツが摑《つか》めてござる」

「君の魔法出力なら本来この威力が出せる。……こちらが二年生だと思って、向こうも火力に関しては高を括《くく》っていたようだな。ひとり仕留められたのは運が良かった」

茂みの外で倒れたままの敵を眺めてオリバーが呟《つぶや》く。……かなり強めに撃ったので、仲間に治癒を施されてもすぐに動けるようにはならないだろう。ユーリィの言葉を信じるなら、これで敵は残り四人。

「いい感じだね。向こうも攻めて来られないみたいだし、この調子なら意外と楽勝かな？」

「それはない。……もし君の言う通り、向こうに上級生がふたりいるなら」

オリバーは楽観しない。彼には一年生の頃にヴェラ＝ミリガンと戦った記憶がある。キンバリーにおいて上級生とは四年生以上を指すもの。即《すなわ》ち——残る四人の中には、ミリガンと同格かそれ以上の相手がふたり含まれている可能性があるということであり、

「……本番はこれからだ。来るぞ！」

茂みから飛び出して疾駆するふたつの影を目にした瞬間、その足運びの巧みさと速度から、少年は彼らこそが上級生《そう》なのだと確信した。

「先行するひとりを狙え！」

オリバーの指示で一方に集中して呪文を浴びせる三人。射撃を分散しては両者に接近を許しかねないと判断してひとりずつ確実に仕留める算段だ。彼ら三人の場所までは巨大樹《イルミンスール》の枝が狭く長い一本道を形作っている。その地形の有利を踏まえれば、ひとりずつ仕留めるだけの猶予はじゅうぶんにあるはずであり——だが無論、それが甘い予想であることもオリバーは理解していた。

「……ッ！」

果たして予感は当たった。巨大樹《イルミンスール》の枝に足をかけるや、ふたつの影は枝の側面と下面を足場にして疾走を続けたのだ。踏み立つ壁面《ウォールウォーク》――当然と言えば当然である。オリバーやナナオにも使える魔法剣の技能を、彼ら上級生が身に付けていないわけがない。

もとより巨大樹《イルミンスール》の枝は立体である。その側面と下面を踏めるようになったことで、足場として利用できる面積が格段に増える。もはや実質的に細い一本道ではない上、枝の裏側に回られればオリバーたちからは呪文の射線すら通らない。上級生に枝へ取りつかれた時点で接近は時間の問題であり、

「――やれ、ナナオ！」

最初からそれを予測した上で、オリバーはこの場に防戦の陣を敷いた。ナナオへ言い放つと同時にユーリィの手を引いて瘤《こぶ》から下がり、さらに杖剣《じょうけん》を足元へ振る動作をしてみせる少年。それを目にした瞬間に少女は意図を汲《く》み取《と》り、

「合点承知！　――**斬り断て《ぐらでぃお》！**」

詠唱と共に刀を振り下ろす彼女。その全力の切断呪文が、足場の枝そのものを断ち切った。

「――――ッ⁉」「…………！」

支えを失った枝がメキメキと音を立てて傾いていく中、ふたつの影から声なき驚愕《きょうがく》が伝わる。無理もない――巨大樹《イルミンスール》の枝は一本が通常の大木に匹敵し、一節呪文しか使えない下級生がそれを断ち切れるなどとは誰も思わない。ナナオという存在がどれほどの例外であるか、彼

らには正しく測れていなかったのだ。

だが、これでもまだ終わりではない。一方の影は枝が倒れる前に地面へ逃れた。しかし先行するもう一方は速度を一切緩めずに走り続けている。切断面に近付くにつれて枝の表側へと戻り、達したところで迷わず跳躍する。対岸までの距離はおよそ十二ヤード。飛び越えるには遠すぎる距離を、その影は先行させた箒《ほうき》を摑《つか》んで上昇・滑空することで埋めようとし、

「「「吹けよ疾風《インベトウス》！」」」

そこを狙って放たれるオリバーたちの起風呪文。影の側もすぐさま対抗属性で応戦するが、箒《ほうき》に魔力を注ぎながらの三対一はいかに上級生と言えど分が悪い。相殺《そうさい》しきれなかった風に押されて空中で減速する影――同時にその手が箒《ほうき》の柄を手放す。空中で無防備を晒《さら》したくなければ地上に逃れるしかない。今度こそ落とした、オリバーはそう思い、

「――ハア、ハ」

悍《おぞ》ましい笑い声が三人の耳に響いた瞬間。為《な》す術《すべ》なく落ちていくはずだった影の足が、宙を二度踏んだ。

「――ッ!?」

予想を超える二度目の跳躍。三人の足より低い位置を跳んできた影は、そのまま呪文の射線から逃れつつ枝の裏側に辿《たど》り着《つ》く。手頃な出っ張りを左手に摑《つか》み、そこを手掛かりに体の上下を反転、くるりと回って逆さまに着地。そのままゆっくりと歩き、枝の表側へやってくる。

「……ッ！」

　他のふたりと一緒に枝の後方へ下がって間合いを取りながら、今度こそ正真正銘、オリバーは絶句していた。――二歩の踏み立つ虚空《スカイウォーク》。たった一歩でも実現に大きな才能と長い修練を必要とするこの技は、二歩歩ければ達人の領域に近付くと言われる。それほどの難度であり、あのミリガンでさえ空中を二歩は歩けない。

　すでに平均的な上級生の為《な》せる技ではない。上の学年の中でも上位に入る手練《てだ》れ――そう認識を改めた上で、オリバーは学年不詳の制服に身を包んだ相手を睨《にら》む。目深《まぶか》に被《かぶ》ったフードと古めかしい木彫りの仮面で隠された、今なお窺《うかが》い知れないその顔を。

「……名前ぐらいは教えていただきたいものですね、先輩」

　皮肉を込めて言い、その一方でオリバーは考える。……二節呪文を使ってこないのは、大威力の魔法で人目を引きすぎることを嫌ってだろう。この時間でも二層には多くの生徒がいるはずで、その中には生徒会のメンバーも含まれ得る。こちらもその可能性に賭けて、警笛呪文なり救難球なりで助けを呼ぶことは出来なくもないが――、

「それはまだ先にござろう。オリバー」

　そんな彼の思考を見て取ったように、薄く笑みを浮かべた横顔でナナオが告げる。それを聞いた瞬間、少年は雷に打たれたように自覚する。「合理的な思考」の中に潜む自分の怖気《おじけ》を。

「……ああ、そうだな。ナナオ、君の言う通りだ」

強くうなずき、杖剣《じょうけん》を中段に構えてオリバーが告げる。――余りにも虫のいい賭けだ。助けを呼んだところで状況が好転する保証はどこにもなく、かえって厄介な相手を呼び寄せてしまう可能性すらある。止《や》むに止まれぬ場合の最終手段には考えるとしても、今はその時ではない。

「……来るなら来い。いつまでも怯《おび》えてはいられないんだ、上級生《あなたたち》に――！」

己を鼓舞するようにオリバーが言い切る。――地形を駆使した迎撃によって、一時的とはいえ三対一の状況に持ち込んだ。それは紛れもなく自分たちの成果であり有利《アドバンテージ》。ならばそれを最大限に活《い》かして戦うのみ――！

「渦巻き《トゥルボ》　焼き尽くせ《フランマ》！」

そんな少年の覚悟を称《たた》えるが如《ごと》く。影の背後で、炎の竜巻が猛然と巻き上がった。

「――ずいぶん派手にやっているな。交ぜてもらえるか、俺も」

低く太く厚い、どうあっても聞き間違えようのない声が辺り一帯に響く。渦巻く炎が収まった後、オリバーたち三人、目の前の影、巨大樹《イルミンスール》の麓で迂回《うかい》を試みていた敵たち――その全員の視線が、地上の一か所に泰然と立つひとりの男に集中する。

「モーガン殿！」

その姿を目にしたナナオが真っ先に声を上げる。彼女へ向かって軽く手を挙げて応えながら、クリフトン＝モーガンは辺りをぐるりと見回した。

「んんん？　……気のせいかも分からんが。そちら、上級生がふたりほどいるか？　カカカッ。……いやいや、まさかだよな？　だとすれば恥知らずにも程がある。二年坊三人相手に、上級生が数を恃《たの》むなど」

一瞥《いちべつ》して戦況を見て取ったモーガンが痛烈な皮肉を込めて言う。その全身から火の粉が舞い上がり、つり上がった口元に壮絶な迫力が宿る。

「そんな醜態は見るに堪えん。もしそうなら、俺が無かったことにしてやろう。――多い分を消し炭にして、な」

そう告げると同時に杖剣《じょうけん》を高く掲げる。オリバーたちの前で影が舌打ちし、かと思えば枝の上から飛び降りて、地上の茂みへ飛び込んだ。それを目にした他の影たちも撤退に移り、続々と森の中へ消えていく。敵の気配が全て遠ざかったところで、モーガンがおもむろに杖《じょう》剣《けん》を下ろした。

「去ったか。カカッ――しかし、お前らも懲りんな。これだけ物騒な時期でもまだ潜るか。キンバリー生らしいと言えばその通りだが」

巨大樹《イルミンスール》の上のオリバーたちを見上げてモーガンが笑う。我に返って慌てて地上に跳び下りる三人。救い手の上級生の前へ、そのままナナオが真っ先に進み出る。

「助太刀感謝にござる、モーガン殿。……時に、ひとつお話がござる。暫《しば》し時間を宜《よろ》しいか」

む？　と首をかしげるモーガン。その瞬間にオリバーも悟った。東方《エイジア》の少女が今夜ここを訪れていた理由——自分に会いたかったという以外に、それはもうひとつあったのだと。

迷宮内でナナオ＝ヒビヤを襲撃して、傷なり呪いなり、少しばかり完治が長引く負傷を負わせる。倒す必要すらなく、箒競技の試合で彼女が十全のパフォーマンスを発揮できないようにすればそれでじゅうぶん。レオンシオの意図を忖度した彼女はそう考えていた。

なにしろ相手は二年生である。彼女自身が動いてしまえば余りに簡単な仕事になるし、そもそも無粋極まりない。やり合うならば近い学年で——というのは、キンバリー生が誰しも抱く暗黙の美意識だ。その基準に則って、彼女は直接の手出しは避けるつもりでいた。そう——あくまでも、仕事を預けた後輩たちのお守りに付いていっただけ。そのはずだったのだ。

「……ハァ——ハ、ハ」

思い出すほどに笑いがこみ上げる。——それがどうして、ああも愉《たの》しいことになったのか。

部屋の壁に背をもたれて、切れ切れのため息のような独特の笑いを零《こぼ》し続ける仮面の女。そんな彼女の姿を、正面からひとりの男子生徒がぎろりと睨《にら》む。

「……何を、笑っているんだ。派手に失敗しておいて」

棘のある声が不満も露わに響く。——一層に設けられた前生徒会陣営の拠点のひとつで、次期統括候補のパーシヴァル＝ウォーレイが親指の爪を噛んでいた。その苛立ちの原因は他でもない、ついさっき工作に失敗して戻ってきた仲間からの報告である。

「後輩たちの活きがいいものだから、つい興が乗って踏み立つ虚空《スカイウォーク》まで見せたって？　しかも二歩？　……短慮にも程がある。いったい何のために顔と耳を隠したんだッ！」

吠《ほ》えるウォーレイ。部屋の一面を占めるカウンターの向こう側で、それまで黙々とシェイカーを振っていた〈酔師《バーマン》〉が肩をすくめる。

「同感ですが、今さらですね。もう何年の付き合いですか、この欲深エルフさんと」

「そうだ、欲望に自制が効かない！　……そもそも、なぜこの状況であなたが現場に出ているんだ？　失敗が許されない作戦でもなかったのに。リスクとリターンの釣り合いがまったく取れていないじゃないか！」

ぎろりと本人を睨《にら》むウォーレイ。理詰めで勝利を目指す彼にとって、気まぐれに動く仲間は時に敵よりも始末に負えない。そうした非難を向けられていることは承知で、先ほどオリバーたちと一戦交えてきた彼女はフードと仮面を取り去って微笑む。エルフの六年生――キーリギである。

「……暇潰しに、少し覗《のぞ》く程度のつもりだったのだがな。戦う姿を見ていて食指が動いてしまった。散歩中に若い雌鹿に尻を振られたようなものだ。まさか遊ばんわけにもいくまい？」

悪びれずに言ってのける〈貪欲《アヴァリス》〉。今なお怒りの冷めやらぬウォーレイへ静かに歩み寄り、彼女は相手の紅潮したその頬を両手で包み込む。

「そう目くじら立てるなパーシィ。何かあれば私がどうとでもするのだから、お前が学生統括に選ばれる結果には何の変わりもない。

それに、思わぬ収穫もあった。そうだろう？　レオンシオ」

首を回して話しかけるキーリギ。部屋の奥、椅子に深く腰掛けた男が軽くうなずく。

「ああ、確かに。……モーガン、お前が生きていたとはな」

その手が握る一個の水晶。それが再現する映像と音声の中に、豪快に笑い、泰然と佇《たたず》む男の姿が映っている。とうの昔に魔に呑《の》まれたと、誰もがそう思っていた六年生の姿が。

キンバリーにおいて、箒《ほうき》競技のリーグ戦は一次リーグと二次リーグに分けて執り行われるのが常だ。まずは三種目全ての一次リーグを続けて行い、それらが全て済んだ後、同じ順番で二次リーグが開催される。三種目の順番は年によってまちまちだが、この年は箒打合《ブルームファイト》、箒合《ブルーム》戦《ウォー》、箒競争《ブルームレース》の順と決められていた。

「白熱の箒打合《ブルームファイト》一次リーグも昨日で終了！　祭りが終わって寂しいかてめぇら？　安心しろ、次の祭りがすぐ始まっからよ。——箒合戦《ブルームウォー》一次リーグの開幕だァァァ！」

かくして箒《ほうき》競技の代名詞、箒《ほうき》合戦のリーグ戦が幕を開ける。満席の競技場の中、待ちかねたとばかりに声援を返す観客たちへ向けて、実況のロジャーが負けじと声を張り上げる。

「個人戦もいいが、箒《ほうき》競技の花形と言えばやっぱこれだよなァ！　個人の実力、作戦、そしてチームワークの全てを競う総力戦！　要素も見所も盛り沢山、好物だらけのランチプレートみてぇでどっから手を付けたらいいか悩んじまうぜ！　なぁダスティン先生！」

「ああ、そりゃ別に冗談でもねぇな。『色々起こりすぎて、どこからどう見て楽しめばいいのか分からない』――これは箒《ほうき》合戦の観戦初心者からよく聞く話だ。贔屓《ひいき》の選手を目で追ってるだけでもじゅうぶん楽しいし、別に難しく考える必要はねぇんだが、見方のコツを身に付けると観戦がもっと楽しくなるのも事実。今日はその辺りも解説していくぜ」

「ぜひともお願いするぜ！　第一試合はラビッドホークスｖｓブルースワロウ！　初戦から白熱を期待だ！　出てこい！　野蛮にして愛すべき箒《ほうき》乗りどもォォォ！」


高らかなラッパの音色と共に、東西のフィールド上空に舞い上がる両チームの選手たち。東側に陣取るブルースワロウの箒《ほうき》乗りたちの間で、試合前の最後の確認が交わされる。

「……あー、アシュベリー。いちおう訊《き》くが」

「私は勝手にやる。合わせたければそっちで合わせなさい」

一瞥《いちべつ》も寄越さず答えるアシュベリー。周りの選手たちから同時にため息が漏れる。

「にべもねぇな、ウチのエースは」「別に異論はねぇけどよ」

「どうせ無理でしょ。キレまくってる今のアンタに作戦とか言っても」

不満たらたらの顔から皮肉が飛ぶ。それを純然たる事実として受け止め、アシュベリーの口元が肉食獣のようにつり上がる。

「分かってるじゃない。……今日は前半で全員落とす。やるわよ、完全試合」

「正気かオイ」「目が本気だ」「怖くて目なんて合わせらんねぇ」

エースの本気を見て取った選手たちがぶるりと肩を震わせる。そんな彼らを戦場に叩《たた》き出《だ》すようにして、試合開始を告げるラッパの音が鳴り響く。


一斉に動き出す両チームの選手たち。待ちかねたその光景を前に、実況のロジャーがバシバシと机を叩《たた》く。

「試合開始ィ――――！　うぉぉぉヤベェ、見てぇとこばっかりで目が泳ぐ泳ぐ泳ぐ！　どこから見りゃいいんだ先生！」

「いきなり点で見ようとせず、まずは全体を見ろ。大将を中心に置いた選手たちの陣形で、ふたつのチームがどういう戦い方をしようとしてるかざっくり分かる。今回はラビッドホークスのほうが分かりやすいな。攻防共にバランスのいい基本の陣形だ」

相手の興奮を宥《なだ》めるように説明するダスティン。もちろんロジャーは長年の箒《ほうき》競技ファンであり、試合の見方など説明されるまでもなく分かり切っている。が、その上で、必要な時には初心者の視点に立ってみせるのが彼の流儀だ。箒打合《ブルームファイト》の時と同じように、ロジャーの絶妙な相槌《あいづち》に支えられてダスティンの解説が続く。

「箒《ほうき》乗りは速度を失えば無力になる。だからチェスと違って大将を動かさないってわけにはいかない。それは分かるな?」

「分かるぜ!　だからああしてどっちの大将も、フィールドの東寄りと西寄りの同じ場所をぐるぐる飛び続けてるんだな!」

フィールドの両端を指さすロジャー。その言葉通りに両チームの大将は速度を維持しつつ、東と西の狭い範囲を回り続けている。ダスティンがこくりとうなずいた。

「そうだ、護衛をふたりばかり連れてな。もちろん敵が飛び込んでくれば遊撃の連中が叩《たた》き落《お》とす。

直感的に分かると思うが、箒《ほうき》合戦でいちばん敵を落としやすいのは『相手が他の選手を追ってる時』だ。つまり、いちばん狙われる大将はいちばん落とされちゃいけない反面、アタッカー連中のために敵の意識を引き付ける役割も持ってる。図太くなきゃできねぇポジションだぜ」

不敵に笑うダスティン。箒《ほうき》合戦は一から十まで「動」の競技であり、陣地の奥で引きこもっているだけの大将には何の価値もない。追い込む時には大将も攻めに参加し、追い込まれた時には大将自らが戦う。それが大原則である。

「他も適正に応じた分担だ。攻撃的で怖いもの知らずの奴《やつ》は切り込み役になるし、慎重で守りの固い奴《やつ》は攻めてくる敵を迎え撃つ役になる。ただしこの分担は流動的で、状況によってはチームの全員がアタッカーにもなり得る。これがいわゆる『総攻撃《フルアタック》』ってやつだな。試合の後半、一方のチームの人数が大きく有利になった時に行うことが多いぜ」

「逆に言えば、そうなるまでは人数の削り合いってわけだな！」

「ああ。まずはアタッカー同士がぶつかって、その形勢を見つつ後方の味方が援護に行く。結論から言えば、序盤の見所は前衛のアタッカー同士の戦いだな。箒打合《ブルームファイト》と違って当たり前に横槍《よこやり》も入る分、先が読めなくて見応えがあるぜ。ひとり落とされたところから一気に戦況が動いたりもするしな」

しみじみと語るダスティン。が——説明通りに前衛のアタッカーたちが何度かぶつかり合う中、その合間を抜けてひとりの選手が敵陣に突っ込んだ。観客たちが一斉にどよめく。

「おおっと、ここでアシュベリー選手が単身で突っ込んでいくぞォ⁉　先生、ありゃいいのか⁉」

「……あー、もう始めやがった。いや、いいわきゃねぇんだけどな普通は。これだから嫌なんだよあいつの出る試合は。すぐに定石が通用しなくなる。

大将には敵を引き付ける役目もあるってことはさっき言ったよな？　少数で敵陣に突っ込んだ選手には一時的にこれと同じことが言える。誰だって自分の陣地にいる敵を放置は出来ねぇからな。そうやって敵選手の注意を独占して回ることで、敵の陣形に味方が攻め込むための綻びを強引に作り出す」

呆《あき》れた口調で言いながら、あるいは呆れたフリをしながら――その声には、笑いを噛《か》み殺《ころ》したような震えが微《かす》かに混じる。分別に欠けると分かっていても抑えきれない。ひとりの選手が定石をぶち破って飛び回るその姿こそ、全ての箒《ほうき》競技ファンが常に心の底で見たがっているものだから。

解説の立場をかなぐり捨ててひとりの観客に戻りたがる衝動を堪えながら、辛《かろ》うじて教師のままでダスティンは告げる。

「とびきり腕の立つとびきりの馬鹿だけが出来る、とびきりイカれたポジション。――つまりはそれが、狂戦士《バーサーカー》だ」

果たして彼の言葉に違わず。アシュベリーに飛び込まれたラビッドホークスの選手たちは、その瞬間から「冷静であること」を徹底的に禁じられた。

「――ごっ！」「がぁっ――――！」

すれ違いざまに背中を打たれたひとりが落下する。それを見て反撃に向かった仲間が、相手を追いかける途中で別の仲間に衝突する。慌ててバランスを取り直しているところにアシュベリーが舞い戻ってとどめを刺す。ラビッドホークスの選手たちはさらに慌てる。こうなればポジションなど気にしている場合ではないと、それぞれの判断でアシュベリーを狙って動く。そうして全体の統制は乱れ、混乱はいや増していく。

「待ちやがれこの野郎！」「どれだけ引《ひ》っ掻《か》き回《まわ》すつもり——！」

早く仕留めなければ、そう慌てるほどにアシュベリーの思惑に嵌《はま》る。彼女に内側からかき回されたラビッドホークスの布陣はガタガタに崩れ、その綻《ほころ》びにブルースワロウのアタッカーたちが容赦なく食らいつく。一度始まってしまえば崩壊は止《と》めどない。敵選手が次々と落ちていく中、なおも自分目掛けて振るわれる何本ものどつき棒《クラブ》を掻《か》い潜《くぐ》りながら、アシュベリーは狂笑に顔を歪《ゆが》める。

「決まってるじゃない。——全員落とすまでよ！」

観客たちが固唾を呑んだ。——試合というよりも、それはすでに狩りだった。

本来、狂戦士《バーサーカー》というポジションは長く飛んでいられないものだ。敵陣の真っただ中に単身で突っ込んだ選手がそう長々と叩《たた》き落《お》とされずにいられるわけがない。数十秒の間にありったけ敵を撹乱《かくらん》して落とされ、後は仲間に全てを委ねる――それでも働きとしてはじゅうぶんなのに、あろうことかアシュベリーは落ちない。あまつさえ自分で敵を落とし続ける。

「……箒《ほうき》乗りとして。アシュベリーの体と技術は、すでに完成の域にある」

もはや解説するところなどない。杖《つえ》の拡声魔法を切った上で、ダスティンは独り言としてそれを呟《つぶや》く。目では魅入られたようにフィールドのアシュベリーを見つめながら、それでも隣のロジャーが耳を傾ける。

「俺の目から見てもそうだ。というより、昔から箒《ほうき》乗りとしての純度は俺よりもあいつのほうが高い。異端狩り《グノーシスハント》の前線でバケモンぶった斬るのが仕事だった俺に対して、あいつの敵は常に『時間』そのものだったからな。

敵を斬るために速さを磨いてきた分、俺は心のどこかで速さ《それ》を戦いの手段として捉えている部分がある。だが、あいつはそうじゃない。速さは目的であり、人生を懸けて挑む目標そのものなのだ。そこにはただの一度のブレもない」

羨望《せんぼう》と敬意を込めてダスティンが言う。と、その口がふいに数字の並びを呟《つぶや》く。

「2：25：21。……これが何の数字かは分かるか？」

「……箒《ほうき》競技ファンを名乗る人間にそれを知らない奴《やつ》はいないぜ、先生」

「ああ、その通り。……箒競争《ブルームレース》の公式規定コースにおける、これはもっとも有名な世界記録だ」

ロジャーの声にうなずき、ダスティンはなおも神妙に語り続ける。

「アシュベリーの敵は、つまるところこれだ。この数字を超えられるか超えられないか。あいつの人生はそのふたつにひとつ。

だが、過去にこの記録を打ち立てた箒乗《ほうき》りは、その達成と同時に死亡している。これはそういう数字だ。このタイム自体がひとつの『魔』と言っていい」

「……タイム自体が、魔」

「時間が敵と言ったのにはもうひとつ意味がある。……最高速度を追求する箒乗《ほうき》りにとって、その能力面でのピークは恐ろしく早い時期に過ぎ去る。具体的には十代の後半から二十代の前半だ。これを過ぎちまうと高々速度帯ではタイムの伸びがピタリと止まる。理由についちゃ諸説あるが——たぶん、余計なものを持ちすぎるんだろうな。

あいつは今二十歳。記録の更新を狙えるリミットが迫ってることは、本人が誰よりも感じているはずだ」

フィールドを狂奔するアシュベリーの姿に、ダスティンはその切迫感を痛いほどに見て取る。その一方で、自分では決してその気持ちを分かってやれないことも自覚している。かつてひとりのトッププレイヤーが言い残したように、最速を目指す箒乗《ほうき》りは常に孤独に苛《さいな》まれる。その苦しみの前には指導者など無力だ。

「繰り返すが、アシュベリーの体と技術は完成している。残る問題は心だ。箒《ほうき》打合や箒《ほうき》合戦を通して極限まで高めた闘争心で、あいつは今その問題を解決しようとしている。そりゃ狂っても見えるだろうよ。そういう心じゃねぇと破れねぇ壁を破ろうとしてるんだから」

今のアシュベリーの飛行を見た生徒たちは誰もが悟る。ひとりの魔法使いとして、彼女の在り方はどこまでも正しいと。そうして己に問いかける――ひとつの目標に向かって、自分はあそこまで純粋に狂えるか、と。

「その狙いが実を結ぶかどうかは分からねぇ。……だが、ひとつだけ言える。

俺はあいつのファンだよ。これまでも、今この瞬間も――この先もずっと」

それを最後に言葉を切って、もはや無言でダスティンは見続ける。箒《ほうき》乗りの本道を飛び続ける教え子の姿を、遠く、眩《まぶ》しく。遠からず失われる輝きを、その目に焼き付けるように。

予告通りに敵チームの全滅で終わらせた試合の後、アシュベリーは例のごとくミーティングに参加せず、ユニフォームから着替えもしないまま校庭を練り歩いていた。試合中の気迫は今なお後を引いており、すれ違う生徒たちは手負いの獣を目にしたように怯《おび》えて距離を置く。

「……フーッ……フーッ……！」

近場の噴水池まで辿《たど》り着《つ》いたところで、彼女は迷わずその水面に頭を突っ込んだ。クールダウンと呼ぶのも烏滸《おこ》がましい、それはもはや焼け付いた金属の冷却だった。肉体も精神も昂《たかぶ》り過ぎて、こうでもしないことには収まっていかないのだ。

「……凄《すさ》まじい鬼気だな。目が焼かれるようだ」

彼女が水面から顔を上げたところで、その耳に男の声が響いた。波紋が消えていった水面に映る金髪の麗姿。とっくに気配には気付いていたので、彼女は振り向くこともせず言葉を返す。

「選挙の件なら知らない。あんたたちで勝手にやりなさい」

「無論そのつもりだ。が――ひとつ、お前に報《しら》せておきたいことがあってな」

彼女の傍《かたわ》らに歩み寄ったレオンシオが噴水池の縁にとん、と水晶を置く。それが空中に小さく映像を映し出し、併せて音を発する。彼女には決して聞き間違いようのない響きでもって。

「見ての通りだ。――クリフトン＝モーガンは生きているぞ」

アシュベリーの時間が凍り付く。その反応から期待した結果を見て取って、男はあっさりと身をひるがえす。

「くれてやろう。作り物でないことはそれで分かるだろう。

私からはそれだけだ。……ではな。応援しているぞ、アシュベリー」

白々しい言葉を残して立ち去っていくレオンシオ。その背中はもはや一顧だにせず、アシュベリーの両目はひたすら水晶が映し出す映像を凝視し続けていた。

その日の晩、箒《ほうき》合戦リーグ初戦の結果を受け、ワイルドギースの選手たちによって緊急ミーティングが開かれた。

「今期のブルースワロウはヤバい」

部屋にずらりと居並ぶチームメイトたちを前にして、スタメンのひとりであるメリッサが真顔で告げる。それは全員の意見を代弁したに等しく、共有するまでもない緊張がすでに彼らの間を満たしている。

「というか、アシュベリーがヤバい。昨日は敵のど真ん中に突っ込んでひとりで六人落とした。いや、おかしいでしょ。何の競技よアレ」

「拙者もかぶりつきで見入ってござった。凄《すさ》まじい活躍ぶりにござったな！」

邪気の欠片《かけら》もない笑顔で言ってのけるナナオ。この面々の中でもっとも素直にアシュベリーを尊敬しているのが彼女であり、その素直さには他のチームメイトたちも思わず苦笑をこぼす。進行役を務めるメリッサが歩み寄ってよしよしと少女の頭を撫《な》で、それからすぐさま元の位置に戻った。

「普通に戦ったら一方的に蹂躙《じゅうりん》されるのが目に見えてる。陣形も作戦も分担もかなり練り込む必要あるわよ。意見のある奴《やつ》は？」

具体的な対策を問われて、選手たちが一斉に考え込んだ。

「……逆に言や、アシュベリーさえ落とせりゃ勝ちだよな」

「エース狙い撃ちの作戦じゃダメなのか」「他のチームはそれで全部失敗してるわよ」

「てか、アシュベリーにばっかり構うのはあいつの思《おも》う壺《つぼ》でしょ」

「あいつを好きに飛び回らせるのはもっと悪い」

ああでもないこうでもないと飛び交う声。意見は盛んに出されているし、全員の士気も高いのだが、今の段階で議論が余りにも漠然とし過ぎている——そう感じたオリバーが、熟考の上で静かに手を挙げる。キャプテンのハンス＝ライゼガングがすぐに応えた。

「言え、ホーン」

「……最初から総攻撃《フルアタック》ではどうでしょう」

選手たちが一気にざわついた。それで場の空気に一石を投じられたことを見て取りつつ、それを一過性のもので終わらせないため、オリバーはなおも言葉を続ける。

「強引な方法ですが、乱戦に持ち込めばポジションの意味が消えます。攪乱《かくらん》する陣形がなければ狂戦士《バーサーカー》も一介のアタッカーと変わらない。後はどちらが先に大将を落とすかだけの勝負です」

「……防御を捨てて殴り合う一手ね。確かに、一理あるわ」

「だが、それこそアシュベリーの得意分野じゃないか？」

「その理由で全部却下してちゃ何もできねぇだろ」「そもそもあいつの苦手分野って何よ」

「チームワーク」「コミュニケーション」「人を煽《あお》らずに五秒以上喋《しゃべ》ること」

混ぜっ返した選手たちの言葉に笑い声が上がり、進行役の女生徒がその全員の頭を順番に小突いていく。と――今まで部屋の後ろで議論を見守っていたキャプテンのハンスが、ここで初めて意見を挟む。

「なるほど、いいアイディアだ。……が、俺は反対だな」

その一言で場の雰囲気が一気に引き締まる。続く言葉を待つ選手たちへ向けて、ワイルドギースのキャプテンは落ち着いた声で、ゆっくりと語って聞かせる。

「箒《ほうき》合戦での初手総攻撃《フルアタック》とは、すなわち競技性の放棄だ。それぞれが個人戦をやっているのと大きく変わらん。そうなってはチーム戦の意味がない――俺はそう思う」

オリバーの背筋が伸びる。――そう。まさにこれこそ、彼が自分の発言を通して引き出したかったもの。

「集団の統率は個の力に勝る、などと偉そうに言うつもりはない。何よりも自分の力を恃《たの》むのは魔法使いとして当たり前だ。現にブルースワロウはそうしたエースを中心に据えることで結果を出してきている。抜きん出た一羽《わ》の後を追って他の全員が飛ぶ、あれはあれでひとつの理想形かもしれん。

だが、ワイルドギース《う ち》にはまた別のやり方がある。そうじゃないか？」

問われて顔を見合わせる選手たち。その全員をぐるりと見渡してハンスは続ける。

「アシュベリーほどじゃないにせよ、お前たちも困った連中だ。俺の言うことをろくに聞かないし、事前に決めた作戦を本番で勝手に変更することぐらい日常茶飯事。意見が他人とかち合えばすぐに杖《つえ》を抜く血の気の多い奴《やつ》もいる。

だが——そんな俺たちでも、ひとつだけ確実に共有しているものがある。楽しく飛びたいという欲望だ」

握り締めたこぶしをぐっと掲げてハンスが言う。それだけは疑う余地もないと、この場の全員に等しく核として在るものを。

「楽しむことを優先するプレイヤーたちをエンジョイ勢と呼ぶなら、ワイルドギースは選《え》り抜《ぬ》きのエンジョイ勢だ。だからこそ知っている。自分だけの都合で飛ぶよりも、チームメイトと息を合わせて飛ぶほうが楽しいこともあると。それぞれの役割分担が噛《か》み合《あ》ってひとつの結果に結びついた、あの瞬間の喜びと充実を。

繰り返すが、集団の統率が個に勝る、などと俺は言わん。だが——もっとシンプルに、俺たち全員で構成される一羽のデカいガチョウを想像してみろ。それこそ燕《つばめ》どもをひと呑《の》みにしてやれるとは思わんか？」

にやりと不敵に笑うハンス。そこにナナオが手を挙げて言葉を添える。

「相手に合わせて戦うのではなく、我々のいちばん強い部分でぶつかる。主将殿が言いたいのはつまり、そういうことでござるな」

「良《い》い言い換えだ、ヒビヤ。そう、俺たちの強みは何を置いても箒《ほうき》合戦を楽しみ尽くす貪欲さ。それを踏まえた時、初手総攻撃《フルアタック》が俺たちにとっていちばん楽しい選択か？　もっとずっと楽しいやり方があるとは思わんか？」

　問いの本質が変わったことをオリバーは悟る。もはや彼が何を言うまでもなく、ハンスはそれをはっきりと言葉に——否、この集まりのテーマにしてのける。

「議論のルールにひとつ追加しておこう。——試合に勝つための作戦ではなく、楽しむための作戦を出せ。

　理由はもう分かるな。俺たちにとっては、それが最強のプランとイコールだからだ」


　四時間に及ぶミーティングの後。サークル棟を出て、すっかり暗くなった空の下を競技場へ向かったオリバーは、そこで草地に腰を下ろしたひとりの上級生の背中を見つけた。

「——キャプテン」

「ん、ホーンか」

　呼ばれた男が顔を向ける。ミーティングの間ずっと顔を合わせていたワイルドギースのキャプテンだった。偶然の再会ではなく、おそらくここだろうと目途を付けてオリバーが追ってきたのだ。後ろに立つ後輩へ、ハンスはいつもの鷹揚《おうよう》な笑みを向ける。

「さっきは済まなかったな。せっかく案を出してくれたのに、それを踏み台にするような言い方になって」

「いいえ。あの案がそのまま通るとは、もともと思っていませんでしたから」

首を横に振ってみせるオリバー。彼がある種の叩《たた》き台《だい》として意見を述べたことは、もちろんハンスの側でも気付いている。いささか気が回りすぎる後輩だと苦笑しながら、キャプテンは夜空に視線を戻し、ぽつりと口を開く。

「実のところ……いつものリーグ戦の一試合であれば、あの作戦を採用しても良かった。たまに違うことを試してみるのは大事だし、全員のアタッカーとしての素養を洗い直す機会にもなる。そうしなければ勝ち目の薄い相手ならなおさらな。

だが、相手は今のアシュベリーだ。あれほどの箒《ほうき》乗りと戦える機会は今を置いて他にない。あの強さはピークだ。来年になれば間違いなく失われている」

オリバーも無言でうなずく。同じ魔法使いならば否応《いやおう》なく分かるのだ——あれは命を燃やしている姿だと。長くは続かず、後戻りも効かない。そうした世界に身を置く苛烈さを、まったく形は違えど、少年はすでに我が事として知っている。

「今のあいつと飛ぶ時間を、俺たちらしくない戦い方で浪費したくはないんだ。勝つにせよ負けるにせよ。何しろ——俺は根っからのエンジョイ勢だからな」

キャプテンの顔ににっと悪童の笑みが浮かぶ。それを見て苦笑しつつ、オリバーも相手の隣に腰を下ろす。

「……このチームのそういうところに惹《ひ》かれて、俺もナナオも入ってきた気がします」

「あまり嬉《うれ》しいことを言うなよ後輩。泣くぞ」

大きな手がくしゃりと少年の髪をかき混ぜる。困り顔でそれを受け入れつつ――オリバーは近く来たるブルースワロウとの試合と、その中におけるナナオの役回りを思い描き続けるのだった。


あらゆるパターンと可能性を考え尽くして迎えた三日後の午後一時。ついにその時は訪れた。

「――さぁさぁ、来たぜ箒《ほうき》合戦リーグ四戦目！　ワイルドギースｖｓブルースワロウ！　東と西から、満を持して両チームの選手たちが入場だァ！」

実況のロジャーが声を張り上げる。選手たちが空へ昇っていく姿を眺めつつ、彼は今日も隣に座る箒《ほう》術《き》の教師へと話を振る。

「先生、この一戦をどう見る⁉」

「二連勝中のブルースワロウには強力な勝ちパターンが出来上がってる。まずアシュベリーが突っ込んで敵陣を引《ひ》っ掻《か》き回《まわ》したところにアタッカーが突撃、何人か落として勢いを得たら速攻で総攻撃《フルアタック》。今までの試合を完勝で来ている以上、このパターンは今日も変えてこないだろう。ワイルドギースがこれをどう攻略するかに懸かってるな」

試合が続けば各チームの調子や傾向も見えてくる。絶好調のブルースワロウに対して、ワイルドギースの面々がどう立ち向かうか。観客の興味が向かうのももっぱらそこだ。ブルースワロウのファンですらそれは例外ではない。贔屓《ひいき》のチームの活躍を願う気持ちと、いい試合を見たがる気持ち——このふたつはひとりの人間の中に併存するからだ。

戦いの始まりを告げるラッパの音。それと同時に両チームのアタッカーたちが動き出し、ブルースワロウからはひとりの選手が抜きん出た。期待を裏切らない初動に観客たちが湧き上がる。

「試合開始ィィィ！　当然と言わんばかりにアシュベリー選手が突っかけたァ！　どうするワイルドギース！　あの圧倒的暴虐に対して打つ手はあるのかァ！」

「特に変わった陣形は組んでねぇな。開き直って初手総攻撃《フルアタック》も有り得るかと思ったが、それは選ばなかったらしい。別の手を用意してあると思いてぇとこだが……」

ワイルドギースの布陣を見つめて腕を組むダスティン。その視線の先で、アタッカーたちの迎撃をすり抜けたアシュベリーが即座に狂戦士《バーサーカー》の働きを始めた。手当たり次第に敵選手へ襲い掛かり、その注意を悉《ことごと》く引き付けて飛び回る。定石も常識も何ひとつ意に介さない圧倒的な空中機動《マニューバ》である。

「アシュベリー選手、敵陣でひとり暴れる暴れる！　昨日までの試合と同じ展開だ！　彼女に続いて後方のアタッカーたちも動き始めた！　まずいぞォワイルドギース！」

「……いや。そうでもねぇぞ」

ダスティンがぽつりと呟《つぶや》く。一見して同じ展開の中に、彼の目は決定的な違いを見て取る。

「選手どもがやけに落ち着いてやがる。アシュベリーに懐《ふところ》へ突っ込まれてるってのに――あいつら、掻《か》き乱《みだ》されてねぇ」


実況席のダスティンが見抜いた通り。この時すでに、ワイルドギースの作戦は始まっていた。

「こっわ！　こっわぁぁぁぁぁ！」

アシュベリーに追われている真っ最中の選手が涙目で飛び続ける。小柄な体格を活《い》かした細かい空中機動《マニューバ》が売りの選手なので、速度で大きく上回る相手からも比較的逃げやすい。だが、それはあくまでも落とされるまでの時間がやや延びるという程度の話でしかなく、

「待ちなさい！　このぉぉぉぉぉ！」

そうさせないために仲間が割って入る。横合いから斬り込んだメリッサは、チームでキャプテンと並ぶ古株の選手だ。安定した飛行技術と豊富な試合経験から、「落とす」というよりも「落とされない」打ち合いに長《た》けている。アシュベリーが相手でも数合は生き延びられるほどに。

「……次は俺か。キッチリ追われてやんねぇとな、ったく――！」

そこへ新たに参加する三人目も、これまた古株の六年生。ある意味では他ふたりよりもさらにこの役目に適任の人材と言えた。なぜなら──「なんか飛び方が気に入らない」という身も蓋もない理由から、おそらくはキンバリー全体で、もっともアシュベリーに叩《たた》き落《お》とされた回数が多い選手だからである。

「──チームのディフェンダーに、アシュベリー担当を三人置く」

先だって行われたミーティングの終盤。多くの意見と議論を取りまとめた上で、ワイルドギースのキャプテンが具体的なプランとして提示したものがそれだった。

「だが取り違えるな。これはアシュベリーを落とすための要員ではなく、あいつの注意を引き付けるための囮《おとり》だ。具体的には、この三人を代わる代わるアシュベリーに追わせる。追いかけっこを四者の中で完結させて、他のメンバーは自分が狙われた場合を除いてアシュベリーに一切対応しない。まずはこれによってチーム全体の攪乱《かくらん》を防ぐ」

腕を組んで唸《うな》る選手たち。理屈は確かに分かるが、という気持ちがそれぞれの顔に浮かぶ。

「追わせる、か。こりゃまたテクニカルな要求だな……」

「三人でアシュベリーの相手して、他のメンバーに手を出させせんなってことだろ？　要するに」

「落とせって言われるよりは楽かもだけど……」「長時間はきついね。狙いもバレるし」

「ずっと続けろとは言わん。これはあくまで序盤に限定した作戦だ。時間にして四、五分も保てばじゅうぶん。それを踏まえた上で、自信のある者は？」

改めて問いかけるキャプテン。東方《エイジア》の少女が真っ先に立ち上がって手を挙げる。

「拙者、やり申すぞ！」

「いい返事だ。が――ヒビヤ、お前には別の役割がある」

はっきりと言い切るキャプテン。それで腰を下ろしたナナオと入れ替わりに、黒板の前に立っていたメリッサが静かに手を挙げる。

「……やるわよ、私。適任だと思う。アシュベリーとは闘《や》り慣れてるし」

彼女がそう口にすると、ややあって、他の選手たちからもぽつぽつと手が挙がる。

「――じゃ、俺も任されるかな。あいつにはさんざん追われまくったから、どうすりゃムキになって追ってくるかは何となく分かるぜ」

「煽《あお》り方にもバリエーションが要るよね。仕方ない、僕が嗜虐《しぎゃく》心を煽《あお》る担当でいくかぁ」

決まっていく配役にキャプテンが微笑《ほほえ》む。このメンバーの個性こそがワイルドギースの強みだと、その事実を再確認しながら。

「——いい仕事だ、三人とも」

期待通りの働きを見せているチームメイトたちを横目にキャプテンのハンスが呟《つぶや》く。アシュベリーが無自覚のまま抑えられている数分間——これを活用しない手などありはしない。

「攻めろ！」

他の面々へ向けてハンドサインで指示を飛ばす。それを目にした選手たちが、アタッカーからディフェンダーまで一斉に前線へ向かい始めた。


「……おおっとォ!?　これは意外な動きだ！　アシュベリー選手に懐《ふところ》へ潜り込まれたワイルドギース、その状況にもかかわらず、メンバーの大半を攻勢に回したぞォ！」

「なるほどな、そう来るか！」

机に身を乗り出して叫ぶダスティン。予想外の展開を見せるフィールドの光景に、その目が爛々《らんらん》と輝く。

「これは困ったぞアシュベリーの奴《やつ》。ワイルドギースの攻勢に応じて他の仲間が防戦に回ったせいで、あいつの後を追ってくる仲間がいない。この状況じゃせっかく敵を攪乱《かくらん》しても意味がねぇ」

狂戦士《バーサーカー》の活躍は、あくまでもその手で作り出したチャンスを仲間が活《い》かしてくれることが前提である。防御に手一杯の状態では誰も彼女の後を追えないため、結果としてアシュベリーひとりが敵陣に残される。メインの戦場に影響を及ぼせない「浮いた兵」になってしまうのだ。

本人もその状況に間もなく気付く。アシュベリーの意識が後方へ向いたことを察したダステインが、その動きを見ながらぽつりと呟《つぶや》く。

「そう、切り上げて戻るしかねぇよな。……でもよ、そうすると今度は――」


「……チッ――」

自分の働きが意味を成していないことに気付き、すぐさまターンして自陣へ戻ろうとするアシュベリー。が――彼女の意識が目の前の戦いから逸《そ》れたその瞬間、どつき棒《クラブ》の一撃が斜め上から猛然と襲ってきた。

「――!?」

辛《かろ》うじて自分の得物で受けるが、不十分な体勢だったために衝撃を流しきれない。飛行のバランスが崩れ、そこからの姿勢回復《リカバリー》までに速度・高度がガクンと低下。勢いを失った状態で低空を旋回する彼女に、上空から敵選手たちの声が降り注ぐ。

「どこ行こうとしてんのよ、アシュベリー」

「傷付くねぇ。お前のダンスの相手は俺たちだろ？」

「そうだよぉ。こっちはまだひとりも落ちてないんだからさ」

これまでアシュベリーに追われていた三人の選手たちだ。狩られるだけの獲物の仮面を脱ぎ捨てて逆襲の一撃を叩《たた》き込《こ》み、そうして奪い取った上空から、今度はこちらが狩り立てる番とばかりに牙を剝《む》いている。アシュベリーの口元がつり上がった。

「――吹くじゃない、羽虫ども」


「うぉぉぉぉぉぉぉ⁉　ワイルドギースの三人、一転攻勢！　味方の援護に向かおうとしたアシュベリー選手に強烈な一撃を加えた！　まるで狙い澄ましたかのような反撃だァ！」

「狙ってたんだよ実際。この状況になりゃアシュベリーは嫌でも自陣に戻らざるを得ねぇ。そこで背中を追い撃つのは当たり前だ。巧妙に連携してアシュベリーを引き付けながら、最初からあの三人はずっとそのタイミングを窺《うかが》ってた」

感心を込めてダスティンが言う。――落とされず狙いを悟らせず、三人の連携でアシュベリーの意識を引っ張り続けた手腕がまず見事。そこから反撃に移るタイミングも抜群だった。おそらくシニアリーグ上位の選手を三人集めたとしても同じことは出来ない。ワイルドギースが擁する選手たちの多様な個性、それらを遺憾なく発揮した結果と言うべきだろう。

「ああして一度低空に下げられて頭を押さえられれば、そこからは再加速も再上昇も容易じゃねぇ。箒《ほうき》乗りの強みをふたつとも失った状況からの三対一はいくらアシュベリーでもキツい。まぁそれでも、あいつなら何とかするかもしれねぇが――」

　ワイルドギースの三人を相手に、不利な位置関係からの打ち合いに突入していくアシュベリー。その姿から一旦目を離して、ダスティンは大勢の選手たちがぶつかり合う前線へと視線を向ける。

「――だとしても、今すぐとはいかねぇ。その時間がそのままワイルドギースの好機になる」

　箒《ほうき》合戦での打ち合いには「先手有利」の原則がある。先に動いたほうが先に速度を得られるというだけの、これは至ってシンプルな理屈だ。

「うぉおっ……!?」「くそッ！　なんでこっちが攻められてんだ！」

「出鼻を押さえられた！　加速が足りねぇ……！」

　箒《ほうき》乗りなら誰もが知るその法則に従って、ブルースワロウの選手たちは不利な応戦を強いられていた。なぜなら彼らは今まで、アシュベリーが引《ひ》っ掻《か》き回《まわ》した敵陣に隙が生じるのを「待って」いたからだ。その瞬間が来る前に敵が攻めてくれば後手に回らざるを得ない。

「何やってんだ、アシュベリーの奴《やつ》は……！」「さっさと戻ってこい！」

　打ち合いながら毒づく選手たち。自分たちが防戦に回らされる事態――そこまではまだいい。

敵側の初手総攻撃《フルアタック》も想定されていた以上、受けに回った時の対応も頭には叩《たた》き込《こ》んである。問題はそこにアシュベリーが参加出来ていないことだ。彼女さえフリーなら、今はむしろ前後から敵を挟撃するチャンスなのだから。

　だが、その考え方こそがさらなる深い沼へと彼らを誘う。エース頼みの心理で今のワイルドギースの攻勢は防げない。その勢いに押し負けたふたりの選手が次々と落下し、どつき棒《クラブ》の一撃が肩を掠《かす》めた選手のひとりが大きくバランスを崩す、そこへ敵から続けざまの追撃。落ちていく自分の姿が本人の頭に否応《いやおう》なく浮かび、

「——何を怯《ひる》んでいる、貴様らァ！」

　そこへ割って入った選手が敵を打ち払い、仲間を救う。ブルースワロウの選手たちの顔に驚きが浮かぶ。アタッカーの敵の攻撃から守ったのは、最後方で守られているべき自チームの大将その人だった。

「どいつもこいつも……なんだ、その体たらくは。貴様らはいつからアシュベリーの付録《おまけ》に成り下がった？　我々のチーム名を、そのシンボルの意味を思い出せッ！」

　チームメイトたちを一巡する鋭い視線。ひとりのエースが強すぎることによって生じる弊害、それがもたらし得る窮地《ピンチ》の可能性に、彼はもちろん気付いていた。だから今——己を見失いつつある選手たちに向けて、彼はキャプテンとしての務めを果たす。自ら前線に身を晒《さら》し、その背中で範を示すことによって。

「舐《な》めるなよガチョウども。……仲良しこよしで群れている貴様らとは覚悟が違う」

彼らのスタンスを語る上で象徴的な話がひとつある。というのも——ワイルドギースや他のチームの名前が複数形なのに対して、なぜブルースワロウだけが単数形なのか。それはこの燕《つばめ》が最強のエースを表し、同時に全員が、そ、れ、を目指すチームの在り方を示すからだ。己の力のみを恃《たの》む個の集い。それこそがチームの創設当時から一貫したブルースワロウの理念であり、

「他人を待つな！　道は自らの手で切り開け！　我々は一羽《わ》一羽《わ》が先頭《エース》を狙う孤高の燕《スワロウ》だ！」

その声を聞き届け、自分たちが何であるのかを思い出した瞬間から、彼らの迷いは完全に消え去った。凶暴な笑みに口元をつり上げ、ブルースワロウの孤燕たちは雄叫《おたけ》びを上げてガチョウの群れに突撃した。

「——ワイルドギースの猛攻をブルースワロウが耐え凌《しの》ぐ！　これだけ押されても攻め切らせない！　なんという粘り強さだァァァ！」

「キャプテンの檄《げき》が効いたな。士気が戻ればこのぐらいの不利じゃ崩れねぇさ。ブルースワロウに弱い選手なんざひとりもいねぇ」

どこか嬉《うれ》しげに言うダスティン。が、その表情をふと真顔に戻して、彼は杖《つえ》の拡声呪文を消す。試合がデリケートな局面に入った時はいつもそうしていた。万一にも自分の発言がゲーム

の流れに影響することを防ぐために。

「……だが、あいつらにとっては予想とまったく逆の展開だ。目の前の状況に対応するために集中せざるを得ねぇし、選手の視界はどうやったって狭まる。この状況だと、いくらベテランのプレイヤーでも、フィールド全体を常に把握するってわけにはいかねぇ」

そう言ってちらりと上空へ目を向けるダスティン。実況席の視界は常に広い。よって——戦いの渦中《かちゅう》の選手たちには見えていないものも、彼には見える。

「そこに意識の死角が生まれる。例えば——ひときわ小柄な二年生が視界から消えていても、すぐには分からねぇくらいに」


激戦が繰り広げられるフィールド直下の地上。他のキャッチャーたちと共に選手の落下に備えながら——オリバーもまた、それと同じものを見ている。

「——そう。そこだ、ナナオ」


そう、即《すなわ》ち——ひとりフィールドの上空へ昇った東方《エイジア》の少女が、そこから今まさに、敵陣目掛けて突撃しようとする姿を。

「――御首《みしるし》、頂戴！」

狙いを定めると同時に急角度で降下を開始。高度を速度へと変えて一気に加速していく。凄《すさ》まじい勢いで地面が壁となって迫る中、ふたつの瞳が見据えるのは大将首ただひとつ。

狙われた側も直前になってその気配に気付く。男は瞠目《どうもく》して上空を見上げた。

「――しまっ――！」

だが遅い。すでにどう動いても回避は間に合わない。ナナオが振りかぶったどつき棒《クラブ》が圧倒的な速度を乗せてブルースワロウのキャプテンに迫る。直接大将を狙えるチャンスはおそらくこの一度きり――故に、どう受けられようとも一撃で叩《たた》き落《お》とす。その決意を胸に、少女は全力の斬り込みでもって勝利へと肉薄し、

「――っ⁉」

その刹那。観客席から放たれた一条の眩い光《フラッシュ》が、彼女の視界を白く塗り潰した。

敵の大将を狙って上空から急降下したナナオ。彼女のどつき棒《クラブ》が惜しくも紙一重で空を切り、直後に地上ギリギリで少女がピッチを上げて旋回する。その光景を、観客の誰もが息を呑《の》んで見届けた。

「うぉぉぉぉぉ！　ヒビヤ選手、上空からの奇襲！　敵の大将目掛けて一直線に斬りかかった

ア！　だが惜しくも失敗！　この大一番、さすがの彼女も力んでしまったかァ！」

「——違《ちげ》ぇ」

実況のロジャーの隣でダスティンが席を立つ。拡声呪文の強さを上げた上で、彼は目の前のフィールドへ向かって思い切り叫ぶ。

「試合を中断しろ、妨害行為だ！　——おい、そこ！　観客席からヒビヤに目潰しくれやがったクソ野郎！　一歩も動くんじゃねぇ！　俺の目は誤魔化せねぇぞ！」

観客席の一角をその指先が指し示す。同時に豆粒ほどに小さな影が席を立って走り出す。


試合の一時中断を告げるラッパの音。それを耳にして、フィールド内を飛び回っていた選手たちは次々と動きを止めた。

「——えっ、中断？」「なんだよ一体。妨害……？」

アシュベリーを三人がかりで抑えていたワイルドギースの三人組も同様だった。彼らがぽかんと空中に停止して実況席を見つめる中、直前まで激戦を繰り広げていたブルースワロウのエースが旋回を開始。どこかへ飛び去っていくその背中を、メリッサが慌てて呼び止める。

「……あっ⁉　ちょ、待ちなさい！　中断だって——！」

「……チッ。派手にやり過ぎたか……！」

群衆の熱気に気配を紛れさせ、観客席の中を出口に向かって走りながら、試合中断の原因を作り出した影は舌打ちしていた。

彼に妨害工作を指示した前生徒会陣営としては、この試合の勝敗そのものはどうでも良《い》い。アシュベリーのチームが勝とうがナナオのチームが勝とうが、派手な活躍で話題を攫《さら》っていく彼女らが目障《めざわ》りなことに変わりはないからだ。よって彼らの目論見は、どちらが勝つにしても、その過程で無様な姿を晒《さら》してもらうことだった。

序盤で動きを封じられたアシュベリーには強いて妨害を行う意味も薄くなり、結果、上空に昇った時点からの動きが予測できたナナオのほうに狙いが向いた。彼としても可能な限り露見しにくいタイミングを狙って目潰しに及んだつもりだが、それでもダスティンの目が光っている試合でこうした真似《まね》をすることには無理があった。かくなる上は個人を特定されないうちに逃げ切るのみ。そう考えて競技場からの脱出を目指し、

「逃がすわけねぇだろ、アホ」

出口の前に立ち塞がった二年生たちの姿に、彼はその目論見《もくろみ》が破られたことを知った。

「見ていましたわよ。あなたの杖《つえ》から放たれた光、この目ではっきりと」

「ダスティン先生に指摘されて逃げ出す様子もな」

「試合中のナナオにあんなこと……！　危ない落ち方したらどうするのよ、このぉ！」

ガイ、シェラ、ピート、カティの四人が怒りも露《あら》わに白杖《はくじょう》を構える。別の逃げ道を求めた影がとっさに身をひるがえすが、その足はすぐに止まった。片目を前髪で隠した上級生が、白《はく》杖《じょう》を構えてそこに立っていたから。

「予想を裏切らないね、まったく。――君たちのそういう品のないやり方が、前の選挙の頃から私は好かないよ」

「……っ……」

前門のガイたち四人、後門のミリガン。挟み撃ちにされた影が逃げ道を失って立ち尽くす。二年生のほうならまだしも突破の目があるか――そう考えて彼が手にした杖剣《じょうけん》を、続く瞬間、真横から一閃《いっせん》したどつき棒《クラブ》があっさりと叩《たた》き落《お》とした。

「――ぉゴッ⁉」

直後に伸びてきた手が彼の首を摑《つか》み止め、万力のように締め上げる。気道を握り潰して呼吸の一切を封じた上で、相手に悲鳴を上げることすら許さず、さらにそのまま空中へ吊り上げる。

「――お前か。邪魔をしたのは」

箒《ほうき》に跨《またが》ったまま空中に停止し、全身から憤怒《ふんぬ》の気炎を立ち昇らせるダイアナ＝アシュベリーがそこにいた。余りの殺気にガイたちとミリガンまで後ずさる。当の影は致命的に気付くのが遅れた――彼女の前で箒《ほうき》競技を汚す、その真似《まね》が自分にどんな結末をもたらすか。

「……カッ……コァッ……！」

「死ね」

握り締めた首から頸椎《けいつい》の軋《きし》む音が響く。……競技中の選手は杖剣《じょうけん》も白杖《はくじょう》も身に帯びておらず、どつき棒《クラブ》は最初から人を傷付けないように作られている。故に、殺そうと思えば素手である。どこまでも混じり気のない殺意でもってアシュベリーはそれを実行する。どんな抵抗も釈明も許されないまま死を命じられ、白目を剥《む》いた影の手足がだらりと垂れ下がり――、

「――アシュベリー殿。そこまでに」

傍《かたわ》らから響いた少女の声と、腕にそっと置かれた手が、その殺意に優しく諫《いさ》めをかけた。

「拙者は平気にござる。些《いささ》か目が眩《くら》み申したが、もう何も問題ござらん。さぁ、試合を再開致そう。戦いはまだまだこれからにござるぞ」

どつき棒《クラブ》を掲げて力強く笑ってみせるナナオ。それを目にしたアシュベリーの口元がふっと綻ぶ。

「……そうね。あなたと戦ってるのに、こんな蛆虫《うじむし》に構ってる場合じゃなかった」

抛《ほう》られた体がどさりと床に落ちる。もはやそこには一瞥《いちべつ》も向けぬままフィールドへ舞い戻り、上空をぐるりと回りながら、アシュベリーは審議中の審判たちへ大声で言い放つ。

「――試合を再開しなさい、審判！　妨害の影響を踏まえて、ちゃんとワイルドギースに有利な配置から！」

促された審判たちも急いで意見を交わし、それから一分と待たせずに再開の配置を発表する。ナナオの奇襲は本来なら有効であった可能性が高いため、その分の優位を試合再開時点のワイルドギースの選手たちに高度として持たせることで話は決着した。どちらのチームからも異論は上がらず、選手たちは速やかに指示された配置へ付き——そこに再開を告げるラッパの音が鳴り響く。

「さぁ再開ね。……ダンスの趣向も変えていくわ」

アシュベリーの状況も、試合が中断される前とほぼ同じ。彼女をその場に留《とど》め続けるべく、ワイルドギースの三人が襲撃を再開する。まずひとりが真っ向から斬りかかり、それに応じる相手の動きを見た上でふたり目がそこへ加わり、三人目は高度を維持したまま待機して圧力をかける。徹底して相手に速度と高度を与えない戦法だ。いかにアシュベリーでも尋常の術理では逃れようがない。

だが。尋常の枠を超えた技など、彼女はいくつも持っている。

ひとり目の襲撃をどつき棒《クラブ》でいなして躱《かわ》すアシュベリー。それでわずかに体勢が乱れたところに、時間差でふたり目の選手が斜め後方から襲い掛かる。躱《かわ》すには高度を下げて加速するしかなく、そうなれば不利はますます積み重なる。また一歩勝利へ近付いたことをアシュベリーの背後に迫るメリッサは確信し、

「——フゥ——」

相手へ向けてどつき棒《クラブ》を振り下ろした瞬間。その背中がふわりと沈んで視界から消え、足に何かが絡みつく。

「――え？」

ぽかんとして自分の左足を見下ろすメリッサ。鐙《あぶみ》に収まるその足首に、どつき棒《クラブ》の先端――鉤部《フック》が引っかかっている。そこから伸びる柄《グリップ》の先にアシュベリーがいた。速度と角度を巧みに制御し、どつき棒《クラブ》を引っかけた相手に自分を引かせる形で。

「な――ッ」「はぁっ⁉」「うそぉ」

掛け宿り《バックホック》と呼ばれる曲芸である。理屈の上では追尾戦《ドッグファイト》の最中、互いの速度が近付いた瞬間を狙って追われる側が仕掛ける技。敵が後ろから襲ってきた瞬間、羽根落とし《フェザーフォール》と同様の意図的な失速によって前後を交替し、距離が離れる前に相手の体のどこかへどつき棒《クラブ》の鉤部《フック》を引っかける。熟練の箒《ほうき》乗りですら難度が高すぎるため、文献以外で見かけることはまずない。

「ちょ……！　は、離れなさい！　この――！」

加速して軌道を左右に振り、さらに足を振って逃れようとするメリッサ。だが、どつき棒《クラブ》はただ引っ掛かっているのではなく、魔法剣の技術――ラノフ流でいう「吸い付く刃紋《スティックエッジ》」によって彼女の足に吸着している。自分のどつき棒《クラブ》で反撃しようにも相手は真後ろだ。こうなると他のふたりにも手出しが難しい。両者の位置が近すぎて、敵だけを狙おうにも仲間の体が盾になってしまうからだ。

さらに恐るべき事実がひとつ。アシュベリーはただ相手に自分を引かせているのではない。そうすることで少しずつ、相手から速度を奪っているのだ。

「もういいわ」

じゅうぶんな速度を得たところで、アシュベリーは引っかけていたどつき棒《クラブ》を追い越し様にぶんと振る。横薙《な》ぎの一閃《いっせん》が胸に直撃し——さんざん後ろに取りつかれた挙句のその一撃で、メリッサは地面へと真っ逆さまに落とされた。

「——こっ、このやろ————っ！」

凄《すさ》まじい悪態が下から突き上げるが、そんなものに耳を貸している暇はアシュベリーにはない。掛け宿り《バックホック》からの速度吸収によって、残るふたりとやり合える程度には速さを取り戻した。だが——上空にはすでに、そんな彼女へ向かって突き進む新たな敵の姿がある。

「——参るぞ、アシュベリー殿」

「ええ——来なさい」

女の口元が不敵につり上がる。——こうなることは分かっていた。だから試合再開と同時に強引にでも速度を奪い返した。昂揚《こうよう》に肌が泡立つのを感じながら、アシュベリーは全霊をもって東方《エイジア》の少女を迎え撃った。

「──ヒビヤ選手、試合再開と同時に取って返してアシュベリー選手へ向かった！　壮絶な打ち合いだァ！」

「英断だな。一度奇襲に失敗した以上、向こうの大将にはもう警戒されちまってる。狙いを切り替えてアシュベリーを仕留めにいくのはいい判断だ。なにせこの状況、あいつが三人を振り切った瞬間からワイルドギースが一気に不利になるからな」

それぞれ離れたふたつの戦場を見比べながらダスティンが言い、同時に確信する。その両方が合流するまでの時間が、この試合の佳境だと。

「元の三人からひとりが落ちて、そこにヒビヤが加わって再び三対一。……ここが分水嶺《ぶんすいれい》だ。この構図が崩れないうちにアシュベリーを落とせるかどうか。──それで試合の趨勢《すうせい》が決まる」

「勢《セ》ァアアアアアアアアッ！」

「ハァアアアアアアアアアッ！」

ふたつの雄叫《おたけ》びが空に響く。速度を乗せに乗せた一撃同士の火花散る激突。その回数を重ねるほどにナナオは思う。本当に──この御仁は、何という強さかと。

互角の条件などでは断じてない。決定打の役割を自分に託しながら、チームメイトのふたり

はアシュベリーの速度を削ることに今も専念している。激突からの旋回、旋回からの上昇――その両方で彼らから妨害が入るため、相手の飛行はどうあってもベストの形にはならない。にも拘《かかわ》らず、彼女が描く円は自分のそれと遜色ない大きさを誇る。つまりは三対一でようやく釣り合っているのだ。

「――何たる、厚遇――！」

故に、ナナオは感謝する。恐るべき敵も、頼もしい味方も――この場を成立させてくれている全ての要因に。彼らがいなければ今のように戦えてはいない。こんなにも熱く充実した時間には決して辿《たど》り着《つ》けていない。

「勢《セ》ィイイイイイイイッ！」

姿勢回復《リカバリー》の後に旋回からの急上昇、最高到達高度から全速力の下降。ひとつひとつの動きにありったけの集中を込めながら、少女は思う。――だからこそ全力をもって報いるのだと。同じ空で戦うチームメイトたちに。観客席で固唾を呑《の》む仲間たちに。地上から自分を見守るキャッチャーに。空でアシュベリーと向き合って欲しいと願ったクリフトン＝モーガンに。自分をこの空に押し上げてくれた、それら全ての想《おも》いに！

「――ッ――！」

アシュベリーも知っている。その中には、自分自身の想《おも》いすら含まれるのだと。

だから今。六度の激突を経て、その体をついに箒《ほうき》から押し出したのは――ある意味において、彼女自身なのだとも言えた。

「……あ——」

久しぶりに味わう浮遊感が全身を包む。恐怖とはまた違う、手足から砂になって崩れ落ちていくような寂しさが胸中を満たす。そうなった彼女を受け止める器は、すでに地上にない。

その感覚を呼び水に——彼女の中で、ひとつの記憶が蘇《よみがえ》る。


「心に刻め、ダイアナ。……これがお前の目標だ」

初めて箒《ほうき》を手にした五歳の時。興奮と万能感の内に最初の飛行を終えた後。父と母の前で、彼女はその映像を見せられた。

水晶から空中に映し出されるのは、ひとりの箒《ほうき》乗りの飛行。子供にもそれと分かる途方もない速さに一瞬で目を奪われる。自分がさっきまで行っていたお遊びの飛行とは何もかもが違っていた。「速く飛ぶこと」に全てを捧《ささ》げた魔法使いがその人生の精髄として現《うつつ》に顕《あらわ》す——それは美しくも恐ろしい、ひとつの「魔」のカタチだ。

「これを目指せ。これを超えろ。この領域の先に行け」

何かを考える前に、はい、と口が答えていた。彼女の中に流れる血がそう命じた。元より選択の余地などない。少女の命は生まれる前からそのようにデザインされている。極限まで軽量化を突き詰めた体は成長しても子を宿す機能すら持たない。アシュベリーという家系が自らの血統からあらゆる無駄を削《そ》ぎ落とした末に生み出した、それは一代限りの芸術品である。

血は、兄弟姉妹たちが後世に繋《つな》ぐ。彼女の役目は飛ぶことだ。他の全てを置き去りにして、他の誰にも追い付けない場所へ。

「――ッ！」

その生涯の果てにある光景を、映像は彼女に見せつけた。

体が――崩れる。凄絶な飛行を経てタイムの更新を成し遂げた箒《ほうき》乗りの全身が、灼熱《しゃくねつ》の中で燃え尽きた炭のように、箒《ほうき》もろとも無数の塵《ちり》となって空に散っていく。二度とその足で大地を踏むことのないまま、蒼穹《そうきゅう》の青に混ざって消える。

残された空っぽの青空を見つめながら、少女は思う。――彼女は、どこへ行ったのだろう。全てを果たして空に溶けるまでの数秒。もう何も目指すところなどない、最初で最後の時間。彼女の心は、どこへ向かって飛んでいたのだろうと。

　アシュベリーが落ちた後には大きな波乱もなく、その日の試合はワイルドギースの勝利で幕を閉じた。

　直後のミーティングでまずチームメイト全員から胴上げされ、次に部屋を出たところで剣花団の仲間からこれでもかとわちゃわちゃにされたナナオは、しかしそこで一度彼らと別れてブルースワロウの練習場へ向かった。予感した通り、彼女が求める相手は、その草地に仰向けで転がっていた。

「お晩でござる、アシュベリー殿」

「…………」

「お隣を宜《よろ》しいか」

　言いつつ、返事を待たずにナナオは隣へ座った。それからたっぷり数分の沈黙。むすっと黙り込んでいたアシュベリーが、それでやっと口を開く。

「……上手《うま》くなったわね、あなた。まさか落とされるとは思わなかった」

「拙者ひとりの力にはござらん。策を凝らし、機を見計らい、味方と息を合わせて挑んで――それで漸《よう》やくにござる」

「だとしても、決定打になったのはあなたよ。最後に加わったのが他の選手なら、最低でも凌《しの》ぐことぐらいは出来たはずだもの」

「拙者とまともに打ち合わなければ、それも可能であり申したはず」

謙遜でなくナナオは言う。事実、あくまでチームの勝利に徹するなら、アシュベリーは彼女との激突戦《ブルファイト》に付き合う必要はなかった。仲間の助けが来るまで回避に徹した上で、不利な状況が解消されてから反撃に移っても良かったのだ。それとて簡単な真似《まね》ではないが、三対一に正面から打ち勝つよりはまだ容易だったろう。

だが、その指摘を受けて、本人はきっぱりと首を横に振った。

「あなたがまっすぐかかってくるのに、私にはみっともなく逃げ回れって？　――出来るわけないじゃない、そんなの」

鼻を鳴らして言ってのけるアシュベリー。隣でナナオもこくりとうなずいた。全力を賭《と》して戦った今、それが相手の誇りであることは、彼女が誰よりも知っていた。

「――ひとつ、大事なお話がござる」

ふいにそう口にし、ナナオは相手に向かって正座に構えた。アシュベリーの視線がちらりと彼女を向く。

「何よ、改まって」

「モーガン殿が生きておられる。拙者と共に、今夜にでも会いに行かれぬか」

とっさにまばたきを忘れる程度に、それは女にとって不意打ちだった。

一方で、ぼんやりと思い出す。レオンシオに渡された映像の中で、どこか聞き覚えのある声が、その名前を呼んでいたことを。

「……そっか。あなたの声も入ってたわね、あれ」

「？」

「何でもないわ、こっちの話。……で？　それがどうかした？　とっくの昔に縁が切れたキャッチャーが生きてようと死んでようと、正直私にはどうでもいいんだけど」

後半に強がりが混じる一方で、前半は純粋な疑問だった。モーガンの生存を彼女に報《しら》せたレオンシオの目的は動揺によるパフォーマンスの低下。それは相手の性格と状況から容易に察せるが、目の前の少女はそんな発想と根本的に無縁だ。何の意図で語っているのかが分からない。

だが——ひたと自分を見据える瞳と視線が合ったところで、さしものアシュベリーも気付いた。彼女のそれが、後輩から先輩へ向ける、ひたすらに真《ま》っ直《す》ぐな思《おも》い遣《や》りであることに。

「己に克《か》つには、己を知らねばならぬ。アシュベリー殿にとっては、それがモーガン殿にござる」

「……私は私よ。自分がいちばんよく知ってるわ」

「否。アシュベリー殿は、ずっとそこから目を逸《そ》らしてござる」

「……ッ」

アシュベリーの胸が詰まる。彼女を相手に、こういうことをきっぱり言ってのけるのがナナオという少女だ。そこに遠慮もなく忌憚《きたん》もなく。曇りなき眼《め》で見て取ったものを、ただ誠意をもってありのままに告げるのみ。

躱《かわ》すことは出来なかった。的を射ているのだろうとすら思った。だが——その上で、アシュベリーは首を横に振った。

「……あなたの言う通りかもしれない。だとしても、会いには行かないわ。誰に何と言われようとも。

顔を合わせれば弱さが出る。またあいつに頼りたくなる。そうなればもうおしまいよ。日和った心じゃ最速の世界には踏み込めない。……あの領域には、届かない」

「……アシュベリー殿」

なおも言葉を重ねようとするナナオ。それを片手で制して、アシュベリーは被《かぶ》せるように告げる。

「断りついでに私からもお願いがあるわ、Ms.《ミズ》ヒビヤ。——二週間後、私の飛行を見に来て」

「それは無論、構い申さぬが」

きょとんと首を傾《かし》げるナナオ。そんな彼女が自分でも意識しないうちに、モーガンとの約束は果たされていた。……今日の試合を通して磨き上げられた闘争心に、アシュベリーはもはや一切の不足を感じない。これ以上の準備は無意味な先延ばしに過ぎないと確信し、だから、

「その日が私の勝負の日。ダイアナ＝アシュベリーがこの世に生まれた意味を問う日よ」

彼女は決めた。自分の全てを懸けて、目指し続けた「魔」に挑むことを。

箒《ほうき》競争の世界記録更新挑戦《ワールドレコードアタック》には、保持するタイムの順位に応じた優先権というものがある。これはキンバリー校内ではなく連合《ユニオン》全体の話であり、過去に高い実績を持つ選手ほど、記録への挑戦に当たって様々な便宜が図られる。

この「便宜」というのが具体的に何かというと、もっとも代表的なものが「近いレベルのトッププレイヤーを招集して競技会を開催できる」ことだ。つまりは「自分の挑戦に他の箒乗《ほうき》りたちを付き合わせられる」のである。無論、規定通りのコースと見届け人さえいればひとりでも記録更新は可能なのだが、それはあくまで理屈の上であって、最速を目指すプレイヤーたちの多くはそう考えない。彼らの経験上、また箒《ほうき》競技の歴史における傾向としても、同じコースにライバルがいるほうが明らかに記録が伸びるからだ。

「……そろそろだな」

残酷なまでに澄み渡った蒼穹《そうきゅう》の下。自らの采配でぴかぴかに磨き上げた空中のコース輪《リング》を見上げながら、同じ挑戦を見届けにきた大勢の生徒らと共に、ダスティン＝ヘッジズは主役の到着を待っていた。

ほどなくその時が訪れる。ブルースワロウのユニフォームに身を包んだひとりの女が、のんびりとした足取りで会場に姿を現した。箒《ほうき》は背中にあるが、どつき棒《クラブ》は手にしていない。これから行われる競技にその要素はないからだ。それが影響してか、あの迸《ほとばし》るような殺気も今日はまとっていない。

腕を組んでじっと自分を見つめるダスティンに、アシュベリーは軽く手を挙げて挨拶する。

「見に来たんだ、先生」

「当ったり前だ。誰が交渉したと思ってんだ」

鼻を鳴らすダスティン。その言葉通り、この挑戦の場が整ったのは他でもない彼の尽力の成果だった。いくら優先権があると言っても、二週間でトッププレイヤーたちを一か所に集めるのは簡単ではない。本人だけではなくそれぞれの学校や指導者とも交渉しなければならず、そこには相応の駆け引きも発生する。

彼の性格的には本来大嫌いなそうした諸々を、しかしダスティンはアシュベリーに競技会の開催を依頼された瞬間から愚痴ひとつ漏らさず黙々とやり切った。教え子の晴れ舞台を万全の形で用意する、ただそれだけを想《おも》って。

「ありがと」

ふっと笑って礼を言うアシュベリー。彼女もまた知っていた。目の前の教師が、指導者として自分にありったけの厚遇を与えてくれたことを。陰に日向《ひなた》に、今までどれほど自分のために尽くしてくれていたかを。

教え子の視線から照れ隠しで顔を背けつつ、ダスティンはぶっきらぼうに言葉を返す。

「校長は来てねぇぞ。選手を無駄に緊張させたくないそうだ。……ま、あの人のことだ。どうせどっかで見てるとは思うけどな」

言われて、アシュベリーも校舎のほうへ目を向ける。――そう、見ていなければ承知しない。焚《た》き付《つ》けたからには最後まで見届けてもらう。今も痛烈に耳に残る「遅くなった」というあの言葉。それが永遠に覆《くつがえ》される瞬間を目に焼き付けてもらうために。

もっとも、それをしない相手だとはアシュベリーも思いはしない。必ずどこかから自分を見ている――そう信じて意識を外し、彼女は同じ場に集った顔ぶれに視線をやる。箒《ほうき》競技協会から派遣された審判、時間計測者《タイムキーパー》、キャッチャー、記録更新を期待して集まった大勢の観客――そして何よりも、連合中《ユニオン》からやって来たトッププレイヤーたち。

「――揃《そろ》い踏《ぶ》みね」

それぞれの風格をまとって佇《たたず》む超一流の箒乗《ほうき》りたちを眺めて、彼らをこの場に呼び付けた女は不敵に笑った。……一位のアシュベリーを始め、この場には箒競争《ブルームレース》の世界ランク十二位までの強豪がひしめいている。うち三人がキンバリーの生徒で、他九人は全て校外の選手たち。箒競争《ブルームレース》のトップ集団は狭い世界だ。誰もが過去の競技会で顔を合わせた選手ばかりで、知らぬ顔はひとりとしてない。

「思ったより早いじゃない。来年まで引っ張るかと思ったのに」

「狙えるんだろうな。……これだけの面子《めんつ》を揃《そろ》えたんだ。無駄足では誰も承知しないぞ」

剣呑《けんのん》な目でアシュベリーを見返して選手たちが言う。肌にぴりぴりとくるその感覚を愉《たの》しんで受け止めつつ、彼らに向かって女はきっぱりと言い放つ。

「遠路遥々《はるばる》ご苦労様。私からの要求はひとつよ。

全員、殺す気でこい。でなきゃ私が殺す」

その言葉を最後にあっさりと視線を切って、彼女はコースのほうへと歩いていく。残された選手たちの顔に憤懣《ふんまん》が満ち、そこから変化するようにして苦笑が浮かんだ。

「……くはははは。あれが呼びつけた人間の態度かね」

「私なんて蘭国《ランシール》から今朝来たんだけど。会場がキンバリーとか超嫌なのにさぁ」

「悪いな。速く飛ぶこと以外なんも考えてねぇんだ、ウチのは」

「そのようだな。ともあれ――仕上がっているのはよく分かった」

本人の背中を見つめて最年長の男性選手が呟《つぶや》く。その口元がどこまでも傲慢につり上がる。

「ヤツの態度を咎《とが》めてやるな。どうせお前らも思っているんだろう？　――他は全員、自分の踏み台だと」

その瞬間、まったく同じ笑みが他の全選手の顔に浮かんだ。――そう。当然ながら、彼らはただの「お客さん」などではない。これが競技会である以上、記録に挑むチャンスは彼ら全員にある。だからこそ招集に応じて来ているのだ。事実、そのように呼ばれた側の選手によってタイムが更新された事例も、過去に遡れば一度や二度では利かない。

アシュベリーの挑発によって、彼ら全員の闘志とモチベーションがピークに達した。それを察したダスティンがおもむろに声を上げる。

「欠員はなし。問題がなければ予定通りに始める。……最初の三人、コースに入れ」

白杖《はくじょう》を抜いて右手に構え、彼は三人の選手たちにそう促す。即座に応じたふたりが箒《ほうき》へ跨《また》って空へ昇る一方、アシュベリーはその前に、観客たちの一角へふわりと箒《ほうき》を横付けする。

「Ms《ミズ》.ヒビヤ。これ持ってて」

そうして、剣花団の面々と共に訪れていたナナオへと、腰から外した自らの杖剣《じょうけん》と白杖《はくじょう》を差し出した。魔法使いの象徴であるその二振りは、同時に箒《ほうき》乗りにとっての最後の錘《おもり》。確かな信頼をもって預けられたそれらを、東方《エイジア》の少女は胸にぎゅっと抱える。

「……うむ。確かに、預かり申した」

「頼むわね」

アシュベリーはそう言い、今度こそ空中のスタート地点へ昇っていく。ナナオたちが見上げる中、三人の選手が横一列に並んだ。そこへ向けて、ダスティンが拡声魔法を用いて声を上げる。

「配置に付いたな！　スタートは三十秒後！　十秒前からカウントを始める！」

告げた後、彼はポケットから取り出した小さな玉を杖先《つえ》に浮かべる。ラッパや笛《ホイッスル》では音に鋭さが足りず、呪文を使った合図では詠唱の声に反応される可能性があるため、箒競争《ほうき》の号令にはこのような専用の炸裂球《さくれつ》が用いられるのが常だ。カウントそのものは隣に立つ審判が行い、ダスティンはそれにタイミングを合わせて炸裂球《さくれつ》に魔力を注ぐ。

「……3《スリー》、2《トゥー》、1《ワン》――0《ゼロ》！」

蒼穹《そうきゆう》に響き渡る乾いた破裂音。それと同時に、三つの流星が一斉に飛び出した。

箒競争《ブルームレース》は至ってシンプルな競技である。コースは空中に複数の輪《リング》の形で用意され、選手たちはそれらを定められた順番で潜っていく。輪《リング》の中間飛ばし《スキップ》や他選手への妨害といった不正なく飛ぶ限り、通常のレースであれば、ゴールの輪《リング》を最初に潜ったものが勝者となる。

今回挑む世界記録の規定コースは至ってオーソドックスな内容で、三つの直進路《ストレート》と四つの曲路《コーナー》、そして二つの湾曲路《ワインディング》から成る空路を三周飛んだタイムを競う。地上でのレースと違ってコースは三次元の構造であるため、選手には上下左右に対する俊敏で柔軟な軌道が求められる。

「フウゥ……！」「――ヒュウ――！」

尋常ならざる初速で出発した選手たちが直進路《ストレート》での目を疑うような加速を経て曲路《コーナー》に入り、慣性《モーメント》を詐欺に掛けたとしか思えない軌道でそれを抜け、続く湾曲路《ワインディング》を目まぐるしい空中機動《マニューバ》ですり抜けていく。一分と経たずに一周が過ぎ去り、その勢いのまま次の一周へ。

初めてトップ選手のレースを見た一般の箒乗り《ほうき》は一様にこう言う。――正気じゃない、と。

「――一回目終了！　タイムはどうだ⁉」

「２：26：47！」

ダスティンに問われた時間計測者《タイムキーパー》が正確な数字を口にする。箒術《ほうき》の教師が目を細める。

「26秒台前半か、悪かねぇな。――行くぞ、二回目！　アシュベリー以外は交替しろ！　次のふたり、配置につけ！」


アシュベリーを除いた他の選手が次々と入れ替わりながら、そうして、息詰まる緊張の中で最初の十分が過ぎていった。

「……十分休憩！　一旦戻れ、アシュベリー！」

小休止の頃合いを見て取ったダスティンが、レースの中断を告げつつアシュベリーを呼ぶ。彼があらかじめ用意しておいたベンチに、地上へ戻ってきたアシュベリーは半ば倒れ込むようにして腰を下ろした。

「……はーッ、はーッ……」

「一本だけ飲め。少しずつだぞ。花の蜜吸うみてぇに」

ダスティンが容器にストローを刺して差し出した魔法薬が、アシュベリーの喉をこくこくと滑り落ちていく。成分から濃度に至るまで全て彼女のために用意したものだ。息を整えてじっと体力の回復に努める彼女に、ダスティンは静かな声で語りかける。

「……いい線まで来てる。勝負はここからだ。切らすなよ、集中」

「……誰に言ってんのよ……！」

食いしばった犬歯がストローを嚙《か》み潰す。それを見たダスティンは自分の言葉の正しさを確信した。――間違いなく、勝負はこれからだと。


「――3《スリー》、2《トゥー》、1《ワン》――0《ゼロ》！」

わずかな休憩を終えて四回目の計測に突入していく彼女らの姿を、地上の観客たちはじっと眺め続けていた。備え付けのベンチに、誰ひとり腰を下ろすことなく。

「……息が、止まりそう……」

「無理に見続けるな、カティ」

胸を押さえて浅い呼吸を繰り返す巻き毛の少女に、オリバーは危機感を覚えてそう言った。感受性の高い彼女にとって、この光景は余りにも鮮烈すぎるのだ。

「……これが箒競争《ブルームレース》の世界記録更新挑戦《ワールドレコードアタック》だ。この日のために己を鍛え上げ、全ての無駄を削《そ》ぎ落としてきた箒《ほうき》乗りたち――その全員が限界を超えて飛ぶ。余りの苛烈さから途中で死亡する選手も珍しくはない。落ちて死ぬのではなく、飛んでいる最中に死ぬんだ」

「もはや楽しんで観《み》られるものではありませんわね。しかし――だからこそ背筋が伸びます。魔法使いの生き様とはどのようなものか。生涯を懸けて何かに挑むとはどういうことなのか。彼らが飛ぶ姿は、あたくしにそれを強く思い出させますわ」

神妙な声でそう呟《つぶや》き、空で繰り広げられる箒乗《ほうき》りたちの戦いを眺め続けるシェラ。その言葉に複雑な感慨を覚えながら、オリバーは隣に立つ東方《エイジア》の少女へ目を向ける。

「……超えられると思うか、ナナオ。彼女は、あの記録を」

何の根拠もなく、結果を測れるとすれば彼女だけだとオリバーは思った。彼の問いから少しの間を置いて、その口がぽつりと開く。

「…………まだ、満ちてござらぬ」

さらに六回の計測を重ねた三十分後、極限の飛行を繰り返して迎えた三度目の小休止。朦朧《もうろう》とした意識のままベンチに倒れ込んだアシュベリーの体を、ダスティンの両手が強引に摑《つか》み起こした。

「どうしたアシュベリー！　これで全力か⁉　お前の限界はこんなもんか⁉」

「……ッ、……ッ……」

最後に残った瞳の光を絶やさないために、ダスティンは必死で声をかけ続ける。間違っても意識を途切れさせるわけにはいかない——そうなれば集中も切れ、その瞬間に全てが終わる。今回ほど恵まれたメンバーで記録更新に挑めることはこの先二度とない。仮にあったとしても、アシュベリーの能力のピークはその時すでに過ぎている。今なのだ。彼女が目的を遂げられるタイミングは今しかないのだ。

「そうじゃねぇだろ！　そんなわけねぇだろ！　そんなわけ……！」

気が付けば、男の両目から止《と》めどなく涙が零《こぼ》れ落《お》ちていた。最後の一線で何もしてやれない自分に、指導者としての無力に絶望していた。そんな彼の声すらアシュベリーの耳にはもはや遠く、あらゆる手掛かりを失った意識は為《な》す術《すべ》なく闇へと沈みかけ、

「——カカカッ。ついに教師まで泣かせたか」

まぶたがぱちりと開く。耳に残る独特の笑い声が、その一撃で彼女の心をすくい上げる。

「——モーガ、ン……？」

朦朧《もうろう》としていた意識が、視界と共に一瞬にして焦点を結ぶ。彼女が横たわるベンチからほど近い場所に、彼女を見つめる大柄なシルエットがある。

「……間に合ったかな。ギリギリ」

隣に立つ「生還者《サバイバー》」ことケビン＝ウォーカーが小さく笑う。小柄な彼に大きな体を支えられ

て――彼女のキャッチャーが、クリフトン＝モーガンが、確かにそこに立っていた。

「――アシュベリー殿に、会いに来てはくださらぬか」

迷宮二層でオリバーたちが刺客とやり合った夜。助けに入ったモーガンと顔を合わせたナナオは、彼とまっすぐ向き合うなり、そんな頼みを口にしていた。

「無理は百も承知にござる。されど――今のままではいかぬ。人生を懸けて臨む大一番にて、アシュベリー殿には、持てる力の全てを発揮することが能《あた》わぬ」

確信を感じさせる少女の言葉。その所以《ゆえん》が気になって、モーガンは問い返す。

「……なぜ、そう思う？」

「心の行き場を見失っているからにござる。目標とはまた別に――何かを目指して走る時、人には必ずそれが必要になり申す。帰る家のない旅路は、即《すなわ》ち漂泊と同義なれば」

そう口にする少女の故郷そのものが、すでに戦で失われている。キンバリーに招かれてオリバーたちに出会い、彼らに受け入れられるまで、彼女もまた寄る辺ない漂泊の時間を過ごしてきた。だから分かるのだ。本人は認めずとも、今のアシュベリーが何よりも必要とするものが。

「己が帰る場所を求めるその心すら、今のアシュベリー殿は弱さと見做《みな》し切り捨てようとなさる。されど、あの御仁が人である以上、それればかりは叶《かな》わぬ。……だのに、そんなアシュベリー殿をここへ連れてくることが、拙者にはおそらく叶《かな》い申さん。まこと不甲斐《ふがい》なくござる」

こぶしを握り締めてナナオは言い、その場で正座に構えて深く頭を下げ、地面に両手を突く。

……たとえ文化は違っても、凛《りん》と整った所作は、時に何よりも意図を鮮明に伝える。即《すなわ》ち——その姿勢こそ、彼女が表現し得る最大の誠意であると。

「クリフトン＝モーガン殿。どうか今一度、校舎へ足を運ばれよ。——貴殿が愛する、ひとりの箒《ほうき》乗りのために」

数日に亘《わた》って悩み果てた末。男はついに、その願いを請《う》けた。

「——何もしてやれん。杖《つえ》を握ることすらおぼつかん。ただいるだけの置き物だ」

久しぶりに会う相手へ向けて、モーガンは淡々と自分の現状を明かす。……彼がずっと迷宮から出られなかったのには理由がある。いよいよとなった場合の備えに加えて、魔素の濃い場所に身を置く限りは、体内を蝕《むしば》む異界の炎の活性をある程度まで抑えられたからだ。

二層ならば戦えるほどのコンディションを保てた。だが、これが一層になると一気に怪しくなり、校舎に出る頃にはもはや補助なしには歩くこともままならなくなった。ケビン＝ウォーカーに助力を頼んだのはそれが予想できたからだ。生還者《サバイバー》はふたつ返事でそれを受け、道中に何度も危うくなりながらも、今この瞬間に辛くもモーガンの到着を間に合わせた。

「……それでも、何か変わるか？」

言葉を切ってじっと相手を見つめるモーガン。その目の前で、アシュベリーの体がゆっくりとベンチから立ち上がる。

「――さぁ。どうかしら」

言葉とは裏腹な笑みがその顔に浮かび、そうして彼女は箒《ほうき》に跨《またが》り空へ昇っていく。その背中を追って他ふたりの選手がスタート位置につき――風向きの変化を見て取ったダスティンが、審判と時間観測者《タイムキーパー》に目配せした上で、炸裂《さくれつ》球を頭上に掲げる。

「3《スリー》、2《トゥー》、1《ワン》――0《ゼロ》！」

カウントダウンを経て十回目の挑戦が始まる。空に解き放たれる三条の流星。その出足を見た瞬間、観客たちが一斉にどよめいた。

「――おい、あれ……」

「飛行が変わったか？」「変わった。速度《あし》の伸びが違う」

地上に残った選手たちの口からそんな声が上がる。彼らの正しさを証明するように、アシュベリーの姿が他ふたりの選手から抜きん出ていく。その飛行が曲路《コーナー》を経て湾曲路《ワインディング》に入った瞬間から、選手たちはさらなる驚愕《きょうがく》を声に表す。

「信じられるかよ、あれ」「わけないでしょ。あそこをあの速度で？」

「冗談きついぜ。水路を水が流れるみてぇに……！」

選手たちの顔が妬みと感動に引《ひ》き攣《つ》る。力強く攻撃的な空中機動《マニューバ》はさっきまでと同じ。だが、そこにあった力《りき》みが悉《ことごと》く抜けている。必死に何かを拭い去ろうとするような鬼気が消えて失《う》せ、そこに使われていた力の全てが今や彼女の背中を押す。即《すなわ》ち、まっすぐに飛んでいる。

「……ナナオ。あれは——」

「満ちてござる」

オリバーの問いに、こくりとうなずいてナナオが告げる。やはり——と少年は思う。彼女にはずっと、これが見えていたのだと。

この時に至って、アシュベリーにはようやく分かった。——自分がずっと恐れていたのは、落ちることでも、まして死ぬことでもない。

年齢の限界が迫ることのプレッシャーも、それまでに記録更新を果たせないかもしれないという不安すらも、この心を致命的に蝕《むしば》んではいない。むしろ逆に、ずっと出来ると思っていた。生涯の全てを捧《ささ》げて鍛え続けた果てに、自分はきっとその領域に辿《たど》り着《つ》くだろうと。

——2：20：87

自分でも呆《あき》れることに、恐れたのはその後だ。命を賭した飛行でコースを駆け抜けた直後、おそらくは肉体の限界を迎えて果てるだろう自分自身。かつて両親に見せられた映像から思い描いたその光景を――空に散っていくまでのわずか数秒をこそ、自分は恐れた。

――2：22：16

その数秒に、とてつもない寂寥《さびしさ》を予感した。アシュベリーの血に課せられた責務を達成し、その場所を通り過ぎてしまった後――残された自分の心は、どこへ向かえばいいのだろうと。それが分からないまま、どこにも向かえないまま、空っぽの空に心がぽっかり浮かんだまま消えていくこと――ただそれだけが怖かった。子供の頃からずっと、自分がいつか、その瞬間に辿《たど》り着《つ》いてしまうことが恐ろしかった。

――2：23：58

だから。自分に必要だったのは、その時に向かう場所を決めること。

思い当たりはたったひとつだった。ただ、それを認めたくなかった。一度いなくなった相手にまだ頼ろうとする自分の弱さが腹立たしくて、だから無意識に問題をすり替えた。そんなものがあっては目標に届かない。そもそもとっくに死んでいるんだからと、繰り返し自分に言い聞かせた。もっともらしい理屈で、自分ひとりを騙《だま》すにはじゅうぶんだった。

でも、そいつはしぶとく生きていた。二年も迷宮に引きこもっておいて。

しかも、お節介な後輩は騙《だま》されなかった。あんなに馬鹿なのに、人の心をずけずけ見抜いて。

このふたりがタッグを組んだ瞬間が――きっと、自分にとっては年貢《ねんぐ》の納め時だったのだろう。

──2：24：37

湾曲路《ワインディング》を抜けて最後の直進路《ストレート》に突入する。高々速の飛行によって極端に狭まった視界の中、コースの終わりを告げる最後の輪《リング》が前方に迫る。──でも、大丈夫。もう怖くはない。あれを通り過ぎた先で、心が迷子になることはない。

向かう場所は、もう決めてある。

地上《した》でずっと、そいつは自分を待っている。

「──ふ──」

だから、行くのだ。この輪《リング》の向こう側へ。

何も恐れることなく。躊躇《ためら》うことなく。かつて目にした最速の、さらに一歩その先へ──。

2：24：98

時間計測者《タイムキーパー》のカウントがその数字で止まった瞬間。競技場の一切は、等しく沈黙した。

「……超えた……」

ダスティンの口から震え声が零《こぼ》れる。やや遅れて、頬を伝い落ちた涙もまた。

「…………お前が世界最速だ……アシュベリー……！」

その言葉が響いた瞬間、観客たちから怒涛《どとう》のような歓声が上がった。審判も、キャッチャーも、時間計測者《タイムキーパー》も、それ以外の観客たちも、皆等しく空へ向かって腕を突き上げ——そんな中、アシュベリーと同じ空を飛んだ選手たちだけが、様々な感慨を抱いて無言で空を見上げていた。彼ら全員にとっても、これは等しく節目となり得る出来事だった。

「——やったよ、モーガン君。彼女は、やった……」

モーガンの肩を支えながらウォーカーが呟《つぶや》く。前世界記録の時のようなゴールした瞬間の死亡もアシュベリーには懸念《けねん》されていたが、どうやら今回それは避けられたと見えて、上空の彼女は旋回を続けながらゆっくりと減速している。目を細めてその光景を眺めつつ、切れ切れの声でモーガンは言う。

「……カカッ……まったく、単純な奴《やつ》、め。置き物ひとつ、増えたくらい、で——」

そんな悪態を突きながら、男は心底思う。——もう一度校舎《ここ》に来て良かったと。ここまで連れてきてくれた生還者《サバイバー》のおかげで、ここに呼んでくれたあの後輩のおかげで——ひとりの偉大な箒《ほうき》乗りのために、自分は最後の仕事を果たせたのだと。

「——ッ——」

そう思った瞬間。彼の中で、それまで張り詰めていたものが、はっきりと切れた。

「……いかん、な……これ、は……」

男の全身が異様な熱を発して震え、その内より漏れ出したいくつもの怪火が周囲に浮かんだ。それに気付いたウォーカーがハッと声を上げる。

「モーガン君！」

「……離れろ、先輩！」

叫ぶと同時に相手を突き飛ばした。そうして最後の力を振り絞り、モーガンは人気のない方向へと這《は》うように歩く。……あらかじめ場所に目途は付けてあった。すでに今日の役目を終えて、上空に誰もいなくなったコースの真ん中へ。

「……モーガン。お前……」

その姿を目にしたダスティンが決定的に状況を察する。彼らから遠く離れた場所に立ったモーガンが、その顔に最後の笑みを浮かべる。

「……すまん、皆。どうやら――ここまでの、ようだ。

――カカッ……先生……後の始末は――頼、む――」

後を託す言葉が掠《かす》れて消える。――その瞬間から、彼の周囲を漂う怪火が一気に膨れ上がる。

「――モーガァアアン！」

直後に生じたものは、猛《たけ》り狂《くる》う巨大な炎の球体。コース上空の輪《リング》すら呑《の》み込《こ》んで渦巻くそれが、地上の太陽の如《ごと》くそこに現出した。

「――わぁっ……!?」「うぉおっ……！」

「下がれ、みんな！　あの炎に触れるなッ！」

突然の光景に圧倒される仲間たちを、声を上げたオリバーが必死に背後へ下がらせる。ついにこの時が来てしまったかと――こればかりは彼にも予測できていた結果を前に、苦くやるせない思いに駆られながら。

「……モーガン先輩が魔に呑《の》まれた。あれは彼が呼び出して制御し損ねた異界の炎だ」

少年が奥歯を噛《か》みしめる。自ら意思を持つかのように蠢《うごめ》く炎の有様《ありさま》、肌を刺す熱気の悍《おぞ》ましい感触だけで、その異質さは直感的に分かる。あれは文字通りこの世の炎ではない。蝕む火焔《ルフトマ》の炉《ーズ》より召喚されて以来ずっとクリフトン＝モーガンの体内に封じられていたモノが、この世界での解放を求めて暴れ狂っているのだ。宿主の魔力の全てを燃え広がるための薪へと変えて。

「悔しいが、どう足掻《あが》いても俺たちの手には負えない。後のことは先生に任せて、早く避難を――」

努めて冷静な判断でもって仲間たちの背中を押すオリバー。が――その傍《かたわ》らで、自らの箒《ほうき》に跨《また》がった東方《エイジア》の少女が空へと舞い上がる。

「――ナナオ⁉」

「皆を連れて先に逃げられよ、オリバー。……拙者は、呼ばれてござる」

懐《ふところ》に抱いた二振りの杖《つえ》を見下ろして少女は言う。オリバーが止める間もなく――その持ち主のもとへと向けて、ナナオは全速力で空を駆けた。

軽く手を振っただけ。それで伝わると分かっていた。その予想を少しも裏切らず——合図から二十秒と経《た》たないうちに、東方《エイジア》の少女は彼女の待つ上空へとやって来た。

「——ご所望はこれにござるな。アシュベリー殿」

「ええ。助かるわ、話が早くて」

軽くうなずき、アシュベリーは差し出された二振りから杖剣《じょうけん》のみを選んで手に取る。外した鞘《さや》もすぐさま少女の手へ戻した。彼女にはもう必要のないものだったから。

「拙者に手伝えることは？」

「ないわ。杖剣《これ》を届けてくれただけでじゅうぶんよ。さ、あなたも友達のところへ戻りなさい」

片手を上げて言ってのける。ナナオの口元がぎゅっと引き結ばれ、その様子を見たアシュベリーの口元がふっと綻ぶ。

「そんな顔しないで。お迎えは私の仕事よ。あいつは私のキャッチャーだもの」

「……承知致した」

深く俯《うつむ》き、こみ上げた全ての言葉を噛《か》み殺《ころ》してナナオはうなずく。あらゆる未練をその間に呑《の》み込《こ》んで腑《ふ》に落とした。そうして彼女が再び相手に向き直った時——その顔には、これより旅立つ者を送り出す側に相応《ふさわ》しい、力強く晴れやかな寿《ことほ》ぎの表情が浮かんでいた。

「どうか良き旅を、アシュベリー殿。——貴殿に出会えて、拙者は幸いにござった」

「私もよ。Ms《ミズ》.ヒビヤ」

その一言に万感を込めてアシュベリーも応えた。そうしてふたりの別れは済んだ。空中を旋回したナナオが地上へ取って返し、アシュベリーのみが空の只中《ただなか》に残る。そこでふと思い立って、彼女は自分が跨《また》る箒《ほうき》の柄を手のひらで撫《な》でる。

「悪いわね、あんただけは最後まで付き合わせて。……でも、いいでしょ？　私と飛ぶんだもの」

久しぶりに語りかける。……初めて空を知った時からずっと共に在る箒《ほうき》。より上手《うま》く、より速く——そう願って飛び続けるうちに境目は消えて失《う》せ、いつしか自分の存在の一部となっていた。それは箒《ほうき》の側も同じことで、故に今さら異論などあるはずもない。彼女が望む方向へ向かって飛ぶこと。ただそれだけが、ダイアナ＝アシュベリーの箒《ほうき》にとってはいつでも最高の飛行である。

全ての準備を済ませて更なる上空へ昇りつつ、アシュベリーは燃え盛る球体を眼下に見下ろす。遥《はる》か高みの彼女まで届く熱気。時を追うごとに領域を拡大していく分厚い炎の壁。その向こう側に、今もそこにいるひとりの男の姿を透かし見る。

「……世話のかかる奴《やつ》ね、まったく。久しぶりに顔を見せたと思ったら、あっという間にこれなんだから」

　そう呟《つぶや》いて、ふんと鼻を鳴らす。昔から気の利《き》かない奴《やつ》だと思う。言ってやりたい文句は山ほど溜《た》まっている。不満は言わせない、なにしろ二年以上も放っておかれたのだ。だから、

「安心しなさい。――すぐ行くわ」

　じゅうぶんな高度へと達した瞬間、彼女はそこで旋回して地上へ向き直り。燃え盛る球体の中心をひたと見据えて、まっ、す、ぐ、に、急、降、下を始めた。


「――アシュベリ――――――――ッ！」

　全てを察したダスティンの絶叫が地上から迸《ほとばし》る。彼女が何を始めたか――それを止める手立ての一切を持ち合わせないまま、彼にはどうしようもなく分かってしまった。

　世界有数の手練《てだ》れではあっても、ダスティンの専門はあくまで箒術《ほうき》である。これほど大規模な異界の炎の流出を即座に鎮圧する手立てはない。唯一あったとすればモーガンが魔に呑《の》まれる直前に首を刎《は》ねることだったが、その決断をとっさに下すには余りにも彼の想《おも》いが深すぎた。長く可愛《かわい》がってきた教え子である。アシュベリーのキャッチャーである。そんな生徒が魔に呑《の》まれる光景を見て、彼はどうにか救いたいと思ってしまった。それが不可能であることなどとっくに悟っていながら。

然《しか》るに、問題はさらにその先にある。モーガンの救出はもはや無理としても、この事態そのものに対しては時間をかければ打つ手はいくらでもある。今この瞬間も異変に気付いた他の教師たちが動き出していることは間違いない。極論、十秒も待てば確実に校長が駆け付ける。ダスティンがどんな手を回すよりも早く、この異変の全ては他の教師の手で解決する。

だから、それが余りにも遅すぎる。

待つわけがないのだ。十秒などという永遠じみた時間を、世界最速の箒《ほうき》乗りが――！

降下開始から二秒と経《た》たず、押し寄せる熱気がアシュベリーの全身を押し包んだ。三秒後に渦巻く炎の只中《ただなか》へ突っ込む自分、それから数瞬後に跡形もなく燃え尽きる体が、疑いようのないビジョンとして彼女の脳裏に浮かぶ。

アシュベリーは箒《ほうき》乗りである。異界の炎に処する方法など知らない。そんなことは最初から考えてもいない。代わりに問題を極限までシンプルに置き換える。即《すなわ》ち――目指す場所までの距離と、そこへ至るまでに許された時間として。

前提として、炎球の中心には今も彼女のキャッチャーがいる。異界の炎はその魔力を食らって燃え続けているのだから当然だ。宿主が死んでは力を吸い上げられない。畢竟《ひっきょう》、彼自身が魔に呑《の》まれた今も、モーガンの存在はこの現象における核ということになる。

ならば止めるのは簡単なこと。そこへ辿《たど》り着《つ》き、断てば終わる。

ただ心臓《いのち》を貫けばいい。条件はただひとつ——自分の体が燃え尽きる、その前に。

「——っ——」

降下していく体が炎の層に突入する。それまでとは段違いの炎熱がアシュベリーを襲い、最初の一瞬で眼《め》を焼いた。視界の全てが失われ、次の一瞬で音と全身の皮膚感覚が消し飛ぶ。何も見えず、何も聴こえず。五感を順番に失いながら飛び続ける灼熱《しゃくねつ》の暗闇の中——しかし、彼女には少しの動揺もない。

左手だけで箒《ほうき》の柄を掴《つか》み、上半身を前傾する。右手に構えた杖剣《じょうけん》の切っ先を正面へ向ける。何の不都合もない。見えようが見えまいが、彼女は必ずそこへ向かって飛んでいく。いちばん愛《いと》しい方向へ。血の責務から解き放たれた心が、最期《さいご》に向かうと決めた場所へ。自分を痛いほどに抱きしめてくれた、あの力強い両腕の中へ！

「————！」

右手が確かな手応えを得る。同時に炭化した腕が折れ砕け、続けざまの衝撃が全身を走る。それすら一瞬で消えていき、彼女は数瞬の限界《リミット》が自分に訪れたことを知る。

意識が闇に溶ける最後の一瞬。とても大きな腕に抱き留められたように、彼女は感じた。

渦巻く炎が力を失う。それまでの狂乱が嘘《うそ》のように、火の勢いが急速に鎮《しず》まっていく。炎が消えていった後、大きな円状の一帯が後に残される。そこにあった全てが焼き尽くされ、ただ真っ白な灰だけが残るその場所を、全てを見届けた魔法使いたちは呆然《ぼうぜん》と眺める。

「――――」「…………」

ナナオが声もなく涙を流す。オリバーが目を閉じて黙禱《もくとう》する。

そうして、自《おの》ずと同じことを想《おも》う。――あのふたりの心は、どこへ行ったのだろうと。

答えは誰も知らない。だが、それが何処《いずこ》だとしても、ひとつだけ分かることがある。

きっと今もそこで――彼らは、共にいる。

エピローグ

地上での騒動とおおむね時を同じくして。迷宮一層『静かの迷い路』には、その通路を鼻歌交じりに練り歩く、ひとりの少年の姿があった。

「～～♪　～～～♪　～～～♪」

自称転校生のユーリィ＝レイクである。このところすっかり、校舎と迷宮を探索して回るのが彼の日課になっていた。

危ない目には何度も遭うのだが、いかんせん好奇心に歯止めが利かない。まだ見たことのないもの、聴いたことのない音、嗅いだことのない匂い、触ったことのない感触、味わったことのない味――そうしたあらゆる「未知」に対する狂おしい衝動が彼を突き動かす。その源泉がどこにあるのか、それは彼自身にも分からない。

「……ん？」

ふと、ユーリィの足が止まった。同じ通路を前から歩いてくる人影に気付いたからだ。ゆったりとした青のローブを身にまとった哲人の佇《たたず》まい。その印象が誰のものであったか思い出そうとして、ユーリィは腕を組んで考え込む。

「え～～っと……あっ、そうだ、思い出した！　デメトリオ先生だ！　奇遇ですねこんなところで会うなんて！　先生は迷宮で何を――」

持ち前の人懐《ひとなつ》っこさで彼が話しかけていった刹那。その顔面を、男の左手が鷲掴《わしづか》みにした。

「眠りに落ちよ《アルトムソムナム》」

呪文の詠唱と同時に体がびくんと跳ね、ユーリィの手足がくったりと力を失って垂れ下がる。そうなってもデメトリオは少年の顔を放さず、固く目を閉じて一心に同じ体勢でいる。それはまるで、掴んだものから何かを汲み取っているかのように。

「…………」

「いやはや。何度見てもすごいね、デメトリオ先生。あなたの分魂は」

飄々《ひょうひょう》とした声が響く。デメトリオの斜め上の天井に、金の縦巻き髪《ロールヘア》を豊かに蓄えた男が逆さまの姿勢で立っていた。キンバリーの非常勤教師、セオドール＝マクファーレンである。

「魂を『知』の側面と『無知』の側面に分けて扱う、か。……さすがの僕も、実際に見るまで想像しなかったな。こんな使い魔のカタチがあるなんて」

そんなことを言いつつ天井から飛び降り、セオドールは天文学の教師の隣に並んで立つ。同時にユーリィはデメトリオの手から解放され、その体がぱたりと仰向けに倒れた。昏倒《こんとう》した少年のあどけなさを残す顔を、縦巻き髪《ロールヘア》の男が楽しげに見下ろす。

「今回の分身も可愛《かわい》らしいねぇ。いつも思うのだけど、昔のあなたもこんな感じだったのかい？」

「……外見は適当にあしらってあるが、人格に関してはそういうことになろうな。私から知識と経験の積み重ねを取り去った姿なのだから」

淡々と応じるデメトリオ。己の一部を見下ろすその瞳に、多くを知り過ぎた者に特有の憂いが滲《にじ》む。

「知とは鎖だ。知ることは失うこと。無知なる者にしか見えぬもの、聴けぬもの、触れられぬもの――世界はそうした皮肉で溢《あふ》れている。ここキンバリーでも、それはまた同じこと。

故に私は『無知』を求めた。『無知の知』を得た。真なる全知へと近付くために」

その言葉に、セオドールが畏敬の念をもってうなずく。――問題に対するアプローチの仕方。何よりもその点において、この哲人は他の魔法使いと考え方が根本的に異なるのだ。

「この無垢《むく》なる瞳が、遠からず見出《みいだ》そう。ダリウスとエンリコの失踪の真相――即《すなわ》ち、我らの敵の正体をな」


長いとも短いとも分からない昏睡《こんすい》の後に、ユーリィは固い床の上で目を覚ました。

「……んん……？」

頭を掻《か》きながらぼんやりと身を起こす。きょろきょろと辺りを見回して、自分が迷宮の通路で寝ていたことに気付く。なぜそうなっているのか、直前の記憶はぽっかりと抜け落ちている。

「……あれぇ？　……変なの。こんなとこで何してんだ、僕――」

自分の行動を奇妙に思いつつも、深くは考えずに立ち上がって歩き出す。その違和感だけは瞬時に消え去るよう、彼の頭は精妙に調整してある。

デメトリオの分魂にして分身である彼が投入された目的は、実のところ決して間諜《スパイ》ではない。彼自身も知らないその務めは、無知なる者にしか持ち得ない視点と思考、知に縛られた者には取り得ない行動によって、今のキンバリーに蔓延《はびこ》る謎を解き明かすことにある。

転校生ユーリィ＝レイク。無垢《むく》なる瞳の探索者。即《すなわ》ち——探偵である。

〈了〉

あとがき

こんにちは、宇野朴人《うのぼくと》です。……激動の二年目、かくして終幕と相成ります。

犯人探しに選挙にと、教師も生徒もそれぞれの策謀を巡らせる中で——ただ彼女だけが、そんなことは意にも介さず自らの魔道を駆け抜けていきました。その姿を目にした魔法使いたちの記憶に、決して忘れ得ない輝きを刻み付けて。

空を駆けた一条の流れ星と、その軌跡が最後に辿り着いた場所。当校が誇る一組の箒乗りとキャッチャーを巡る物語の、これが決着です。

一方で、新たな波乱の予感にも事欠きません。選挙、暗闘、そして探偵……今のキンバリーには余りにも複雑な力学が渦巻いています。それらがどう運び、互いにどう影響し合うか、正確なところは誰にも予想など叶いません。ただ誰もが等しく自らの必勝を信ずるのみです。

次なる魔の気配はそこかしこに漂っています。うっかり奈落に身を落とさぬよう——あなたもまた、足元にはよくよくご注意くださいますように。

◉宇野朴人著作リスト

「神と奴隷の誕生構文《シンタックス》Ⅰ〜Ⅲ」（電撃文庫）
「ねじ巻き精霊戦記　天鏡のアルデラミンⅠ〜XIV」（同）
「七つの魔剣が支配するⅠ〜Ⅵ」（同）
「スメラギガタリ壱・弐」（メディアワークス文庫）

本書に対するご意見、ご感想をお寄せください。

ファンレターあて先
〒102-8177　東京都千代田区富士見2-13-3
電撃文庫編集部
「宇野朴人先生」係
「ミユキルリア先生」係

本書は書き下ろしです。

電撃文庫

七《なな》つの魔剣《まけん》が支配《しはい》するVI

宇野朴人《うのぼくと》

2020年7月10日　初版発行

発行者　郡司 聡
発行　株式会社KADOKAWA
〒102-8177　東京都千代田区富士見2-13-3
0570-06-4008（ナビダイヤル）
装丁者　荻窪裕司（META＋MANIERA）
印刷　株式会社暁印刷
製本　株式会社暁印刷

ISBN978-4-04-913255-7　C0193　Printed in Japan

電撃文庫　https://dengekibunko.jp/

電撃文庫創刊に際して

文庫は、我が国にとどまらず、世界の書籍の流れのなかで〝小さな巨人〟としての地位を築いてきた。古今東西の名著を、廉価で手に入りやすい形で提供してきたからこそ、人は文庫を自分の師として、また青春の想い出として、語りついできたのである。

その源を、文化的にはドイツのレクラム文庫に求めるにせよ、規模の上でイギリスのペンギンブックスに求めるにせよ、いま文庫は知識人の層の多様化に従って、ますますその意義を大きくしていると言ってよい。

文庫出版の意味するものは、激動の現代のみならず将来にわたって、大きくなることはあっても、小さくなることはないだろう。

「電撃文庫」は、そのように多様化した対象に応え、歴史に耐えうる作品を収録するのはもちろん、新しい世紀を迎えるにあたって、既成の枠をこえる新鮮で強烈なアイ・オープナーたりたい。

その特異さ故に、この存在は、かつて文庫がはじめて出版世界に登場したときと、同じ戸惑いを読書人に与えるかもしれない。

しかし、〈Changing Times,Changing Publishing〉時代は変わって、出版も変わる。時を重ねるなかで、精神の糧として、心の一隅を占めるものとして、次なる文化の担い手の若者たちに確かな評価を得られると信じて、ここに「電撃文庫」を出版する。

1993年6月10日
角川歴彦

電撃文庫DIGEST　7月の新刊

発売日2020年7月10日

創約 とある魔術の禁書目録《インデックス》②

【著】鎌池和馬　【イラスト】はいむらきよたか

気づけば上条は病院にいた。そこで待ち受けていたのは、上条とアンナの『あの出来事』への糾弾——ではなく、インデックス妹達美琴食蜂らによる看護ラッシュで!?

魔王学院の不適合者7

～史上最強の魔王の始祖、転生して子孫たちの学校へ通う～

【著】秋　【イラスト】しずまよしのり

全能者の剣によって破壊することの叶わぬ存在となった地底世界の天蓋。それを元に戻す手段を得るため、アノスは《預言者》を訪ねて地底の大国・アガハへと向かう。

七つの魔剣が支配するⅥ

【著】宇野朴人　【イラスト】ミユキルリア

エンリコの失踪は学校内に衝撃をもたらした。教師陣も犯人捜しに動き始め、学校長自らの尋問に生徒たちは恐怖する。不穏な情勢下で統括選挙の時期が近付く中、オリバーたちの前には、奇妙な転校生ユーリィが現れ——。

乃木坂明日夏の秘密⑥

【著】五十嵐雄策　【イラスト】しゃあ

AMW研究会の記念制作として始まったVTuber作り。すると「ママ」の座を巡って、明日夏と冬姫のバトルが大勃発!　善人の助けを求め取り合いになった結果、三人一緒に乃木坂邸で合宿することになって——?

新作 ちっちゃくてかわいい先輩が大好きなので一日三回照れさせたい

【著】五十嵐雄策　【イラスト】はねこと

放送部の花梨先輩は小柄な美少女で、何かと俺に先輩風を吹かせてくる。かわいい。声やしぐさを褒めるとすぐ照れる。かわいすぎてやばい。そんな照れさせられて悔しがる先輩と俺の、赤面120%照れかわラブコメ。

新フォーチュン・クエストⅡ⑪

ここはまだ旅の途中<下>

【著】深沢美潮　【イラスト】迎 夏生

パステルの体の中に、『ダークイビル』が入りこんでしまった!?　パーティ最大のピンチを、6人と1匹はどう切り抜けるのか…!?　30年続くファンタジー小説の金字塔、ついに完結巻です!

はじらいサキュバスがドヤ顔かわいい。④

……だいすき。

【著】旭 蓑雄　【イラスト】なたーしゃ

ひょんなことがきっかけで、悪魔たちの暮らす島に招待されることになった夜美とヤス。島はいま『欺瞞祭』の真っ最中。あらゆる嘘が許されるこの祭りに乗じて、普段は素直になれない二人も気持ちをぶつけ距離を縮めていく……。

地獄に祈れ。天に堕ちろ。2

東凶聖餐

【著】九岡 望　【イラスト】東西

優しき死神ミソギと、不良神父アッシュが帰ってきた!　現世と冥界が交わる街・東凶で凸凹コンビが挑むのは、"本物の死神"と名乗る女・木蓮と、街で暴れ回る殺戮兵器の謎で——?　アクションエンタメ第2弾!

叛逆せよ! 英雄、転じて邪神騎士3

【著】杉原智則　【イラスト】ヨシモト
【キャラクター原案】魔太郎

かつて邪神を倒した英雄ギュネイは邪神王国のあまりの荒廃ぶりを見かねてつい手助けを重ねてしまう。教団の野望を打ち砕いたあとも問題は山積み。しかも、今度は不死騎士団残党が王都に押し寄せてきて!?

新作 星継ぐ塔と機械の姉妹

【著】佐藤ケイ　【イラスト】bun150

目覚めた場所は遠い未来の星だった。滅びゆく星を救うため、そして恋人の待つ地球に帰るため、彼はロボット姉妹と旅に出る。旅の果てに彼が見た真実とは?　そしてロボット達の秘密とは?　笑いと感動のSFコメディ!

新作 女子高生同士がまた恋に落ちるかもしれない話。

【著】杜奏みなや　【イラスト】小奈きなこ

寮で同室になった佑月は、満月みたいな瞳で物語の主人公のような特別な女の子。何事も普通なわたしは、近づくだけでドキドキが止まらない。でも、小学生の時に一緒に星を見た、憧れの女の子にどこか似ていて——。

新作 可愛いかがわしいお前だけが僕のことをわかってくれる（のだろうか）

【著】鹿路けりま　【イラスト】にゅむ

同窓会で東大生だとウソをついた浪人生の僕。もしウソがばれたら……よし、死のう!　死んで異世界転生だ!　そんな人生絶望中の僕の前に銀髪ロリ悪魔が現れ、『尊死』するまで死なせてくれない!?　ってどんなラブコメだよ!?